Benim Adım Sena

Julia Sena Yamanoğlu

Genel Yayın Yönetmeni
Fatih Duman

Yayın Koordinatörü
Yusuf Yıldız

Editör
Yusuf Yıldız

Son Okuma
Tuğba Akbey İnan

İç ve Kapak Tasarımı
Merve Sivritepe

ISBN
978-605-183-425-2

Yayıncı Sertifika No
44717

Baskı Tarihi
Ocak 2023

Baskı ve Cilt
AS Bilgi Teknolojileri Yayıncılık
Pazarlama Sanayi ve Ticaret Ltd. Şti.
Orhan Gazi Mah. Demir Sk. No:2/1 34538
Esenyurt/İstanbul
Tel: (0212) 323 30 04

Matbaa Sertifika No
52996

Orhan Gazi Mahallesi, 19. Yol Sk. No: 8, 34538 Esenyurt/İstanbul
Tel: (0212) 551 32 25 Faks: (0212) 551 26 59
www.nesilyayinlari.com bilgi@nesilyayinlari.com

Benim Adım Sena

Julia Sena Yamanoğlu

Bu benim hikâyem...

Julia Sena Yamanoğlu

2000 yılında Polonya'nın Sczecin şehrinde ateist bir ailenin tek çocuğu olarak dünyaya gelen Julia Sena Yamanoğlu, ilkokul ve ortaokul eğitimini Polonya'da tamamladı. Lise eğitimini tamamlayacağı esnada, ailesinin İslam'ı seçtiğini öğrenmesi sonucu Türkiye'ye gelmek zorunda kaldı. Bu nedenle lise eğitimini İstanbul'da tamamladı.

Yazı yazmak ilk okul yıllarından itibaren başlayan kompozisyonlarla birlikte hayatında hep oldu. Yıllar geçince aradan, durduramadı kendini ve yine, yeniden aldı eline kalemi. Yayımlandığı günden itibaren ilgi gören ve görmeye devam eden, Benim Adım Sena ve Bana Allah Yeter isimli romanını, Türkçe olarak kaleme aldı.

Türkçe dışında Lehçe, İngilizce ve Almanca da bilen Julia Sena Yamanoğlu, Avrupa'nın ve Türkiye'nin dört bir yanında çeşitli konferanslar ve söyleşiler gerçekleştiriyor. Ayrıca sosyal medya hesabından İslamî içerikler ve çeşitli motivasyon konuşmalarıyla sevenleriyle buluşmaya devam ediyor.

Evli ve henüz bir kız çocuğu annesi olan Yamanoğlu, kederli geçen imtihan dolu günlerini geride bırakarak, bugün nasip ettikleri için kaleme aldığı eserleriyle Rabbine karşı mahcubiyet ve şükür borcunu ödemeye çalışıyor.

🐦 @yamanoglusena
📷 @yamanoglusena
yamanoglusena@hotmail.com

Yayımlanmış Eserleri

- Benim Adım Sena
- İki Dünya Arasında

"Üzülme! Allah bizimle beraberdir..."

Tevbe, 9:40.

Babam ve annemin ihtidalarına...
Dua niyetiyle...

Sunuş

HERKESİN BİR HİKÂYESİ VAR BENCE. Şöyle bir kenarda sessiz sakin bir yerde oturup anlatacağı, anlattıkça anlayacağı ve hatta bazen kendisinin dahi şaşıracağı bir hikâyesi var. Her birimiz için böyle değil mi zaten?

Ama şöyle bir durum da var. Bana göre insan terk ettikleri, terk edebildikleri kadardır. Ardında bıraktıkları ne kadar büyük ve ne kadar kıymetliyse buldukları ve sahip oldukları da o kadar kıymetli oluyor. Ben de bütün bunları önce dinlerken, sonra okurken tam da böyle hissettim. Küçücük bir kız çocuğunun arayışına şahitlik ettim. Samimiyetine, masumiyetine ve cesaretine hayret ettim. Zira bu hayal edilmiş bir hikâye değil yaşanmış ve hatta hâlen daha yaşanan bir gerçekti. Hani hep söylendiği gibi "gerçek bir hayat hikâyesi..." Hayır, öyle değil. Bu, gerçeğin ta kendisi...

Bazı hikâyeler anlatmak için değildir zannediyorum, yaşamak içindir. Ne kadar anlatırsan anlat hep eksik kalan bir şeyler olur. Bu da tam öyle bir hikâye. Çünkü okuduklarınızın dışında bir de sizin hisleriniz, hissettikleriniz olacak ve aslında bütün olanı o hisler tamamlayacak.

...

Siz şimdi bir kitabın içinde bir hayatı bir hayali bir kız çocuğunun hakikati ya da belki de kendini arayışını okuyacaksınız.

Bu bir yol hikâyesi, yolculuk hikâyesi desem yalan olmaz ama yarım olur. Zira bu bir arayışın bir buluşun ve hatta bir oluşun hikâyesi. Julia ile başlayan ama Sena ile biten bir yolculuğun hikâyesi.

Fatih Duman

Önsöz ve Teşekkür

DÜŞÜNCEYLE, TEFEKKÜRLE geçen aylar, uykusuz geçen geceler... Bunun elbette ki bir sebebi hatta çok önemli bir sebebi vardı. Dünyayı sarsan, gündemimi işgal etmekle kalmayıp yemeden içmeden kesilmeme sebep olan ateizm ve deizm akımı... Sinelerde yeşeren iman çiçeklerini solduran inançsızlık ve inkâr akımları... Bunlar beni ve kalemimi rahat bırakmadı. Bu nedenle hayatımı ve davamı anlatacağım bu romanı yazmaya karar verdim. Bu kararı aldığımda, omuzlarıma yüklendiğim yükün ağırlığı altında ezildiğimi hissettim.

Bir yolu olmalıydı. Bizlere emanet edilen beden gömleğimizi çıkaracağımız an gizli tutulmuştu. Her an bu ihtimali içerisinde barındırırken ben yıllarca bekleyemezdim. Yaşadıklarımı, hissettiklerimi anlatmalıydım. Ve belki bir gönülde hakikat tohumları yeşerir diye anlatmalıydım...

Bir bebeğin elleri secdeye uzanmalı ve ateşler şahının hayalleri paramparça olmalıydı. "Madem ölüm ölmüyor, kabir kapısı kapanmıyor. Öyleyse tam şuan olmalı. Yirmi bir yaşımda olmalı!" dedim ve nihayet bu satırları yazarken buldum kendimi.

Düşünüldüğü gibi ellili yaşlarının sonlarında, onlarca eseri olan bir yazar değildim. Yirmi bir yaşımdaydım ve korkuyordum. Henüz yeni Müslüman olmanın bilgisizliği ve iki yıldır Türkiye'de olmanın verdiği kısıtlı Türkçe ile tarifi mümkün olmayan bir ızdırabın içerisindeydim.

Elbette ki bu yük ağır olacaktı ve benden çok şey götürecekti bu süreç. Farkındaydım... İnziva, uzlet ve sükûnet sürecine girerek, dört duvar arasında geçirdiğiniz aylar düşünün...

Bu süreç boyunca yanımda olan, varlığıyla güç bulduğum, desteğiyle soluklandığım ve nihayetinde teşekkürü borç bildiklerim var.

Öncelikle ve en büyük teşekkürü hayat arkadaşım, dava yoldaşım ve pek kıymetli eşim Alparslan Yamanoğlu'na etmek istiyorum. Meşakkatle geçen bu yolculukta omuzlarımdaki yükü hafifletti.

Benim için Nesil Yayınları'nın Genel Yayın Yönetmeni olmasından daha ziyade, davama gönül vermiş bir ağabey olan Fatih Duman'a teşekkür etmeden geçemem elbet. Biliyordum ki ben onun küçük kardeşiydim ve tüm kalbimle güvenebilirdim. Pek çok gece uykularını kaçırdım onun. Bazen oldu onun da sesi karıştı hıçkırıklarıma.

Başta demiştim ya çok uzun bir süreçti bu. Bu süreçte heyecanımızı paylaşıp kitabımızı yayına hazırlayan editörümüz Yusuf Yıldız ağabeyime de yoğun mesaisi için teşekkür ediyorum.

Ve elbette ki en büyük teşekkür, en büyük olana olmalıdır. Aciz ve garip bir hâlde, bir ayağı kırık valizimle hicret yollarına düşmüşken, bugün yaşadıklarımı kaleme almamı nasip eden biricik Rabbime olmalıdır...

Teşekkürler Allah'ım...

Julia Sena Yamanoğlu
İstanbul 2022

İstanbul'da bir gün
2019

"Her arayan bulamaz ama bulanlar arayanlardır."

İSTANBUL HER ZAMANKI ÇALKANTISINA hazırlanıyordu. Kepenklerini kaldıran dükkân sahipleri, çıkardıkları seslerle sokakları terk edildikleri uykudan uyandırmaya başlamıştı bile. Yıldızlar sönmeye yüz tutmuş, güneş doğmaya hazırlanıyordu. Martılar Sultanahmet Camii'nde yankılanan Ezan-ı Muhammedi'nin yanık sesli Bilaline eşlik ediyordu. Kulaklar duymasa da, kalpler titremese de, bu ilahi nida yedi kat semadaki melekleri ağlatıyordu. Öylesine ağlıyordu ki melekler, toprak kokusu sızlatıyordu genizleri. Yağmur, nur olup iniyordu İstanbul sokaklarına. O sokaklardan birisi de Sultanahmet Camii'nin ardında kalıyordu. Düşünüldüğünün aksine, huzurlu bir sokak değildi burası. Sokak sakinleri, küfür ve hakareti aralarında kullandıkları sıradan ve günlük bir lisan misali hiç düşürmezlerdi dudaklarından. Sararan dişleriyle kahkahalar atan ihtiyarlar, kahvehanesinden eksik olmazdı. Öğlenleri hınca hınç insan karmaşasıyla çalkalanan bu sokak, gecelerini sessiz ve terk edilmiş geçirirdi. Ama bu gece farklıydı. Gündüzün bunca dünya rengine boyadığı o sokakta, gecenin bir vakti ve zifiri karanlığın içinde, rüzgâr hışırtısının pervazlarını titrettiği bakımsız ve yıkılmaya yüz tutmuş üç katlı bir binanın ikinci katından gelen hıçkırık sesleri, evin çatlak camlarını titretiyordu. Sonra bu hıçkırıklar;

"Bulacağım ya Rasulullah... Emanetini alacağım ya Rasulullah... El Aman... El Aman..."nidalarıyla sokağa yayılarak derin bir sessizliğe gömülüyordu.

...

Sabahın ilk ışıklarıyla apartmanın kapısı aralandı. Kapının arasında kurulmuş örümcek ağları ne kadar da az kullanıldığına işaret ediyordu. Kapının gıcırtısı kulakları tırmalarken duvardan destek alarak yürüyen bir kadın "Bismillah" diyerek attı sağ ayağını sokağa. Yumuşak elleri, nezaketle kapıyı kapattı. Bir süre sokağı boydan boya süzen kadın, selam verecek birini bulamayınca, diğer eliyle siyah şemsiyesini açtı ve ağır adımlarla yürümeye başladı. Babasından kalmıştı bu şemsiye ona. Talebelik yıllarında okuduğu mektebin İngilizce muallimiydi babası. Mektep bitiminde yağmur yağarsa eğer, bu şemsiyenin altına girerlerdi birlikte. "Paşa babam" dedi kadın yüzünde acı bir ifadeyle. Babası hem annelik hem de babalık yapmıştı ona. Annesini hiç görmemişti. Onu dünyaya getirirken kendi bu dünyadan gitmişti.

Yılların getirdiği yorgunluk çizgileri şakaklarında dolaşırken, bastonuna yaslanarak yavaş ve ağır adımlarla yürümeye başladı ihtiyar kadın. Yol bitmiyor, takat yetmiyordu dayanmaya. Bir mühlet yürüdükten sonra nihayet bitirdi sokağı... Tramvay caddesinden geçerken, beyaz yazmasının üzerine giyindiği yeşil başörtüsü, esen rüzgârın etkisiyle omuzlarının ardından süzülüyordu. Kararlı adımlarla ilerleyen yaşlı kadının adımları gitgide yavaşladı, ağırlaştı ve nihayetinde durdu. Yirmili yaşlarında, beyaz tenli, kısa siyah saçlı, yüzünde yuvarlak camlı bir gözlüğü olan genç bir kızın omzuna dokundu. Bunu neden yaptığını tam olarak bilmese de yapması gerektiğini biliyordu. Zira birini arıyordu ama bulduğu aradığı mıydı işte onu bilmiyordu. "Belki de" diye geçirdi içinden ve tedirginlikle de olsa dokundu kızın omzuna.

"Kızım, seni kim gönderdi?" dedi birden, daha önce hiç görmediği, kim olduğunu bile bilmediği bu kıza.

Genç kız kulağına taktığı kulaklığı çıkarıp; "Bir şey mi söyledin teyze?" dedi.

Yaşlı kadın sorusunu tekrarlayacaktı ki genç kız cebinden beş lira çıkarıp uzattı yaşlı kadına. Göz bebekleri nemlenmeye, dudakları titremeye başlamıştı yaşlı kadının. Fıstık yeşili paltosunun düşmeye yüz tutmuş yamalı cebinden çıkardığı krem rengi mendille ihtiyar yüzünden süzülen yaşları silerek; "Ben dilenci değilim evladım. Paran sende kalabilir." dedi.

Genç kız, yaşlı kadının eskimiş kıyafetini üzgün gözlerle süzerken "Sadece yardım etmek istemiştim." dedi.

"Bana yardım etmek istediysen benim aradığım sen değilsin o zaman kızım." derken hıçkırıklar düğümlendi yaşlı kadının boğazında. Saklanmak istercesine, caddenin bir ucunda bulunan bir köşeye ilerledi yaşlı kadın. Yükselen hıçkırık sesleri dinmiyor, aksine yükseliyordu ilerledikçe. Sessizce bir köşede sırtını duvara yaslayıp, bir süre, ağladı yaşlı kadın. Çaresizce ağladı. Derin derin ağladı. Sonra deniz mavisi gözlerini kısarak; "Emanetini bulacağım kalbimin sahibi. Emanetini bulmadan sönmeyecek ömür istasyonumun son feneri." dedi ve parmaklarının tersiyle gözyaşlarını silerek ilerlemeye başladı.

Sık sık genç kızları durdurup bir süre konuştuktan sonra yoluna devam eden bu kadının derdi neydi böyle? Acaba evladını arayan bir anne miydi? Bıkmadan usanmadan herkese aynı soruyu soruyordu. "Seni buraya kim gönderdi?"

Bazı genç kızlar anlamsızca yüzüne bakıyor, bazıları yaşlı kadınla alay ediyordu. Bazıları seslerini yükselterek uzaklaşmasını söylerken, bazıları nezaketle yolunu değiştiriyordu. Kaybolmuşçasına çaresiz ve çekingendi yaşlı kadın. Yolda mı kaybolmuştu yoksa aradığı yolcuda mı diye sorulacak olsaydık, "yürüdüğüm yol yabancı değil" derdi yaşlı kadın. Yıllarca eskitmişti sokak kaldırımlarını. Belki gözlerini kapatsa bile bulurdu yolunu. Ama aradığı yolcuyu belli ki kendisi de bilmiyordu. Sadece arıyordu, hep arıyordu. Ama aramak bulmak demek değildi ki.

Bir süre ilerledikten sonra Sultanahmet meydanının yakınlarında buldu kendini. Yaşlı kadının adımlarını kontrol etmesi zorlaşmış, bastonuna verdiği yük ağırlaşmaya başlamıştı. Yağan yağmur zemini kayganlaştırıp ilerlemeyi daha zor bir hâle getiriyordu. "Bu yaşlı hâlim emanetini aramaya takat bırakmadı ey Efendim." dedi. "Emanetini arayarak geçirdiğim koca günler..." diye ekledi.

Rüzgârın şiddetiyle savrulan şemsiye bile yaşlı kadına ağır gelir olmuştu artık. Elinde tuttuğu şemsiyeyi güçlükle kapatıp, yakınında duran banka oturarak soluklanmaya başladı. Bir süre bakışlarını iki yanında duran Ayasofya ve Sultanahmet Camii'nin sanatlı minarelerinde gezdirirken merakı canlanıp zihnini yeniden meşgul etmeye başladı.

Kimdi bu yolcu? Yüzü, gözü nasıldı acaba? Neden kendisine emanet olarak yollanmıştı genç kız? Yaşlı kadın bu düşüncelerle iki mübarek caminin huzuruna varıldığı meydanda sorularına cevap ararken, soğuktan titremekte olan siyah benekli, sarı bir kedi, bankın üzerine zıpladı. Düşüncelerini bir kenara bırakıp "Gel bakalım. Sen de mi üşüdün benim gibi?" dedi yaşlı kadın. Soğuktan titreyen kedinin banka atlamasıyla, yaşlı kadına sürtünmeye başlaması bir olmuştu. Yaşlı kadın kediyi kucağına aldı. İliklediği kalın paltosunun düğmelerini açtı. Sol eliyle, paltosunun sol bölümünü tutarak kedinin üzerine örterken, sağ eliyle de kediyi okşuyordu. "Belki de onun değil benim ihtiyacım vardır karşılanmaya. Benim ihtiyacım vardır karşılamaya. Belki arayan değil aranan benimdir." dedi kısık bir sesle. Zihninden geçen kaygılarının nefsinden geldiğini anlaması uzun sürmedi yaşlı kadının. "Allah'ım güç ver şu yorgun bedenime. Beni Efendime karşı utandırma."

Derin düşünceler içerisinde gökyüzünde uçan kuşları izlerken donuklaşmıştı gözleri yaşlı kadının. "Uçun ey kuşlar! Efendimin emanetini bulduğum gün benim de ruhum sizinki kadar özgür olacak!"

Sıcak kucağında uyuya kalan kediyi nazikçe banka bıraktı. Kalbinden geçenlerin verdiği huzur, çehresini kaplamıştı çoktan. Artık, emaneti arama vakti gelip çatmıştı...

Berlin merkezinde bir apartman dairesi
12 Ocak 2019 - Cumartesi
03.30

"O seni yol bilmez hâlde bulup, yol göstermedi mi?"

ALLAH'IM NE KASVETLİ BİR GECEYDİ. Gökyüzü parılda-yan şimşeğin şiddetiyle parçalanacaktı sanki. Nasıl uyu-yabiliyordu insanlar, gece böylesine ürkütücüyken. Gözlerim-den uyku akmasına rağmen, uyuyamamıştım bir türlü. İçimi bir şey kemiriyordu sanki. Zihnimde kopan fırtına, bir türlü durulmak bilmiyordu. Tozpembe hayallerim, yerini endişeye ve korkuya bırakmaya başlamıştı. Vazgeçecek oldum bir an hayalini kurduğum her ne varsa. Belki de hiç terk etmeme-liydim evimi. Hem dil bilmeden, yol bilmeden nasıl yaşardım bilmediğim bir şehirde? Kiminle arkadaş olacak, kime aça-caktım derdimi? Kim tutacaktı ellerimi? Düştüğüm ümitsizlik kuyusundan kim çıkaracaktı yorgun bedenimi?

Bu sorular zihnimi zorlasa da "Allah bana yeter." deyip

yola çıkmıştım ve "Allah bana yeter." deyip yola çıkan bir kızın zihninde dönmemeliydi bu düşünceler. Üç sene boyunca Allah'tan gayrısını gönlüme sokmamaya ahdetmişken, dert açabileceğim bir dost bulmanın telaşına mı kapılmıştım şimdi de? Bana şah damarımdan yakın olan, O değil miydi? Kimsenin hâlimden haberdar olmadığı o karanlık gecede, gökyüzüne haykırarak getirdiğim Kelime-i Şahadetin en yakın şahidi değil miydi O? Seccadeyi serip huzuruna ilk çıkışımda, dizlerimin bağını çözen değil miydi O? Annem dâhil tüm ailem bana sırtını dönmüşken, O hiç bırakmadı beni. İslam düşmanlığıyla meşhur Szczecin şehrinde, İslam nurunu düşürdü gönlüme. Çorak toprakta yeşertti gülü, susuz kuyudan su verdi sanki.

Demek çok seviyordu beni. Hem sevmese varlık âlemine getirir miydi hiç? Bunca nimeti bana sunup da kâinatı verir miydi hizmetime? İster miydi kudret kalemiyle yazılan kâinat kitabının, büyüleyici sayfalarını okumamı? Demek O da beni çok seviyordu. Hep yakındı... En yakındı...

Gecenin sessizliğini ok gibi delecek olsa da, ahdimi semaya haykıracak oldum bir an. Bulunduğum dairede yalnız olmadığımı hatırladım da vazgeçirdim kendimi bu düşünceden. Bu sefer içime içime haykırdım. Sessiz sessiz mırıldandım. Gönül sarayımın tek sultanı sensin ey Rabbim.

Berlin'in güç bela bulduğum sokağında yağan yağmurda donuklaşmıştı bakışlarım. Önce kendime çok kızdım. Sonra içimi kemiren bu düşüncelerimin nefsimden geldiğini anlayınca, derin bir acizlik duygusu sardı benliğimi. Ellerim pencerenin pervazında, gözlerim semadan boşalan yağmur damlalarında. Misafirliğimin son gecesi bitmek üzere. Güneşin doğmasıyla dört koca günü geride bırakmış olacaktım Berlin'de.

İnsanlarından mıdır bilmem, kalbim bu şehri sevmeye bir türlü rıza göstermemişti. Ben henüz ilkokula giderken sıkça yurt dışına seyahat ederdik. Babamın iş seyahatleri sebebiyle, dünyanın bir ucundaki ekvatoral ülkelerin pahalı otellerinde haftalar süren tatiller yapardık. Her ne kadar iş için gitmiş olsa da gittiği ülkenin en lüks otelinde tatil yapmaktan geri kalmazdı babam. Yaşım henüz çok küçük olduğundan, Polonya'daki evimizde yalnız kalmamam için beni de alırdı yanına.

Bir gün yine bir seyahate çıkmaya hazırlanıyorduk. Babam uçağı kaçırma ihtimalinin verdiği telaştan mıdır bilmem, bir eliyle eşyalarını bavula sıkıştırırken diğer eliyle şakaklarını ovmaya çalışıyordu. "Akşam amma çok içmişim, beynim patlayacak neredeyse." dedi bir ara. Babamın somurtkan çehresinden çekinerek; "Başına masaj yapmamı ister misin baba?" dedim, yüzüme şirin bir ifade takınarak. Babam söylediklerimi umursamadan bavulunu kapadı. Evimizin üst katına çıkmak için merdivenlere doğru yürürken; "Nereye gidiyoruz baba?" dedim meraklı bir ses tonuyla. "Antalya'ya gidiyoruz kızım. Çok eğleneceksin." deyince merakım daha çok canlanmaya başlamıştı. "Antalya'mı? Orası neresi baba?" diye sordum. Babamın umursamaz ses tonu, sinirli bir hâl almaya başlamıştı. "Hani montunun omzuna bayrağını yapıştırıp sokakta gezdiğin ülke var ya. O ülkenin bir şehri." diyerek kestirip attı.

Gardırobunun özel bir bölmesine montelenmiş çelik kasasının kilidini açarken; "Beni bilmem ama senin çok eğleneceğin kesin." dedi alaycı bir ses tonuyla. Haklıydı aslında söylediklerinde. Neden bilmem, hep sevmiştim Türkiye'yi. Montumun omzuna bayrağını yapıştırıp okula giderken arkadaşlarım dalga geçirdi hep benimle. Türk bayrağını sevsem de omzuma yapıştırmamdaki asıl neden, İstanbul'a olan hayranlığımdı.

Şimdilerde İslam'ı seçmiş olmam, bu şehre karşı duyduğum hayranlığın katlanarak artmasına neden olmaya başlamıştı. Onlarca şehir görümüştüm fakat İstanbul çok başkaydı. Bu şehrin havası karşısında mıhlanmıştım sanki. Ah İstanbul...

Fatih'in şehri... Romanlara, şiirlere, efsanelere konu olmuş destansı şehir. Ezan sesleri yankılanırken martıların semasında süzüldüğü, tesettürlü kadın ve kızların tevazu ile selamlaştıkları, beyaz sakalından abdest suyu damlayan ihtiyarların vaktin sahibinin huzuruna varma telaşıyla hızlanan adımlarla yürüdüğü şehir. Böyle hayal etmiştim seni. Zaten sana gelmekten başka pek de çarem kalmadı. Sen misin çağıran, ben miyim çağırılmadan talip olan bilmem ama günün ağarmasıyla düşecektim yollarına. Düşlediğim gibi misin acaba? Aslında kültürüme hem bu kadar yakın olup, hem İslam'ın yüzlerce yıldır bu seviyede yaşandığı bir şehir olman cezp etmişti beni. Sana hicret etmemdeki en belirleyici özellik bu olmuştu.

Subhanallah...

Belki... Belki de kalbimde taşıdığım Türkiye sevgisinin derinliklerinde gizli olan bir anlam vardı. Hicret sokağından geçen yolumun İstanbul'da nihayete ereceği çok önceden yazılmıştı belki kaderime. Her ne kadar nefsim kendinden bekleneni yapıp gönül sarayıma çıkartma yapsa da gönül sarayımın sultanı tarafından gönderilen kader muhafızları, nefsimi hezimete uğratmaya güç yetirmişti.

Nefsim tekrar konuşacak oldu bir an. Bu sefer; "Sus ey nefsim! On altı yıl gökyüzünü izledim de sanatkârımı bana göstermedin. Gökyüzünde süzülen kuşlara ne güzeldir dedim de ne güzel yapılmış diyemedim. Okuyamadım kâinat kitabının sayfalarını. Sanatı değerli görüp, sanatkârı görmezden geldim! Kör olası gözüme milyarlarca delil sunuldu da bir tanesini göremeden yaşadım on altı sene! 'Seni rahata kavuşturmayacağım.' diyerek ben de katıldım kader muhafızlarının safına. Kader muhafızları... Gönül sultanım tarafından görevlendirilen sevimli muhafızlar. Külli irademi aldığı emir karşısında koruyan sevimli dostlarım..."

Kalp atışlarım nefsime karşı verdiğim meydan savaşının stresinden kurtulmaya çalışırken zihnim tozpembe hayallere dalmıştı çoktan. Annem ve babam yeniden birlikteydiler kurduğum hayalde. Müslüman olmuşlardı. Babam Kur'an okurken, annemle birlikte babamı izliyorduk. Başına sardığı beyaz sarığı omzundan sarkıp, nur gibi parlayan alnını daha çok ortaya çıkarıyordu. Bir süre Kur'an okuduktan sonra başını kaldırıp deniz mavisi gözleriyle bizi süzüyordu babam. Ah babam... Eliyle yanağımı okşayıp beni ne kadar sevdiğini anlatırken nemleniyordu gözleri. Annemin makyajlı yüzünden eser kalmamıştı artık. Cildi duru ve pürüzsüzdü. Pahalı markaların kombini olmadan hayal edemediğim annem, bej rengi sade bir elbiseyle dizlerinin üzerinde oturuyordu. Babam türlü şirinliklerle annemle şakalaşırken, annem tebessüm ediyor ve tevazuuyla eğiyordu başını. Kahkahalarıyla binayı inleten annemden eser kalmamıştı. Ve ben huzurla onları izliyordum. Sanki kırılmamış hiç iki kanadım. Ayrılmamışız parçalara. Sonra gözümden akan yaşlar, kurduğum hayalden uyandırıyor beni. Yaşamamıştım bunları ama yaşamak ne muazzam bir şey olurdu. Ne yazık ki bu bir hayaldi... Ayakta durmaya güç yetiremeyip pencerenin dibine çöküp duvara yaslıyorum başımın sağını;

"Ey gönül sarayımın Sultan-ı Ekberi! Nasıl görmez gözlerimiz merhametinin yüceliğini? Mütemadiyen dolup boşalan şu dünya, yol üzerinde misafir olunan bir haneden farksız. Eğlenceleri gecelik, mutlulukları anlık. Ruhum dünyanın dar âlemine sığmıyor. Ahireti istiyor, cemalini istiyor, Resulünü görmek diliyor. Nefsimse, dünya hanının anlık eğlencelerine dalmış, zehirli tatlılarını yemekle meşgul. Bilmiyor ki o tatlılar zehirlidir ve yiyeni rahatsız eder. Anlık zevklerin karşılığında, bir ömrünü ağlamakla ve pişmanlık gözyaşlarıyla geçireceğini anlayamıyor. Ruhum fani âlemin zevklerinden baki âleme yüzünü dönmüşken, nefsim baki âlemin varlığını dahi hatırlamak istemiyor. Madem öyle, dünya onların ahiret benim olsun istiyorum Allah'ım. Resulünün hasretiyle esen rüzgârlar sızlatmasın genzimi Allah'ım...

On sekiz yılını seni yalanlayarak geçirmişken, bu nankör ağlamasın da kimler ağlasın? Kimlerin boğazında düğümlensin hıçkırıklar? Tam da şimdi denizinden nasiplenme ümidiyle hayatımı rızana adıyorum ey Rabbim. Ümitsizlik kuyusuna mahkûm edersen eğer beni, hakkındır. Bağışlamasan hakkındır. Ama senin merhametini öylesine yüce görüyor ve sığınıyorum ki sonsuz merhametine, beni bağışlayacağını umuyorum. Senin yüceliğine affetmek yakışır. Af Allah'ım... Af Allah'ım af..." Semaya kalkan kollarımın yorulduğunu hissedince avuçlarımı yüzüme sürüp "Âmin." dedim.

Neden sonra fark ettim gözlerimden akan yaşların ıslattığı kilimi. Utandım. Ben gözyaşıyla yerleri ıslatacaklardan mıydım ki? Gerçi nefsimle ilk savaşım değil bu. Son da olmayacaktı. Polonyalı bir komutanın "En büyük savaş, gözyaşı akıtılarak kazanılandır." sözü gelmişti hatırıma. Ben de bir savaştaydım ve tek silahım vardı; gözümden akan yaşlar...

***

Misafir olarak bulunduğum oda, ilk bakışta bile öğrenci odası olduğu anlaşılacak kadar dağınıktı. Yatak olarak kullandığım kanepe klasik İsveç kanepelerini andırıyordu. Alelade masaya serpiştirilmiş defterlerin üzerinde unutulduğu, beyaz, plastik çalışma masasının hemen yanında bulunan pencerenin önünde yere çökmüş, sırtımı duvara yaslayarak ağlıyordum. Polonyalı komutanın sözü bir süre zihnimde döndükten sonra ıslanan yüzümü silmiş ve yerine alaycı bir ifade takınmıştım. "En büyük acizlik, gözyaşı akıtılarak farkına varılandır." diye mırıldandım. Şaşırdım sonra bu cümleyi kurduğuma. Gözümden akan yaşın, acizliğimin büyüklüğünden kaynaklandığını anlamam uzun sürmemişti. Yalnızca ve sadece on sekiz yıl...

Gökyüzünden boşalan yağmur damlalarının, çatlak camlı ahşap penceresini ıslattığı tezgâhından tutarak doğrulacakken, arkadaşım Aliya belirdi karşımda. Aliya Amerikan pasaportuyla Berlin'e okumak için gelen Suriyeli bir üniversite öğrencisiydi. Zeytin siyahı göz bebeği, yuvasından fırlayacak kadar iriydi. Vakur yürüyüşü kısa boyunu bir hayli heybetli gösteriyordu doğrusu. Son zamanlarda boynundan çıkarmadığı Filistin atkısı, çevresindeki herkese aktivist imajı veriyordu. On sekiz yıllık hayatımda, psikoloğumdan sonra sırlarımı bilen tek kişi olmuştu Aliya. Polonya'dan hicret etmek zorunda kaldığımı öğrenince bir süreliğine evinde misafir etmekten geri durmamıştı beni.

Gecenin sessizliğinde aniden karşımda belirince; "Ödümü kopardın be arkadaşım. Ne zamandır orada beni izliyorsun?" dedim. Karşılığında cevap alamamıştım Aliya'dan. Kısa bir süre nemli gözlerle izledi beni. Sonra hızlı adımlarla yaklaşarak sıkıca kucakladı. O kadar sıkı sarıldı ki nefesim kesilecek gibi oldu bir an. Konuşmamıştı benimle ama anlaşmıştık biz Aliya ile.

Sessizliği hıçkırıklara dönüşünce ben de tutamadım kendimi. İçli içli ağladık birbirimize sarılarak bir süre. Neden bilmem gözleri gülüyordu Aliya'nın. "Gözlerinin içi gülüyor kardeşim." dedim ağlamaklı bir ses tonuyla. Gözünden süzülen yaşları silerek "Mutluyum arkadaşım. Senin için çok mutluyum. Bakma sen benim gözyaşlarıma. Bunlar mutluluk gözyaşları." dedi ve elimden tutarak peşi sıra dairenin oturma odasına sürükledi beni. Dar bir holden geçtikten sonra oturma odasına varmamız uzun sürmemişti. Odadaki tek kanepeye oturmamı istedi.

"Beni bir saniye bekler misin Julia?" dedi ve sonra cevap vermeye fırsat bulamadan hızla odadan çıktı. Beni oturma odasına getiren Aliya neden burada yalnız bırakmıştı? Merak etmeye başlamıştım doğrusu. Bir şey mi getirecekti yoksa? Aliya'yı beklerken odayı incelemeye başladım. Sandığım gibi dayalı döşeli bir ev değildi burası. İki öğrenci arkadaşıyla birlikte paylaşıyordu dairesini. Ben misafir olarak gelince bir arkadaşı diğer öğrenci arkadaşlarının dairesine misafir olmak durumunda kalmıştı. Oturma odasına ilk girdiğimde salonu süsleyen çiçek desenli duvar kâğıtları karşılamıştı beni. İlk gün gözüme garip gözüken desenler, şimdilerde şirin görünmeye başlamıştı. Tavanı oldukça yüksek olan bu oda, Berlin'deki çoğu daireler gibi ikinci dünya savaşından kalma eski tip Alman dairelerinin oturma odalarıyla hemen hemen aynıydı. Üç katlı binanın giriş katında bulunan Fransız penceresinden bakıldığında, civarındaki çoğu dairelerin arasında ufacık kalıyordu.

Sonra duvarda asılı duran saat dikkatimi çekti. Antikayı andıran ahşap saatin sarkacından çıkan ses, uykulu gözlerimi hipnoz olmaya zorluyordu sanki. Saatin yelkovanı 04.30'u gösteriyordu. Kulağıma çalınan ayak sesi, oturma odasının aralıklı kapısına yöneltti bakışlarımı. Sanki duvarların kolonlarını titretecek kadar güçlü çıkan bu ses, Aliya'nın ayak seslerinden başkası olamazdı zaten. Oturma odasına girince, boynuna doladığı Filistin atkısı çekti dikkatimi. Odada bulunan tek kanepenin üzerinde otururken ayağa kalkıp "Yer mi versem..." diye düşündüm bir an. Kalkacaktım ki eliyle oturmamı işaret ederek önüme diz çöktü. Pak ve nemli gözleriyle gözlerini kapatıp açarak tebessüm etti bana. Tebessüm ve sessizlikle cevapladım selamını. Sonra boynuna doladığı Filistin atkısını çıkarıp avuçlarıma koydu ve kapadı avuçlarımı.

Ellerini ellerimin üzerine koyarak "Julia, sen benim ikinci kız kardeşimsin. Neden biliyor musun?" diye sordu.

Meraklanmıştım doğrusu. Ben de Aliya'yı kardeşim gibi görüyordum ama bir sıraya sokmamıştım. Neden bir değil de ikinci oluyorum diye düşünürken, gönül sırasındaki birinciyi kıskandım. Kimdi bu kız? Neden bilmem uykunun meraklı gözlerimi terk etmeye başladığını hissettim.

"Ben tek çocuk değilim Julia. Benim bir kız kardeşim var.

Daha doğrusu vardı." derken gözlerini kaçırdı gözlerimden. Sakinliğini koruyarak soğukkanlı bir ifadeyle anlatmaya devam etti. "O zamanlar harap olmuş bir şehir değildi Suriye. Caddeleri turistlerle dolup taşardı. Dünyanın her yerinden öğrenciler, okumak için akın ederdi Suriye'ye. Ayrıca ilim konusunda da çok gelişmiş bir medeniyete sahipti ülkemiz. Ülkenin her yerinde medreseler ilmin beşiği gibi büyük âlimler tarafından sallanmaktaydı. Büyük bir medeniyetimiz ve her şeyden önemlisi huzurumuz vardı o zamanlar.

Takvimler 2011'in Ocak ayını gösteriyordu. Halep son zamanların en soğuk günlerini yaşıyordu. Dışarısı öylesine soğuktu ki çıkaramıyordu kimse ellerini cebinden. İşte böyle bir günde kardeşim ve ben kol kola girmiş eve dönüyorduk. On sekiz yaşına girmişti o gün. Koluma girdiği eliyle cebine soktuğu telefonu öylesine sıkıyordu ki kolum titriyordu. Gülümsüyordum. Mutluydum. Birazdan her şeyin değişeceğinden habersiz ve mutlu..."

Gözleri nemlenmeye, dudakları titremeye başladı Aliya'nın. Neden bilmem iyi bitmeyecekti bu hikâyenin sonu. Oturduğum kanepeden, Aliya'nın dizinin dibine bıraktım kendimi. Ellerimi kenetleyen tombul elleri, avuçlarıma bıraktığı Filistin atkısını her geçen dakika daha fazla sarmalıyordu.

Konuşmasına devam etti titrek bir sesle.

"On sekiz yaşına girdiğinde telefon alacağıma söz vermiştim kardeşime. O gün kardeşimin doğum günüydü Julia. O da senin gibi on sekiz yaşındaydı kuzum." dedi ve ellerime kapaklandı. Kapandığı ellerimden çok avuçlarımda tuttuğum Filistin atkısıydı sanki. Neydi bu atkı? Neden onun için bu kadar önemliydi? Neden avuçlarımdaydı? Neden bahsetmemişti daha önce kardeşinden? Aliya konuştukça zihnime akın eden soruların sayısı katlanarak artıyordu. Aslında, en derin konuları dahi saatlerce tartışabilirken, kendi hayatıyla ilgili konuşmamasından anlamalıydım bir şeyler gizlediğini. Ellerim arasında boğuklaşan sesi, hıçkırıklarına karışarak sözlerine devam etti Aliya;

"Daha önce hiç duymadığım büyüklükte bir ses patladı kulağımda. 'Hasbunallah' sesini duydum kardeşim Züleyha'dan. Sonrası çınlama ve uğultu. Ses o kadar korkutucuydu ki yere kapanıp ellerimle kulaklarımı tıkamam bir olmuştu. Girdiğim şok dakikalarca kımıldatmamıştı kapandığım yerden. Kafamı ellerimin arasına gömmüş yere kapanarak bekledim uzunca bir süre. İnleme sesleriyle kendime geldiğimde kardeşim Züleyha'nın bedeni. Kardeşim... Kardeşim..."

Allah'ım... Kardeşi şehit mi olmuştu yoksa? Boğazında düğümlenen hıçkırıklar sık sık öksürmeye zorlasa da inatla devam etmişti Aliya konuşmasına. Gözünden akan yaşlar dizlerimi ıslatmıştı çoktan. Benim gözyaşlarım da onun saçlarını... Ne söylemeliydim bilmiyordum. Nasıl teselli edilir böylesine büyük bir acı, onu da bilmiyordum. Bildiğim tek bir şey varsa Aliya'nın çok güçlü bir kadın olduğuydu. Bazen özenirdim ona. Keşke onun kadar güçlü ve öz güvenli kalabilseydim derdim hep. Şimdi o güçlü kadın gitmiş yerine bambaşka bir kadın gelivermişti.

Bir süre saçını okşadım Aliya'nın. Taraf değiştirmiştik sanki. Güçlü olan tarafı oynamaya alışık olmasam da o an güçlü olmam gereken andı. Gözyaşlarımı silerek; "Kaldır başını kardeşim." dedim kararlı bir ses tonuyla. Ağlamaya devam ettiğini görünce, elimde tuttuğum Filistin atkısını kanepeye bıraktım. Omuzlarından tutarak doğrulmasını sağladım ve konuşmaya başladım;

"Ölüm bizim için kurtuluşun habercisidir kardeşim Aliya. Şehadeti mübarek olsun. Ne mutlu ki o bu dünyayı şehadetle terk edenlerden olmuş. Cennetin bir kuşu olmuş. Hem kendi ahiretini kurtarmakla kalmayıp size de şefaatçi olacak inşallah. Allah şehitlerden eylesin. Allah sabrını artırsın. Demek onca sorumu bu yüzden cevapsız bıraktın. Peki, neden bunları bana şimdi anlattın kardeşim? Hiç derdin yokmuş gibi günlerce benim derdimi dinledin. Açsaydın ya derdini sen de bana." dedim sitem edercesine.

Bir dilek hakkım olsa, Aliya'yı teselli edebilecek birkaç saatimin olmasını dilerdim. Anlattığı olayın etkisinden çıkamamıştı Aliya. Biraz önce avuçlarımı sıkıca tutan elleri, titremeye başlamıştı.

Sözlerine devam edince, konuşmamı algılayamayacak kadar geçmişe döndüğünü fark ettim.

"İşte o an, kucağında minik bebeğiyle koşan bir annenin; 'Bebeğimi kurtarın! Kulunuz köleniz olurum. O yaşamalı! O daha bebek! Ne olur kızımı kurtarın... Kızımı...' diye bağırarak nereye koştuğunu bilmeden bir o yana bir bu yana koşuşturması çekti can pazarının ortasında dikkatimi. Başımda bir sıcaklık hissedince elimi saçıma götürdüğümü hatırlıyorum. Bir de telaşla kardeşim Züleyha'yı sedyeye yükleyip koşan iri yarı adamları. Neden bilmem bir süre koştuktan sonra yere bıraktılar kardeşimi. Başka birinin nabzını kontrol edip onu aldılar ve devam ettiler ilerlemeye. Olay yerinde dona kalan ben; 'Durun bırakmayın kardeşimi!' diyerek koştum ama yetişemedim. İşaret ve orta parmağımla kardeşimin nabzını kontrol ettim, atmıyordu. Gözüm hiç kimseyi görmüyor, kulağım hiçbir sesi duymuyordu artık. Kardeşimin gül yüzünde dona kalmıştı bakışlarım. Gül çehresi tebessüm ediyordu sanki. Biraz önce şakalaşarak yolu paylaştığım kardeşim, caddenin soğuk betonunda cansızca yatıyordu. Yanyanaydık fakat ruhlarımız artık başka âlemlerdeydi. İşte şu kanepenin üzerinde duran Filistin atkısı kardeşimin şehadeti sırasında boynuna doladığı atkıdır Julia. Kardeşimden hatıra kalan tek eşya bana. En zor günlerimde bu atkıya bakarak teselli buldum ben. Şimdi en değerli gördüğüm hediyeyi veriyorum sana. Neden bu atkıyı sana verdiğimi sorma! İtiraz da etme. Sadece al ve hicretin boyunca boynundan çıkarma kardeşim." Artık senin de bir davan var. Memleketin Polonya'dan İstanbul'a uzanan hicret yolculuğunda bu atkıyı takmanı istiyorum. Göreceksin güven verecek sana." dedi.

"Kardeşim ben bunu..." alamam diyecektim ki, kaşlarını çatarak zeytin siyahı gözlerini kıstığını görünce devamını getiremedim.

Aliya, aslında bana bir Filistin atkısı değil; çocukluğunu, memleketini, acısını, aslında kardeşini emanet etmişti bana.

***

Dört gün kaldım Aliya'nın yanında. Misafir olarak gelmiştim ama kardeş olarak gidecektim. Hicret anı gelip çatmıştı. "Hakkını helal et kardeşim, dört gün boyunca kahrımızı çektin." dedim mahcup bir ifadeyle. Ellerimi tutarak "Helali hoş olsun canım arkadaşım. Asıl sen bana hakkını helal et. Kendi derdimle seni üzdüm." dedi.

"Anlattıkların bana güç verdi kardeşim. İslam dört bir yanda zulme uğramaktayken, bize düşen Allah ve Resulünün yolunda gayret etmektir. İlim öğrenmek, gönülleri fethetmek. Cehennem gibi bir tehlike var ve 'daha fazla isterim' diye haykırmakta. Ve koca bir nesil ateşe koşmakta. Bize düşen kardeşlerimizi o ateşin tehlikesinden korumaktır. İşte bu bizim en büyük cihadımızdır." dedim ve kanepeden aldığım atkıyı öperek; "Sen bu atkıya baktığında kardeşini hatırlıyordun. Oysa ben şimdi tüm ümmetin kan ağlayan hâlini hatırlıyorum kardeşim." dedim Filistin desenli atkıyı sıkarak.

Ortamı yumuşatan bir sesle; "Bavulun hazır mı?" dedi Aliya. Saati unuttuğumu fark ettim o anda. Duvarda asılı duran saate baktığımda "Eyvah, uçak kaçacak Aliya." dedim. "Uçağın kaçtaydı?" dedi Aliya endişeli bir sesle. "Sekizde" derken bir yandan dudağımı ısırmaktan geri durmadım. "Heyecanlanma. Yetişirsin Allah'ın izniyle. Bavulun hazır mı?" deyince sorusuna dahi cevap vermeden panikle odama koştum. Bir önceki akşamdan katladığım eşyalarımı bavuluma yerleştirmeye başlamıştım.

Aliya, "Sakin ol kardeşim. Ucu ucuna da olsa yetişirsin." dedi. Zaten bavulum da hazırdı. Bavulumu kapatacağım esnada elinde tuttuğu üç montla "Bunları nereye sokacaksın?" dedi. Çantam öylesine dolmuştu ki, en ufak bir şey daha soksam patlardı. Düşünmeden üç montu da sırayla üzerime giyindim. Her montu giyindiğimde üzerim kalınlaşıyor, komik bir hâl alıyordu. Bu durum Aliya'yı çok güldürdü ve kısa bir süre şakalaştık kardeşimle. "Haydi muhacir kardeşim. Ensar kardeşlerin seni bekler. Bekletme onları." dedi ve sıkıca sarıldı. Belki de bu onunla son kucaklaşmamızdı.

Üst üste giydiğim üç mont, boynumda kendinden daha büyük bir hikâyesi olan Filistin atkısı ve ben yalnızca sadece ve tek başına ben... Bütün dünyamı yanıma almış gidiyordum.

***

Ne zaman heyecanlansam ayak parmak uçlarım buz keserdi hep. Kalp atışlarım hızlanır, nefes nefese kalırdım. Şu an yaşadığım belirtiler beni daha çok kaygılandırıyor. Merdivenleri inerken her basamakta dizlerimin titrediğini hissediyorum. Merdiven basamakları dar olsa da minik pembe bavulumu taşımakta zorlanmıyorum. Merdiven basamaklarının sonuna yaklaştığımda siyah çelik kapı karşılıyor beni. Kapı oldukça yeni ve kaliteli. Sanırım yeni değiştirilmiş diye düşünüyorum ve bunları neden düşündüğümü bile bilmeden atıyorum kendimi kapının dışına.

Önce boydan boya sokağı süzüyorum. Saat henüz çok erken olmasına rağmen, sokak oldukça hareketli. Birazdan gecenin sessizliğinden günün çalkantısına karışacak olmak içimi ürpertiyor bir an. Hangi yoldan yürüyeceğimi düşünürken Aliya'nın verdiği kâğıt geliyor aklıma. Kâğıtta havaalanına nasıl gidileceğim yazıyordu. Bir hayli zahmetli oluyor kâğıdı çıkarmak. Siyah mantomun düğmelerini teker teker çözüyorum. Sonra altına giyindiğim krem rengi şişme yeleğimin fermuarını açınca, nihayet gri renkli şişme montumun cebine ulaşıyorum. Kâğıdı cebimden çıkaracağım esnada Aliya'nın pencereden beni izlediğini görüyorum. "Buradan gideceksin kardeşim." derken eliyle gideceğim yönü işaret ediyordu.

Ah Aliya... Ne olurdu havaalanına benimle gelseydin? Bacaklarından rahatsızlığın olduğunu bilmesem, yalvarırdım sana. Söylesem gelirdin yine de benimle. Kırmazdın beni. Ama ben kıyamadım sana. Nihayet cebimden çıkardığım kâğıdı havaya kaldırıp; "İşte buradaymış yaramaz." deyiverdim. Sanırım kâğıdı ararken, izlendiğimi bilmeden yaptığım mimikler neşelendirmişti onu. Oysa yarım saat öncesine kadar, hıçkırıklara boğulmuştuk birlikte.

Ah benim dertli kardeşim... Derdini unutup nasıl da tebessüm ediyorsun şimdi. Oysa derdin dağlardan büyük. Evine bombalar yağan bir coğrafyanın çocuğusun sen. Eğer bana hikâyeni anlatmasaydın, zulme uğrayan bir kadın demezdim sana. O kadar heybetlisin ki gözümde...

Şimdi mutluydu Aliya. Yüzünde alaycı bir tebessümle, "İstanbullarda beni unutma olur mu?" dedi. Kaşlarımı çatarak, "Bizim dostluğumuz dünyalık değil. Hem o nasıl söz. İnsan kardeşini unutur mu?" derken yeniden kardeşini hatırlatıp üzülmesinden korkarak elimle ağzımı kapattım. Yüzünde acı bir tebessümle; "Unutur mu hiç? Unutmaz tabii kardeşim unutmaz tabii..." dedi. Ağzıma götürdüğüm ellerimle kocaman öpücük yollayarak; "Allah'a emanet ol kardeşim. İstanbul'a vardığımda sana haber veririm inşallah." dedim. Sol omzuyla Fransız balkonun pervazına yaslanarak; "Korkarım bu gidişle bana haber vermene gerek kalmayacak." dedi.

Neden sonra sağ eliyle, sol bileğine takılı saati gösterince ne demek istediğini anladım ve hızla montlarımın önünü kapattım. Haydi yürü dercesine eliyle işaret edince aceleci adımlarla sokağın sonuna doğru ilerledim. Yağmurun etkisiyle ıslanan beton kaldırımları bitirdiğimde durarak, kâğıtta çizili krokiye göz gezdirdim. Arkadaşıma son defa veda etmek için arkamı döndüğümde, artık sesimi duyuramayacak kadar uzaklaştığımı fark ettim. Kısaca bir süre ve sadece uzaktan bakıştık Aliya ile. Konuşmadık ama anlaştık. "Güçlü ol Julia. Göreceksin Allah sana yetecek." diyordu bana, anlıyordum. "Biliyorum arkadaşım Allah bana yetecek. Daha önce yettiği gibi bu sefer de yetecek. Gecelerime yettiği gibi yetecek. Gözyaşlarıma yettiği gibi yetecek. Kendisine bir adım yaklaşana on adım yaklaşan padişahım, sultanı olduğu bir kalbi viran bırakır mı hiç?" diye cevap veriyorum ona ama kendi kendime konuşarak.

Son defa birbirimize el salladıktan sonra sokağın keskin dönemecinden dönüverdim ve ardımda kaldı her şey. Ardı ardına geçen beş sokağı arkamda bıraktıktan sonra, Alexanderplatz Meydanı'nın ıslak avlusunda buldum kendimi. Adını Rus çarı I. Alexander'dan alan bu meydana ilk bakışta Alfred Döblin'in "Alexanderplatz" romanını hatırladım. Meydana bu romanın da anlattığı gibi polisiye hikâyelerinin satırlarında anlatılan esrarengiz hava hâkimdi. Bir anda okuduğum romanda geçen bir satır zihnimde dönmeye başladı; "Maddi açıdan durumu iyi olmasına rağmen, belki de kadere benzer bir kuvvet ile savaş hâlindeydi." Zihnimde dönen bu cümle, bana şimdi komik geliyor. *"Kaderle savaşmaya kimin gücü yeter?"* diye geçiyor içimden.

Zeminin desenli taşları, bir ayağı kırık, dört tekerli bavulumu peşim sıra çekmeyi zorlaştırıyor. Her attığım adımda, boynumdan sırtıma sıcak terler boşalıp, üç katlı montumun altına giyindiğim yeşil kazağımı ıslatarak konforsuz yolculuğumun zorluk derecesini bir kat daha artırıyor. Meydanın hâkim olduğu soğuk sessizlik fazlasıyla korkutuyor beni. Devamlı olarak takip edildiğim hissiyle arkama bakıyorum. Babamdan oldukça korkuyorum. Önce bir casus kiralayarak her anımı izletebileceği ihtimaline kendimi inandırmak istemiyorum. Sonra çocukluğumda yaşadıklarımı, annemle babamın boşanma nedenlerini hatırlayınca bir kat daha artıyor korkum. Babamın bir ajan kiralayarak beni izletebileceğini, bunun onun için çok kolay olduğunu anlıyorum. İçimi kaplayan korku ruhumu esir alıyor. Meydanın boş avlusunun etrafını çevreleyen soğuk ve sessiz binalara takılıyor gözüm. Kendimi kaybetmişçesine kendi eksenim etrafında dönüyorum. İnsanları, binaları, dükkânları inceliyorum. Ruhumu esir alan korku bedenime hücum edince, gözyaşlarımı tutamıyorum. Elimde tuttuğum pembe bavulu yere bırakarak meydanın ıslak desenli zeminine diz çöküyorum; "Allah'ım ben Julia kulunum. Çok korkuyorum Allah'ım. Beni bırakma Allah'ım. Senin sevgini kazanabilmek uğruna, evimi, vatanımı arkamda bıraktım. İzlendiğimi hissediyorum. Beni izleyenlerin şerrinden, senin merhametine sığınıyorum. Çıktığım bu hicret yolculuğunda beni kötü insanlardan koru Allah'ım... Beni hicret yolculuğumda muvaffak eyle Allah'ım..." Ellerimi yüzüme götürdüğümde, çekik gözlü, beyaz tenli kısa siyah saçlı, Asyalıları andıran bir kadının bana yaklaştığını fark ediyorum. Belini saran siyah önlüğünde gördüğüm logonun, geldiği yöndeki bistronun logosuyla aynı olduğunu görünce bistro personeli olduğunu tahmin ediyorum. Gözyaşlarımı silip, ayağa kalkıyorum. Yere bıraktığım bavulumu kaldırıp toparlanırken; "Düştüğünüzü gördüm. İyi misiniz? Bir şeyiniz yok ya?" diyor. Toparlanmama yardım ediyor sonra. Gözlerimin içine merhametle ya da belki biraz acıyarak bakıyor. "İyiyim." diyorum. Ama değilim. Hem de hiç değilim. Gözyaşımı siliyorum önce.

Neden sonra saate gözüm takıldı. Geç kaldığımı fark edip hızlandırıyorum adımlarımı. Nihayet meydanın ortasında bulunan metro istasyonuna vardığımda son defa arkama dönüp, etrafımı kontrol etme isteği uyanıyor içimde. Alex

Meydanı'nın dört bir yanını çevreleyen noel ağaçları takılıyor gözüme. Avlunun pek çok bölümüne kurulmuş dev ekranlar, sürekli aynı noel reklamlarını döndürüyor. Alexanderplatz Kulesi, âdeta metro istasyonunun girişinde, tüm Berlin'i gözetlerken, bulunduğum ortam, açık cezaevini andırıyor. Sonra orta yaşlı, kır saçlı, siyah fularlı, mat siyah pardösüsü dizlerine kadar uzanan oldukça çelimsiz ve sıska bir adam takılıyor gözüme. Alexanderplatz Kulesi'nin yanında duran bankta tek başına oturmuş beni izlediğini görüyorum. Hava ciğerlerime hücum ederken parmak uçlarımın buz kestiğini hissediyorum. Bayılacak gibi oluyorum bir an. Sonra dişlerimi sıkıp, gözlerimi kısarak adama bakıyorum. Adama baktığımda bakışlarını kaçırdığını görünce daha çok şüpheleniyorum. Koşar adımlarla Alexanderplatz Metrosu'nun giriş kapısına ilerlemeye başlarken bir yandan göz ucuyla adamı izliyorum. Adımlarım hızlanınca cebinden eski model bir telefon çıkarıp telefonla konuşuyor. Belki de konuşur gibi yapıyor. Sonra oturduğu banktan kalkarak yürüdüğüm metro girişine ilerlemeye başlıyor. İkimizin ortasında bulunan metro girişine ulaştığımda, adamla aramızda yaklaşık otuz metrelik bir mesafenin oluştuğunu hissediyorum. Koşar adımlarla metro girişinden içeri atıyorum kendimi. Peşimde sürüklediğim bavulu kucağıma alıyorum. Jeton gişelerini hızlı bir hamleyle geçtiğimde istasyonun uzun ve karanlık bir koridoruna yöneliyorum. Yalnız ve sessiz adımlarla yürüyorum arkama bakarak. Koridorun ortasına geldiğimde, benden başka kimsenin olmadığını görünce duygularımı gizleyemiyorum. Ağlamaya başlıyorum. En korktuğum anlarımda dudağımdan sırlı bir dua misali düşürmediğim Ayet-el Kürsi'yi mırıldanmaya başlıyorum.

Koridorun sonuna geldiğimde dört beş metrelik mini bir koridor ve ardından yer altına inen metro merdiveninin olduğunu görüyorum. Dönemeci panik içerisinde dönüp bir solukta bitiriyorum mini koridoru.

Bu kısa koridor öylesine uzun geliyor ki, sanki hiç bitmeyecek bir yol gibi hissediyorum. Korkuyorum... Bu koridor bitmeden ardımdaki adama yakalanacağım korkusu bütün bedenimi esir alıyor. Bu düşünceyle içimin ürperdiğini hissediyorum. Merdivenin basamaklarını inmeye başladığımda, metronun gürültülü sesi uğulduyor kulağımda. Bir an önce metroya binerek buradan uzaklaşmak istiyorum. Henüz hâkim olamadığım Ayet-el Kürsi'yi "Yeuduhu..." kısmından ileri götüremiyorum. Başa almak istiyorum. Girdiğim şok, ayetin nasıl başladığını hatırlamama engel oluyor. Sonunu getirmek istiyorum.

"Yeuduhu..." zihnimde bir tek bu kelime dönüyor. Neden "Yeuduhu...", "Yeuduhu..." diye tekrarlayarak merdiven basamaklarını bitirince metro istasyonunda ip gibi dizili duran insanlarla karşılaşıyorum. Gözyaşım hıçkırıklara dönüşüp istasyon koridoruna yayılınca hepsi birden dönüp meraklı bakışlarını üzerime çeviriyorlar. Oldukça kilolu, kırklı yaşlarında, üzerinde fosforlu turuncu yeleği olan bir adama takılıyor gözüm. Neden bu adamın güvenlik görevlisi olduğunu hemen anlıyorum. Bavulumun ağırlığı gücümü tüketirken, koşabildiğim en hızlı tempoyla güvenlik görevlisine yöneliyorum.

Henüz yanına varmadan yarım yamalak Almancamla; "Yardım edin beni takip ediyorlar." diye bağırıyorum. Güvenliğin yanına vardığımda, bavulumu bir kez daha yere bırakıyorum. Zaten bir tekerleği kırık olan bavulumu umursamıyorum. Ağlayan gözlerle arkasına saklanıp bağırmaya devam ediyorum. "Yeuduhu... Yeuduhu... Lütfen beni babama vermeyin. Lütfen beni babama vermeyin. Yeuduhu... Yeuduhu..." Söylediğim anlamsız kelimeleri algılayamayan güvenlik görevlisi kalın bir ses tonuyla; "Sakin olun hanımefendi. Güvendesiniz. Kim tarafından takip ediliyorsunuz?" diye soruyor. Almancam yeterli düzeyde olmadığı için, daha fazla anlatamıyorum derdimi.

"Allah'ım, tanımadığım onlarca insan anlamsız ifadelerle yüzüme bakıyor. Ne yapacağım ben. Nasıl anlatacağım derdimi. Güç ver bana." diyorum.

Gözyaşlarımı dindirip sakinleşmeye çalışıyorum önce. Olmuyor. Babam geliyor aklıma. Neler yapabileceği... Ve korkuyorum. Neden sonra yaşımın on sekiz olduğunu, artık reşit olduğumu ve beni kimsenin alamayacağını hatırlıyorum aniden. Güvenliğin yanında olduğum için biraz olsun rahatlıyorum. "İngilizce bilen bir kişi bile yok mu burada?" diye bağırıyorum gözyaşımı silerken. Kimse cevap vermiyor. Çıkardığım gürültüden rahatsız olduklarını yüzlerinden okuyabiliyorum. Neden güvenliğin endişeli yüz ifadesinin yerini anlamsız bakışlara çevirdiğini görüyorum. Bir süre bana, sonra geldiğim yöne bakıyor ve; "Sizi takip eden kimse yok hanımefendi. Lütfen sakinleşin artık." diyor. Şaşkınlıkla geldiğim yöne yüzümü çevirdiğimde, merdivenlerden kimsenin inmediğini görüyorum. Belki de deli olduğumu düşünüyorlar. Ama hiçbirini umursamıyorum. Bu şehri mümkün olan en hızlı şekilde terk etmek istiyorum.

Bavulumu kucağıma alıyorum önce. Metronun bir an önce gelmesi için dua ediyorum. Gözümü tren raylarından ayırmadan bekliyorum. Arkamdan gelen gülme seslerini umursamadan bekliyorum. Bitsin istiyorum yaşadığım endişe. Bitmiyor. Her geçen dakika bir kat daha artıyor kalbimin çarpıntısı. Birkaç dakika önce boynumdan boşalan ılık terlerin, sırtımda soğuduğunu hissediyorum. Boncuk boncuk terliyorum. Bu sefer soğuk soğuk terlemeye başlıyorum. Nihayet kulağımda birkaç dakika önce duyduğum uğultu tekrarlıyor. Hiçbir ses beni bu kadar mutlu edemez diye düşünüyorum o an. Sonra İslam'ı seçtiğim gece internetten dinlediğim sabah ezanını hatırlıyorum. Büyük bir heyecan uyanıyor içimde. İstanbul'a gittiğimde ilk duyacağım ses ezan sesi olsun istiyorum.

Metro büyük bir gürültüyle istasyona yanaşıyor. İstasyon

önünde bekleyen yolcuları umursamadan teker teker yarıp, en ön sıraya geçiyorum önce. Sonra yaptığımdan utanarak yer veriyorum birkaçına. "Şimdi tam deli olduğumu düşünüyorlardır herhâlde." diyorum kendime. Nihayet kapı açılıyor. "Hicretimin ilk durağından ayrılık vakti geldi. Elveda Berlin." diye mırıldanıyorum ağlamaklı bir sesle.

Kapı açılınca içimdeki endişe daha çok büyüyor. Çevik bir hareketle metronun içine atabiliyorum kendimi. İçeri girdiğim anda, biraz önce beni takip eden siyah mantolu adamın nefes nefese merdivenden indiğini görüyorum. Kapı kapanırken güvenliğe; "İşte o... İşte o..." diye bağırıyorum. Güvenlik hızlı ve kendinden emin adımlarla çelimsiz adama doğru yürürken, biraz önce beni takip eden bu adam, şimdi şaşkın ve korkmuş bir ifadeyle gözlerini benden ayırmıyor. Bir yandan korkuyla adama bakıyor, bir yandan; "Yeuduhu...", "Yeuduhu..." diye mırıldanıyorum. "Neden ikimizin de yüzünde korku var? Neden nefes nefese kaldı? Ne yaşamış olabilir ki koridorda? Aramızdaki mesafe otuz metreden azken nasıl bu kadar geç gelebildi bu adam?" diye düşünmeden edemiyorum. Sonra ayetin geri kalanı geliyor hatırıma. Hiç beklemeden; "Velâ yeûdühü hıfzuhumâ ve hüvel aliyyül azîm." diyorum. Bir anda gönlüm inşirah buluyor. İçinde bulunduğum panik havası, yerini güvenli bir ortama bırakıyor. "Kapı kapanıyor. Gelecek istasyon, Weinmeisterstraße." sesi kulağımda yankılanıyor. Eksik kısmını tamamladığım, gönlüme inşirah veren ayetin tamamını okumaya başlıyorum.

"Bismillahirrahmânirrahîm.

Allâhü lâ ilâhe illâ hüvel hayyül kayyûm, lâ te'huzühu sinetün velâ nevm, lehu mâ fissemâvâti ve ma fil'ard, men zellezi yeşfeu indehu illâ bi'iznih, ya'lemü mâ beyne eydiyhim vemâ halfehüm, velâ yü-hîtûne bişey'im min ilmihî illâ bima şâe vesia kürsiyyühüssemâvâti vel'ard, velâ yeûdühû hıfzuhümâ ve hüvel aliyyül azim."

Hareket ederken, yorgun bir komutana benzetiyorum hâlimi. Sırtından boşalan kanlara aldırış etmeden, kılıcına yaslanarak ayakta durmak için çabalayan bir komutana. Weinmeisterstraße Durağı'na doğru hareket etmeye başladığımızda, istemsizce oturacak bir yer bulabilmek için metroyu incelemeye başlıyorum. Bulunduğum vagon oldukça uzun. Oturakları siyah plastikten yapılmış. İçerisi hınca hınç insan dolu. Ve ben aralarında yıkılmak üzereyim. Vagonun arka bölümünde bir koltuğun boşaldığını görüyorum. Kalan son gücümü boşalan koltuğa yetişmek için kullanıyorum. Vagonun mavi desenli zemininde birkaç adım attıktan sonra, bırakıyorum kendimi boşalan koltuğa. İlk işim kucağımda tuttuğum bavulu bacaklarımın arasına yerleştirmek oluyor. Kan, ter içinde kalan vücudumun oluşturduğu rahatsızlıktan kurtulmak istiyorum. Siyah montumun düğmelerini ilikliyorum önce. Neden sonra montumu çıkarmak için doğrulmak istediğimde, kolumu kaldıracak hâlimin kalmadığını anlıyor ve pes ediyorum. Siyah montumun altına giyinmek zorunda kaldığım krem rengi şişme montumun fermuarını açmak bile ferahlatıyor beni.

Tren rayında yol alan metronun hızı, zihnimde dönen düşüncelere kıyasla oldukça yavaş kalıyor. Biraz önce yaşadıklarımın etkisinden kurtulamıyorum. Aksiyon filmini aratmayan bu kovalamacayı neden yaşadım ben? Kimdi bu adam? Belki de ajandı. Babam beni araştırması için tutmuştu belki o adamı. Nereye gittiğimi ve ne yaptığımı izlemesini söylemişti belki de. Peki, neden nefes nefese kalmış bir hâlde bindiğim metroya yetişemedi? Birinden korkar gibi bir hâli vardı. Zihnimde dönen sorulara kısa bir süre cevap aradıktan sonra Aliya'dan aldığım detaylı yol tarifi geliyor aklıma. Elimi cebime attığımda kâğıdın cebimde olmadığını fark ediyorum. Telaşla tüm ceplerimi sırasıyla arıyorum. Koymadığımı bildiğim hâlde bavulumun bölmelerine dahi bakıyorum.

Kâğıdı bulamamak, içinde bulunduğum bilinmezi bir kat daha artıyor. Derin bir nefes çekerken; "Koşuşturma esnasında düşürmüş olmalıyım. Telefonumun interneti olsaydı yolumu bulabilirdim." diye kızıyorum kendime.

Hangi istasyonda inmeliyim? Bilmiyorum. Uçağı kaçırırsam ne yaparım? Onu da bilmiyorum. Bildiğim tek şey, son paramı uçak biletine harcadığım.

Beni korkutan kaybolmak değil aslında. İstanbul'a kavuşamamak korkutuyor beni. Havaalanına olan yolculuğuma sorarak devam edeceğimi anlıyorum o an. Orta yaşlı, saçları dalgalı bir adam dikkatimi çekiyor. Hemen önümde duran bu adam kulağına taktığı kulaklıkla bir şeyler dinler gibi. Neden sonra acele etmeyerek soğukkanlılığımı korumaya çalışıyorum. Birden fazla insana yol sormaktansa tek bir kişiyle konuşma hissi uyanıyor içimde. Sanırım utanıyorum. İnsanlara yaklaşmaktan utanıyorum. İnsanlarla sosyalleşmek her zamanki gibi bu sefer de zor geliyor bana.

Solumda oturan siyahi çift, devamlı olarak birbirleriyle konuşuyorlar. Sanırım Fransızca konuşuyorlar. Ses tonlarından hararetli bir tartışmanın içinde olduklarını anlayabiliyorum. Yükselip alçalan ses tonları diğer yolcuların oldukça dikkatini çekiyor. Sonra sağımda oturan kadın çekiyor dikkatimi. Kırmızı mantosuyla uyumlu olan kırmızı beresi oldukça sevimli görünüyor gözüme. Beresinden taşan siyah saçları oldukça dalgalı. Esmer kadının tüm dikkatini dizine yasladığı kırmızı kapaklı kitaba odakladığını fark ediyorum. Kitaba baktığımda İngilizce olduğunu görüyorum önce. "Aradığım kadın bu" diye düşünerek seviniyorum önce.

Sonra kitapta geçen şu mısralara takılıyor gözüm; *"O'nu tanıyan zindanda dahi olsa saraydadır. Bahtiyardır. O'nu unutan, sarayda dahi olsa zindandadır. Bedbahttır."* Allah'ım ne güzel sözler böyle. Bu kitabın yazarı, içimde biriktirdiğim ne varsa iki cümleye sığdırmış sanki. Polonya'da yaşadığım ev saraydan farksızdı. Her şeye ulaşacak imkâna sahiptim. Ama her gecemi bedbaht geçirirdim. Dinmezdi gönlümde büyüyen mutsuzluk. Geceleri hep ağlardım. Neden mutsuz olduğumu bilmeden ağlardım. Neye ağladığımı bilmeden ağlardım. Hem ben ağlamazdım bir tek. Çevremdeki herkes ağlardı. Yüzlerinde sahte bir tebessümle gezen bu insanlar, içine içine ağlardı. Bu feryatları babamda da görürdüm. Psikoloğumda da.

Herkes fark etmediğimi sanırdı. Benden tek farkları çevrelerinde ki herkesi mutlu olduklarına inandırmalarıydı. Oysa yüreklerini parçalayan yalnızlıklarını gözlerinden okurdum. Özgürlüğün getirdiği yalnızlık zindanına, köle olmuştuk hepimiz. Sayfaya göz gezdirirken, bir veciz söz daha takılıyor gözüme; *"Bir köy muhtarsız olmaz, bir iğne ustasız olmaz. Bir harf kâtipsiz olamaz biliyorsun. Nasıl olur da nihayet derecede muntazam şu memleket, sahipsiz ve hâkimsiz olur?"* Satırları birbiri ardına okurken, duygularımın hudutlarından taştığını hissediyorum. Yazarın kaleme aldığı sözlerin, sıradan sözler olmadığından emin olmaya başlıyorum.

Esmer kadın, bir süre okuduktan sonra bakışlarını cama yöneltiyor. Karanlık tünelin birbiri ardına geride kalan duvarlarını izliyor. Bir şeyler düşünüyor gibi. Neden o an bu sözlerin derinliğini tek başıma düşünmediğimi hissediyorum. Bu kitapta okuduğum iki satır, tefekkür penceremde yeni manzaralar açmaya fazlasıyla yetiyor. Kadın okumaya ara veriyor. Fark edilmemek için bakışlarımı kitaptan çeviriyorum. Sözlerin duruluğu karşısında, beton kesilen vücudum gevşiyor. Zihnimi meşgul eden düşüncelerin, silinmeye başladığını hissediyorum. Şakaklarımdan boşalan teri umursamıyorum artık. Biraz önce endişelendiğim ne varsa önemini yitiriyor birden. Belki de gözlerime çöken ağırlığa karşı koyamıyorum. Uyuyorum...

***

Huzurlu bir uykudan gözlerimi açtığımda sağımda oturan esmer kadının ellerimi sıkıca tuttuğunu fark ediyorum. Arap aksanıyla; "Hoş geldin kardeşim." derken gözünden yaşlar süzülüyor. Hiçbir tepki veremiyorum önce bu kadına. Neden hoş geldin dediğini kavrayamıyorum. Ama neden ağladığını tahmin edebiliyorum. Ruhumu kaplayan esenliğin üzerimden gitmemesini diliyorum. Gönlümde tarif edilmez bir genişlik hissediyorum. Dizlerime bakınca, yalnız gözlerimin ıslak olmadığını fark ediyorum.

Ben de kadının ellerini sıkıca tutuyorum. Neden bilmem, annem geliyor aklıma. Annemmiş gibi hayal ediyorum yanımda oturan bu kadını. Başımı okşasın istiyorum. Dizine yaslanmak istiyorum. Anne özlemiyle sırtıma yüklediğim ağırlığın altında ezilmek istemiyorum artık. Hiç bu kadar ihtiyaç duyduğumu hatırlamıyorum anneme. Gördüğüm rüyanın derin keşmekeşinde boğulduğumu hissediyorum. Korkmuyorum ama. Üzülmüyorum da... Mutluyum. Hatta bu şehirdeki en mutlu insan olabilirim.

Tanımadığım bu kadının göğsüne başımı yaslayıp, ağlama isteği mutluluk gözyaşının ne demek olduğunu öğretiyor bana. Gördüğüm rüya tekrarlanıyor hafızamda. Oysa bugüne kadar çok rüya gördüm. Hiçbirini önemsememiştim. Ama bu rüya diğerlerinden çok farklıydı. Gördüğüm rüya, gözümün önünden gitmiyor.

Rüyamda, iki heybetli cami görmüştüm. Ortasında devasa büyüklükte bir avlusu vardı. Bu avlunun meydanında bir bank vardı. Elinde tuttuğu bastonundan yaşının ileri olduğunu anladığım bir kadın sırtı dönük oturuyordu. Devamlı oturup kalkan bu kadın oldukça heyecanlı görünüyordu. Birini bekliyordu sanki. Avlunun iki yanında bulunan camiler büyüklüğüyle göz kamaştırıyordu. Bu camilerin önü hınca hınç insan doluydu. Polisler caminin önünde kalan kısımla, avlu arasını barikatlarla çevreliyordu. Barikatların arkasında kalan bu insanların neredeyse hiçbirinin saçı görünmüyordu. Erkekleri sarıklı, kadınları tesettürlü ya da çarşaflıydı. Barikatların ardında milyonlarca insan vardı. İzdihamı andıran bir görüntü içeresinde, "Taleal Bedru Aleyna" kasidesini seslendiriyorlardı.

İçlerinden bir tanesinin omzuna dokunarak, "Neden bu insanlar buraya toplandı? Kimi bekliyorsunuz?" diyordum. Beyaz tenli, genç görünümlü, siyah çarşafı olan kadın, "Resulullah'ı bekliyoruz. O geliyor! Âlemlerin efendisi geliyor! Gözümüzden akan yaşları dindirmeye geliyor! Semalara yükselen feryatlarımızı bitirmeye geliyor! Kavuşma vaktidir bugün! Müjdeler olsun kardeşim. Bugün en sevgiliye kavuşma vaktidir!" diyordu.

Kadın bu sözleri söylerken çevresinde bulunan kadınlar, sağ işaret parmağını havaya kaldırıyorlardı. "Allahu ekber! Allahu ekber!" diyorlardı hep bir ağızdan. Duyduğum sözler karşısında hiç olmadığım kadar güvende hissediyordum kendimi, "Gerçekten gelecek mi? Silecek mi gözyaşımızı?" diyordum.

Ben de katılıyordum tekbir getiren kadınlara. Bağırıyordum avazım çıktığı kadar. "Allahu ekber! Allahu ekber!" Yaşlı kadına takılıyordu gözüm. Dev meydanın avlusunda bir başınaydı. "Tüm bu insanlar, barikatların ardında beklerken, nasıl aşabiliyor bu kadın barikatları?" diye soruyordum. "O Resulullah'ın emanetini bekliyor." diyordu kadınlar. Resulullah'ın emanetini bekleyen bu kadına karşı koyulamaz bir merak uyanıyordu içimde. Birden meydanı derin bir sessizlik kaplıyordu. Solumda bulunan caminin heybetli minaresinde, siyahi bir adam beliriyordu. Tüm dikkatimi bu adama yöneltiyordum. Üzerine giyindiği beyaz kıyafeti, ihramı andırıyordu. Gökyüzünü aydınlatan ay, bu nurlu yüzün ışığı karşısında sönük kalıyordu. Benimle beraber meydanda bulunan tüm insanlar, hayranlıkla bu nurlu yüzün sahibine bakıyordu. Siyahi adam sağ elini, sağ kulağına götürüyordu.

"Allahu ekber, Allahu ekber..." nidası, semada yankılanıyordu.

Daha önce Ezan-ı Muhammedi'nin canlı okunduğuna şahit olmamıştım. Kulaklarım ilk defa, gördüğüm rüyada işitiyordu bu tılsımlı sesi. Daha önce bu sese benzer bir nağme duymadığımı fark etmiştim. Bakışlarımı gökyüzüne çeviriyordum. Gökyüzüne baktığımda ortadan ikiye yarıldığını görmüştüm. Gördüklerim karşısında derin bir dehşete kapılmıştım. Sonra yarılan gökyüzünden korkunç büyüklükte bir ses patladı. Meydanı dolduran insanlar çaresizce kaçışırken, çok azı bulunduğu yerden kımıldamamıştı.

Sonra yine yaşlı kadına takılmıştı gözüm. Yaşlı kadının, işaret parmağını yarılan gökyüzüne uzattığını görmüştüm. Yarılan gökyüzünün içinden nurlu bir Kur'an süzülüp gökyüzünü kapladığını. Kaçışan tüm insanlar, korkularını unutup, bu kitaptan taşan nurlu ışığı seyre daldığını gördüm. Bu kitaptan çıkan ışık, gerçekten de gözleri kamaştırıyordu. Kur'an'ın önce mübarek kapağı açılmıştı. Sayfalarında bulunan ayetler o kadar büyüktü ki, tüm insanlar tarafından rahatça okunabiliyordu. Sonra şimşek hızıyla, dev sayfaları birbiri ardına dönmeye başladı. Birbiri ardına dönen sayfalar bir sayfaya geldiğinde durmuştu. Sayfada yalnızca tek bir ayet yazıyordu. Herkes okuyordu bu ayeti. Bir tek ben okuyamıyordum. "Ne yazıyor? Yalvarırım söyleyin." diyordum. Yakınımda bulunan bir kadın, sakin ve rahatlatıcı bir ses tonuyla tekrarlıyordu sayfada yazan ayeti. Duyduğum ayet karşısında tüm üzgünlüğüm son buluyordu. Bir daha üzülmeyeceğimi hissederek. Secdeye kapanıyordum. Dünya namına hiçbir kaygı, endişe ya da üzüntü kalmamıştı içimde.

"La tahzen innallahe meana..."

***

Yanımda oturan kadının sesiyle kendime geliyorum. "Hoş geldin kardeşim." diyor göz hizama eğilerek. Şaşırıyorum önce. Ne demek istediğini anlamıyorum. "Anlayamadım. Neden hoş geldin dediniz?" diyorum merak ederek. Bu sefer, "İslam'a, hoş geldin kardeşim." diye ekliyor. Oldukça şaşırıyorum önce. "Nasıl anladınız?" diyorum meraklı bir ses tonuyla. Soruma cevap alamıyorum. Gülümsüyor kadın. Sadece gülümsüyor. Sanki cevap vermek istemiyor. "Hoş buldum." diyemiyorum. Korkuyorum çünkü. Biliyorum ki konuşursam hudutlarından taşan duygularımı kontrol edemem. Biliyorum ki boğazıma düğümlenir hıçkırıklar. Onaylarcasına kafamı sallıyorum. Sıkıca sarılıyor bana. O an sıcak bir hissin ruhumu esir aldığını hissediyorum. Bu hâlimi çocukken yaşadığım bir anıma benzetiyorum.

Çocukken hastalandığım bir gece, annem sabaha kadar baş ucumda nöbet tutmuştu. Gecenin kör vaktinde uykumdan uyandığımda, annemi elimden tutmuş, başını yatağıma yaslayarak uyuya kalmış bir hâlde görmüştüm. Ancak o an okşayabilmiştim annemin saçlarımı. Bir tek o an sevebilmiştim annemi doya doya. Şimdi ilk kez gördüğüm bu kadının sıcaklığı, o geceyi hatırlatıyor bana. Bir süre sarıldıktan sonra yeniden ellerimi tutarak, " Anladığım kadarıyla uzun bir yolculuğa çıkmak üzeresin. Nereden geliyorsun? Nereye gidiyorsun?" diye soruyor. "Polonya'dan geliyorum. İstanbul'a gidiyorum." diyorum. "Tatil için mi?" diye soruyor kadın. "Yaşamak için." diyorum kararlı bir ses tonuyla. Kadının daha çok meraklandığını hissediyorum o an.

"Kimsen var mı İstanbul'da?" diye soruyor kadın. Yok demek istemiyorum. Hikâyemle bu kadını üzmek istemiyorum. "Evet, var." diyerek kestirme bir cevap veriyorum. Verdiğim cevap karşısında, kadının biraz rahatladığını ve gevşediğini hissediyorum. Nemlenen gözlerini silerek gülümsemeye başlıyor kadın. "İstanbul büyüleyici bir şehir. İki sene önce kızımla birlikte seyahat etmiştik." dedikten sonra susuyoruz bir süre ikimiz de. "Ailenin yanına mı gidiyorsun peki?" diye tekrarlıyor sorusunu. Yalan söylemek istemiyorum. Çünkü biliyorum ki yalan söyleyen Peygamberimizin ümmetinden olamaz. "Hayır" diyorum. Her cevabımdan sonra daha büyük bir merakla üzerime geliyor kadın. Kimsem yok demek istiyorum artık. Keşke en başından kimsemin olmadığını söyleseydim. Uzamazdı bu kadar diye düşünüyorum. "Öyleyse arkadaşlarınla yaşayacaksın?" deyince "Allah ve Resulü var." diyorum gözlerimi kaçırarak. "Bir tek Allah ve Resulü var." Verdiğim cevap karşısında kadının gözleri yuvalarından fırlayacak gibi oluyor. Kaşlarını çatarak, "Ne dedin sen?" diye sorarken sağ elini kalbe götürüyor. Susuyorum.

Neden bu cevabı verdim bilmiyorum. "Konuşmandan anladım İslam'ı yeni seçtiğini. Bu nasıl bir rüyaydı ki bir gülüp, bir ağlıyordun? Ne gördün rüyanda? Lütfen söyle ne gördün?" derken omuzlarımdan sarsıyor beni. Böyle bir tepkiyi hiç beklemiyordum bu kadından. İki kelimeyi bir araya getiremeyen ben, nasıl anlatabilirdim gördüğüm rüyayı bu kadına. Bu soruyu cevaplamaktan korkuyorum. Sanırım biraz da kıskanıyorum gördüğüm rüyanın güzelliğini. Cevaplamak istemiyorum bu soruyu. "Hiiiç... Hiç bir şey. Sadece sıradan bir rüyaydı." diyorum. Ama değildi. Hem de hiç değildi. Pişman bir ses tonuyla "Özür dilerim. Biraz aşırı tepki verdim. Rüya sırasında görünüşün, verdiğin cevaplar, hayranlık duyduğum bir adamı hatırlattı bana." derken omzumu tuttuğu elleri yeniden ellerimi sarmalıyor.

"Estağfurullah. Bu arada benim adım Julia. Sizi kalbim çok sevdi. Kısa oldu konuşmamız ama kalbim sizi çok sevdi." deyince tekrar sarılıyor kadın bana.

Artık kurtulmak istiyorum metronun havasız ortamından. Yeleğimin üzerine giyindiğim üç katlı montun altında, yorgun bedenim can çekişiyor.

"Ben de Rabia kardeşim. Telefon numaranı bana verirsen

seni ararım." "Tabii ki Rabia çok memnun olurum." derken, keşke benim de böylesine güzel bir ismim olsaydı diye geçiriyorum içimden. Telefon numaramı kadının uzattığı kâğıda yazarken "Havaalanına gitmek için hangi durakta inmeliyim?" diye soruyorum. Yaşadıklarım, konuşmamız derken epeyce zamanın geçtiğinin farkına varıyorum. Üstelik bu kadın bana yardım edemezse kime yol sorabilirim onu da bilmiyorum. "Üç durak sonra ineceksin Julia. Metro istasyonundan çıktıktan sonra, havalimanına giden, siyah renkli bir otobüs göreceksin. Otobüsün camında, üzerinde havalimanı yazan bir tabelası var. O otobüs seni doğruca havalimanına götürecek." dedikten sonra eğilip sağ elimi öpüyor. "Seni Allah'a emanet ediyorum. Berlin'de bir kardeşin olduğunu unutma olur mu? Lütfen fırsatını bulduğun an beni ara." diyor. "Teşekkür ederim. Mutlaka sizi arayacağım. Allaha emanet olun. Beni duanızda unutmayın." dedikten sonra ayağa kalkmaya hazırlanıyorum. Tam ayağa kalkacakken; "Affedersin, seni ilk gördüğüm andan itibaren merak ettiğim bir şey var. Sorabilir miyim?" diyor Rabia. Çekingen bir sesle. "Tabii buyur." diyorum cevabını veremeyeceğim bir soru daha sormasından korkarak. "Kan ter içinde kaldığın hâlde, neden üç kalın montu üst üste giyindin. Birde boynunda ki atkı seni daha çok terletiyor. Hasta değilsin inşallah." diyor. Gülmeye başlıyorum. Ben gülünce Rabia da benimle birlikte gülüyor. "Biliyorum çok komik görünüyorum. Bavulumda yer kalmadığı için hepsini üst üste giyinmek zorunda kaldım. İstanbul'a gidene kadar idare edeceğim artık." diyorum. "Bu cevabı alınca daha çok gülüyor Rabia; "Allah iyiliğini versin senin." diyor. Aliya kadar olmasa da henüz ilk kez gördüğüm bu kızı kendime yakın hissediyorum. Keşke biraz daha sohbet edebilseydik diye düşünüyorum. Ama artık biliyorum ki ayrılık vakti geldi.

Metro ineceğim istasyona yanaşmaya başlayınca "Bismillah" diyerek ayağa kalkıyorum. Rabia'nın sağ elini, iki elimin arasına alıp sallarken; "Çok memnun oldum kardeşim. İnşallah bir gün yeniden karşılaşırız." diyorum. Benimle birlikte ayağa kalkan Rabia, "Ben de çok memnun oldum kardeşim." deyince. "Sen de mi burada ineceksin kardeşim?" diyorum meraklı bir sesle. "Hayır kardeşim. Ben seni yolcu etmek için kalktım." deyince tekrar gülüyoruz. Bacaklarımın arasında duran bavulumun sürgüsünü açarak vagonun çıkış kapısına ilerliyorum. Metrodan indiğimde tam yürüyecekken en sevgili geliyor aklıma. Onun güzel sünnetinden okuduğum bir bölüm. O gözden kaybolana kadar kimseye sırtını dönmezdi diye düşünerek yüzümü, Rabia'nın olduğu metro vagonuna çeviriyorum. Metro hareket etmeye başlarken, ikimizde birbirimize el sallayarak tebessüm ediyoruz. O an içimden; "Elhamdulillah. Dinimiz ne kadar da güzel." diye geçiriyorum. Oysa bize anlatılan İslam'ın ne kadar kötü bir din olduğuydu. Garipti. Hem de çok garip. Bunca yıl İslam'ın güzel olan hiçbir özelliğini duymayan ben, şimdi hiçbir kötü yanını göremiyordum. Ayaklarımı yerden kesiyordu bu dinin güzellikleri. Dünyanın çekilmez hâlini unutturup nefes alıyordu ruhum. Ah babam... Bir anlasaydın beni. Uğruna hicret ettiğim davanın büyüklüğünü bir anlasaydın. Belki sen de katılırdın tek kişilik hicret kervanıma. Senin de kalbin soğurdu dünyadan belki. Senin de kalbin sonsuz bir âleme kavuşma arzusuyla dolardı o zaman.

Rabia gözden kaybolunca, adımlarımı hızlandırarak, yüzümü yeniden hicret rotama çeviriyorum. Rüyamda gördüğüm meydan gözümün önünden gitmiyor. O büyük avlunun meydanında yaşananlar, Allah'ın biricik Peygamberini bekleyen insanların söyledikleri kulaklarımda çınlıyor. "O geliyor... âlemlerin efendisi geliyor... Gözümüzden akan yaşları silmek için geliyor... Semalara yükselen feryatlarımızı dindirmek için geliyor... Müjdeler olsun, o geliyor..."

Metrodan çıktıktan sonra bir çırpıda otobüs durağına varıyorum. Rabia'nın bahsettiği, siyah renkli otobüsü buluyorum. Bindiğim otobüs, doğruca Tegel Havalimanı'na götürüyor beni. Vatanım Polonya'da kalacak bir yer bulamayınca, stratejik düşünmek zorunda kalmıştım. Babamın Müslüman olduğumu öğrenmesi planım dışında geliştiğinden dolayı çok fazla birikim yapamamıştım. Bulunduğum şehir, Berlin'e bir buçuk saat mesafedeydi. Berlin'de uçak biletleri Polonya'ya göre daha uygun olduğundan, bu şehir üzerinden hicretime devam etmenin daha uygun olacağını düşünmüştüm. Şimdi Tegel Havalimanı'nın önündeyim.

Annem ve babamla birlikte gelmişim ilk defa bu kapının önüne. Henüz dört yaşındaymışım. Henüz yıkılmamış yuvamız. Annemin kucağında resmim dahi var bu kapının önünde. Ağlarken babam çekmiş fotoğrafı. Susmamışım uçağa binene kadar. Yıllar sonra tekrar düşmüştü bu kapının önüne yolum. Bu sefer annem yoktu yanımızda. Boşanmışlardı babamla. Hiç unutmam babamın elini hiç bırakmıyordum kaybolma korkusuyla. İçime kapanmıştım. Kabul edemiyordum ailemin dağılmasını, bu kapıdan içeri ikinci kez girdiğimde. Şimdi tek başıma karşındayım. Anladım ki sana her gelişimde bir parçam kopmuş. Öyle sert kopmuş ki Allah'a ısmarladık dahi diyememişim. Annem bırakmış gitmiş başka bir diyara. Babam silmiş, "Yok senin gibi kızım!" demiş. Sanki ne yapmışım onlara. Hem veda edemediğim sadece ailem midir? Vatanıma da veda edememişim. "Elveda çocukluğumun hicran dolu yıllarını geçirdiğim vatanım..." diyememişim. Bana kucak açmadın hiçbir zaman. Oysa büyük beklentilerim olmadı senden. Bir hakkım olsa ailemin dağılmamasını dilerdim. Çok sevmelerini isterdim birbirlerini. Telaşla yemek hazırlasın isterdim annem. "Dünyanın en güzel kadını yardım ister mi?" desin isterdim babam. Sarılsın isterdim. Öpsün isterdim annemi. Ve ben yalnızca onları huzurla izlemek isterdim. Psikologlarda geçen çocukluğumun, oyun parklarında geçmesini dilerdim. Şimdi üzerime giyindiğim üç katlı montuma, tek ayağı kırık bavuluma bakıyorum da... Çok şey istemişim senden. Elveda vatanım Polonya...

İstanbul uçağında boş bir koltuk
12 Ocak 2019 - Cumartesi
12.20

Üzülme...

PANİK İÇERİSİNDE, havaalanının kapısından içeri dalıyorum. Güvenlik taraması için kurulan X-ray cihazından geçmeyi bekleyen oldukça uzun bir sıraya takılıyorum. Heyecanla sıranın yanından ilerleyerek en ön sırada bulunan güvenlik görevlisine yaklaşıyorum. "Affedersiniz." diyorum. Ama bakmıyor yüzüme. "Pardon bakar mısınız?" diye sesimi yükseltiyorum. Biraz da sinirleniyorum umursamaz hareketlerine. "Buyurun." derken X-ray cihazından geçen bavulları kontrol etmek için bavula bakıyor. "Uçağımı kaçırmak üzereyim. Müsaade eder misiniz?" diyorum aceleci bir ses tonuyla. "Sırada bekleyenlerden müsaade isteyin." diyor yüzüme bakmadan. Güvenlik görevlisinin kibirli hâline daha fazla dayanamayarak; "Güvenlik noktalarında inisiyatif güvenlik görevlisine aittir. Ayrıca havaalanına geç kalan bir yolcu varsa, arama noktalarından öncelikli geçme hakkına sahiptir. Şimdi yerinizden kalkıp biletimi kontrol edin." diyorum sesimi yükselterek. Yüzüme bakıyor adam. Yaşımın küçük olmasından olacak ki verdiğim cevap karşısında oldukça şaşırıyor. Biletimi kontrol ettikten sonra; Affedersiniz. Buyurun geçin." diyor eliyle işaret ederek. "Teşekkürler" derken çevik bir hareketle üç montumu bir çırpıda çıkarıyorum. Bavulum dışında bir eşyam olmadığı için bir çırpıda güvenlik taramasından geçiyorum. Türk Hava Yolu firmasına vardığımda kontuarın boş olduğunu görüyorum. Telaşım daha çok artıyor.

"Herkes bavulunu vermiş!" diyerek koşuyorum kontuar görevlisinin yanına.

"Hoş geldiniz efendim." diyor görevli. "Hoş buldum." diyorum. Kimliğime kısa süre baktıktan sonra "Julia Hanım ebeveyniniz yanınızda mı?" diye soruyor. Bu soruyu neden sorduğunu ilk anda anlıyorum. Kendinden emin olmaya çalışarak, "Hayır yalnız seyahat ediyorum. Doğum tarihime dikkatli bakarsanız, yaşımın tuttuğunu görebilirsiniz." diyorum.

Uçak biletimi veriyor önce. Bavulumu da verince ayağıma vurulan bir prangadan daha kurtulmuş hissediyorum. Havaalanının içinde yer alan güvenlik taramasından da bir çırpıda geçince, yolcu alımının yapılacağı kapıyı bulmak kalıyor bir tek. Biletime baktığımda B1-8 yazdığını görüyorum. Kısa bir süre yürüyorum önce. Alnımdan akan ter ben yürüdükçe yere damlıyor. Saate baktığımda yirmi dakikamın kaldığını fark edince koşmaya başlıyorum nefes nefese. Kapıya ulaştığımda derin bir iç çekiyorum. Oldukça rahatlıyorum gördüğüm manzara karşısında. Yolcu kapısından içeri kabul edilen yolcuların oluşturduğu kuyruğun henüz bitmediğini görüyorum. Yolcu kabul kapısının yanında WC tabelası gözüme çarpınca vakit kaybetmeden lavaboya koşuyorum. Önce montlarımı çıkarıyorum. Montlarımı çıkardıkça bir alttaki montumun, bir öncekinden daha ıslak olduğunu fark ediyorum. En altta kalan yeşil kazağım ise sırılsıklam bir hâlde. Alabildiğim kadar kâğıt havlu koparıyorum önce. Sonra panikle kurulanıyorum. Bir tek Filistin atkımı çıkarmıyorum boynumdan. Lavaboda unutacak olma ihtimali çok korkutuyor beni. Üzerime giyindiğim montları çıkardığım an kuş kadar hafiflediğimi hissediyorum. Tekrar bu ıslanmış montları üzerimde taşıyacak gücü kendimde bulamıyorum. Bir montumu giyer, diğer iki montumu elime alırım artık diye düşünerek yolcu kabul sırasından geçiyorum. Uçak körüğünde ilerlerken, arkamdan esen rüzgâr, ıslak yeleğimden geçerek sırtıma tarif edilmez bir ağrı veriyor.

Uçağa girdiğimde, kanat kısmının yakınlarında bulunan 23-B koltuğuna varıyorum. Üçlü koltuğun cam kenarında, ellili yaşlarında, sarkık yüklü, beyaz tenli bir kadın oturuyor. Yanına oturuyorum. Yolcu kabul sırasının son sırasında uçağa girdiğim için; "Koridor tarafı boş kalacak sanırım." diye düşünüyorum.

Henüz koltuğa oturmuş olmama rağmen kimsenin gelmediğini görünce meraklanıyorum. Etrafıma baktığımda uçaktaki tüm koltukların dolu olduğunu görüyorum. Ben bu düşünceyle etrafıma bakarken, uçağın kapısından ihtiyar, beyaz sakallı bir adam giriyor. Yeşil cübbesi bileklerine kadar uzanan bu adam nefes nefese kalmış bir vaziyette uçağın koridorunda ilerliyor. Bulunduğum koltuğun yanına gelince "Bismillah" diyerek oturuyor koltuğa. Kısa bir süre soluklandıktan sonra cübbesinin yaka cebinden Kur'an'ını çıkarıyor. İhtiyar adam yanıma oturduğu anda burnuma misk-i amberi andıran bir koku geliyor.

Neden korktuğumu bilmeden korkmuştum bunca yıl Müslümanlardan. Henüz on üç yaşındaydım. Kapımızın önünde köpeğim Doda'yla oynarken, siyah cübbeli bir adamın evimizin önünden geçtiğini görmüştüm. Köpeğimi kucağıma alıp, kapının arkasına saklanarak gözden kaybolmasını beklemiştim. Bizim çevremizde Müslümanlar teröristti. Kötü insanlardı. Medya gördüğümüz terör haberlerinin faillerini Müslümanlar olarak bilirdik. Çocukluğumda ne zaman yaramazlık yapsam babam her seferinde beni korkutmak için bunu koz olarak kullanırdı. Uçağa ne zaman binsem, korkudan tir tir titrerdim. Sakallı bir Müslüman'ın bir anda bulunduğu koltuktan kalkarak uçağı patlatmasından korkardım. Oysa şimdi yanımda oturuyor. Koltukta küçüldüğümü hissediyorum o an. Cebinden ufak boyutta bir Kur'an-ı Kerim çıkarınca, saygıyla karışık bir utanç hissi kaplıyor içimi. Kur'an kapağını açıyor önce, sonra nazikçe sayfa ayracının bulunduğu sayfayı kısık sesle okumaya başlayınca, hayatım boyunca asla unutmayacağım o ayeti bir kez daha duyuyorum.

"Bismillahirrahmanirrahim. La tahzen innallahe meana..."

Bulutların üstünde süzülürken, bilmediğim bir diyara yolculuk yapıyor gibiydim. Karlardan yapılmış sıra dağları anımsatıyordu bana ve ben bu sıradağlar üzerinde süzülen kartallardan farksızdım. Dillerini anlıyor, konuşuyordum onlarla. "Ey bulutlar! Siz ne kadar beyaz ve yumuşacıksınız. Sizin sanatınız ne güzeldir." diyordum onlara. Onlar da, "Ey Julia... Şu cismimin latifliğine ve güzelliğine bak. Allah'ın Latîf ismini üzerimde gör. Sünger gibi yağmuru alır gezerim. Nerede yağmura ihtiyaç varsa içimde sakladığım suyu oraya bırakırım. Allah'ın Kerîm ismini, Rahmân İsmini şu güzelliğimde gör. Ey Julia... Sanatımın yüceliğine bak, Allah'ın Sani ismini tanı. Ey Julia... Sen aklını kullansan, şu güzelliğimi kör tabiata havale edemezsin. İlim ve hayat sahibi sanatkârımın harika eseri olduğumu bilirsin. Öyleyse ya aklını başına al Yaratıcının üzerimdeki mührünü izle, seyret, tadını çıkar. Ya çıkar at akıl nimetini başından. Hayvan ol, kurtul." cevabını alıyordum.

Tefekkür penceremden süzülen bu güzel sözlere, "Maşallah, Barekallah" demekten kendimi alamıyordum. Bulut kardeşin lisanıyla bana anlatmak istedikleri sayesinde Rabbimi tesbih ve tanzim etmekten geri duramamıştım.

Uçak alçalmaya başlayınca, bulutlar gözden kayboldu ve kendimi İstanbul'un göz kamaştıran manzarasıyla konuşurken buldum. "Ey İstanbul. Ne kadar ışıl ışılsın. Yüzündeki gülümsemeyi hiçbir şehirde görmedim ben. Ecel celladı ensende gezerken, şaşaasına mı kandın bu dünyanın gülüyorsun? Yoksa seni güldüren Allah'ı dost edinenler midir? Onların semaya yükselen duaları mı güldürüyor yüzünü? Ey şehr-i İstanbul, onlara selamımı söyle. Beni de alsınlar dost meclislerine. Ben de Allah'ı çok seviyorum. Hem Allah'ı çok sevdiğim gibi, onun sevdiklerini de seviyorum. Sen hicret yolumda sığındığım son limanımsın. Seni hep çok sevdim İstanbul ve bu sevgi dinmedi yüreğimde. Çocukken hep arkadaşlarıma anlatırdım seni. Arkadaşım değillerdi aslında. Hiç arkadaşım olmamıştı ki benim. Her zaman yalnız gezer, yalnız yaşardım. Yine de okulda beni dinlemek isteyen biri olursa, çekinmez seni anlatırdım. Şimdilerde sana geliyorum İstanbul. Rabbimiz de bizi kavuşturmak istiyormuş meğer. Baksana... Rabbimin kaderi bugün tecelli ediyor. Öyleyse sen ve ben iyi iki dostuz İstanbul. Benim dostum olacaksan bu kadar gülmemelisin. Ben ağlarken gülmemelisin. Ya gel birlikte ağlayalım. Ya da gülme bir süre. Bekle. Çünkü biliyorum ki İslam tüm sokaklarında yaşanmıyor. Gel birlikte İslam'ın tüm sokaklarında yaşanması için mücadele edelim seninle. Gökyüzünü İslam kandilleriyle aydınlatalım. Yayılsın zafer muştuları minarelere. İşte o zaman mahzun olalım ve içlenerek ağlayalım."

Bu düşünceler zihnimde dönerken, sağ yanımda oturan ihtiyar adamın, yönünü hafifçe bana çevirdiğini fark ettim. Önce bir süre bakamadım ihtiyar adamın yüzüne ve çekingen bir ifadeyle başımı eğip dizlerimin üzerinde duran Filistin atkısının desenlerini seyrettim. O anda neden bana bakıyor diye düşünmeye başlamıştım. Neden bana bakıyordu ki şimdi bu adam. Bakışlarını üzerimden hiç ayırmadığını hissedince; "Dönüp nedenini sorsam mı acaba?" diye düşünüyordum. O anda; *"La tahzen innallahe meana..."* dediğini duydum ihtiyar adamın. Bakışlarımı çekinerek de olsa ihtiyar adama çevirdiğimde, elinde tuttuğu Kur'an-ı Kerim'i dizlerimin üzerinde duran Filistin atkısının üzerine koydu. Tam ellerimi Kur'an-ı Kerim'e uzatacakken; "Kızım sen doğruca Sultanahmet Meydanı'na git ve orada bekle olur mu?" dedi. Bunu söylerken tebessüm ediyordu. Üstelik yüzünde derin bir huzur vardı. Allah'ım o ne nurlu yüzdü öyle. Aynı zamanda o kadar heybetliydi ki, heybetinin karşısında dona kalmıştım.

Şaşkındım. Çünkü bu adam benim lisanımla yani Lehçe lisanıyla konuşuyordu. Üstelik aksanı doğduğum şehrin aksanıyla bire bir aynıydı. Schecin aksanıyla konuşuyordu. Çimen yeşili cübbesinde iki beyaz yaması vardı. Yüzünü tarif etmek zor. Ancak beyaz sakallarının arasında az da olsa siyahlıklar görebilmek mümkündü. Başına doladığı yeşil sarığıyla devleri anımsatıyordu. Tebessümlü yüz ifadesini bozmadan, "Hadi kızım kalk ve yürü." deyince gözlerimi irkilerek açtım. Uyandığımda kan ter içinde kalmıştım. Biraz önce yaşadıklarımın rüya olduğunu kabul etmek çok zordu. "Nasıl bir adamdı bu? Daha önce hiç bu kadar heybetli birini görmemiştim. Nasıl benim dilimi bu kadar iyi konuşuyordu? Daha önce cübbeli, sarıklı hiçbir adamın Lehçe konuştuğuna şahit olmamıştım. Hem Sultanahmet Meydanı'nda ne vardı ki oraya gidip beklememi istiyordu benden? Türkçe bile konuşamazken kime ne faydam olabilirdi? Bildiğim tek bir şey varsa bu rüyanın sıradan bir rüya olamayacağıydı. Mutlaka o meydana gitmeliydim.

Bu sözlerde sanki sırlı bir şeyler gizliydi. Bundan sonraki hayatımın şifreleri gizliydi içinde. Ve ben bu şifreyi çözmek zorundaydım. Ama neydi bu şifre? *"La tahzen innallahe meana..."* Evet evet... Bu söz olmalıydı. Bu sözün bir anlamı olmalıydı. Birkaç saat önce rüyamdaki sözdü bu! Uçak henüz kalkmadan yanımda oturan ihtiyar adamın...

Bir anda sağ koltuğumun boş olduğunu fark ettim. Uçak inmek üzereydi. Yolcuların koltuktan kalkması yasaktı. Hostes derhâl müdahale ederdi. Öyleyse nereye kaybolmuştu bu adam? Allah'ım ne oluyordu böyle. Neden o adam uçağa girer girmez yanıma oturup Kur'an-ı Kerim'i açmıştı. Evet evet... Bu, o adamdı! Benim rüyamda gördüğüm adamdı! Birden oldukça korkunç bir sarsıntıyla irkildim. Uçağımız İstanbul'a inmişti. Uçak körüğe yanaşınca, el bagajı bölümüne sıkıştırdığım üç montumu üst üste giyindim. Hızla uçağın çıkış kapısına doğru yürüdüm. Çıkış kapısında yolcuları ağırlayan hostes "İyi günler dileriz efendim." deyince cesaretlenerek; "Affedersiniz. Yan koltuğumda ihtiyar, sakallı bir adam oturuyordu. Onu göremedim. Yerini mi değiştirdi?" diye sordum. Hostes bir kaşını kaldırarak ciddi bir ifade takındı; "Efendim uçağın tüm koltukları doluydu. Tüm uçuş boyunca bir tek sizin yan koltuğunuz boştu." dedi. Duyduklarım karşısında dizlerimin bağı çözülecek gibi oldu. Yalnızca "Anladım." diyebildim. O an dizlerimin bağı çözüldü ve yere düşecek gibi oldum. Hızlı bir hamleyle kolumu tuttu ve "Efendim iyi misiniz? Ebru... Ebru sağlık ekibi!" dedi endişeli bir sesle. "İyiyim. İyiyim. Teşekkürler." diye mırıldanabildim.

Gerçek, hayal ve rüya bir olmuştu benim için. Yaşadıklarımın hangisi rüya hangisi gerçek ayırt edemiyordum. Ama tek bildiğim uçağın İstanbul Havalimanına indiğiydi.

Adımlarımı sürüyerek uçağın çıkış kapısından, körük koridoruna yöneldim.

Bir kez daha ağlasam da artık üzgün olmadığıma emindim. Mutluydum artık. Altın kafeste huzur arayan bir bülbüldüm bu zamana kadar. Bu kafesin güzelliğine ve büyüklüğüne aldanmıştım. Huzuru esarette aradığımı bilmiyordum. Bilmiyordum ki kafesin sakinleri kargalardır. Bu yüzden mutlu değilim sanıyordum. Bir an kafesin güzelliğini seyredip mutlu olsam, kargaların çıkardıkları korkunç sesle bir ömür mutsuz oluyordum. Kanatlanıp uçmak varken esarete ram olmuştum. Özgürlük nedir bilmiyordum. Nasıl uçulur onu da bilmiyordum. Bin kapısı açıktı oysaki bu kafesin. Ben güzelliklerini izlemekten açık kapıları dahi görmüyordum. Derin bir zelzeleye kapılmıştım artık. İrkilerek uyanıyordum bu derin hülyadan. Bin kapı açılmıştı önümde. Ve ben gökyüzünde süzülüyordum. Kurtulmuştum kargalardan. Bülbülümü arıyordum artık. Diyar diyar gezecek olsam dahi bulacaktım onu... Bulacaktım... Biliyordum... Çünkü biliyordum ki, kafesimin sahibi esaretimde yem etmemişti beni. Özgürken de koruyacaktı kargalardan.

"Teşekkürler." dedim yeniden. "Ben artık iyiyim." Adımlarımı uçağın yanaştığı körük koridoruna yönelttiğimde kafesimden uzaklaştığımı daha net hissediyordum. Sultanahmet Meydanı'na gidecek ve bekleyecektim. Aramak beklemekti benim için...

***

Rüyalarımı süsleyen meydana ulaşmak isterken, dik bir yokuşu aşmakla meşgulüm. Vücudum titrerken, burnum soğuktan buz kesmiş. Tırmandığım yokuş, İstanbul'un düz bir caddesine çıkarmıştı beni. Cadde, olabildiğine mağaza doluydu. Hınca hınç insan kalabalığının arasına karışırken utandığımı fark ediyorum ve başlıyorum yürümeye...

Kalabalıktan utansam da, fazla sürmüyor bu durum. Çünkü tanıdığımı fark ediyorum bu insanları. İsimlerini bilmiyorum bu insanların. Dillerini ve kültürlerini de... Ama tanıyorum. Biliyorum ki din kardeşlerim onlar benim. Bilseler hicret ettiğimi kucaklarlar beni biliyorum. Islak zeminde attığım her adımda, çoraplarım biraz daha ıslanıyor. Umursamamaya çalışıyorum önce. Sonra "Çorapların ıslanırsa hastalanırsın." diyen annemin yüzü geliyor gözümün önüne. Korkuyorum o an. "Hastalanmamalıyım!" diyorum. "Kalacak bir yer bulana kadar hastalanamam."

Ah... Bir de sancılar var tabii... Her attığım adımda ayaklarıma giren sancıya aldırmak istemesem de. Acıyla kıvrandırıyor beni. Bilmem açlıktan mıdır, başım çatlayacak sanki. Gariptir ki bunca acıyla kıvranmama rağmen, mutlu olduğum gerçeğinden vazgeçiremiyorum kendimi. Ruhumu kaplayan huzur, tüm acılarımı unutturuyor bana. Kendimi hicretimi tamamlamanın mutluluğuna kaptırmışım. Yolun sonunu düşünmüyorum artık. Yaşadığım hadiselerin tılsımına sevdalanmışım ve yürüyorum.

Havaalanına giderken gördüğüm rüyanın etkisinden nasıl kurtulacağımı düşünürken, şimdi bu hadiseye gark olmuş bir vaziyetteyim. Nasıl bir gün geçirdiğimi düşünüyorum. Tüm bunları neden yaşadığımı düşünüyorum ve yürüyorum yolun sonuna varma umuduyla. Karşıma bir insan çıkmış. "Şuraya git bekle kızım." diyor ve ben bu yoldan gitmekte arıyorum kurtuluşu. Dost yok, ev yok, dil yok... İşte o kadar çaresizim. Bu rüyanın, Rabbimden bir işaret olduğuna inanmaktan başka çarem yok! Ve bu işaretin kurtuluşum olduğuna...

Hostes, bu ihtiyar adamın hiç yanımda oturmadığını söylemişti oysaki. Nasıl mümkün olabilir böyle bir şey? Koca uçağın içinde bu cübbeli, heybetli adamı hiç mi görmemişti Allah aşkına? Oysa kanlı, canlı oturmuştu bu adam yanıma. Cübbesinden süzülen kokunun o anki tazeliği hâlâ burnumda dönüyor. Belki de hostesin gözünden kaçtı. İhtiyar adamın olmadığı bir anda görmüştü belki hemen yanımdaki koltuğun boş olduğunu. İyi ama, onca saat hiç mi görmemişti bu adamı? Ne olabilirdi ki başka? Ne yani... Hayal miydi tüm bu yaşadıklarım? Sahi nasıl benim aksanımı bu denli akıcı konuşabiliyordu? İngilizce değildi ki bu dil, herkes bilsin! Hem lehçe konuşuyordu hem de Schecin aksanıyla! Aman Julia... Bunca rüyaya takılmıyorsun da, senin dilini konuşabilmesine mi takılıyorsun? Sıradan bir rüya olmasa da rüya bu sonuçta. Neden Sultanahmet Meydanı'na gidip beklememi istemişti benden? Neden?

Bütün yol boyunca bu sorulara cevap aramakla meşgul olduğumu anlıyorum o an. Çıkış yolu ararken, kendimi ve nerede olduğumu unutmuşum. Kaç metro değiştirdim bilmiyorum, ne zaman otobüsten indim de yürüyorum, onu da bilmiyorum. Bildiğim bir şey varsa, bu soruların cevabını bulmanın tek yolunun şu an yürüdüğüm yol olduğuydu. Buna inanıyorum... Sultanahmet'e giden yol... Havaalanına giderken gördüğüm rüyanın da uçakta yaşadığım hadisenin sırrını da o zaman çözeceğimi hissediyorum. Berlin metrosunda gördüğüm rüyadan uyandığımda, çok garip duygular vardı içimde. Belki de rüyamda gördüğüm meydan, bu nur yüzlü adamın beklememi istediği meydandı. Oradaki insanlar beklemiyorlar mıydı? "Kimi bekliyorsunuz?" dediğimde "Aleyhisselamı bekliyoruz." diyorlardı. İyi de Peygamberimiz vefat edeli bin dört yüz sene olmamış mıydı? İşte bu kısım garip geliyordu. Bu adam da bir meydana gidip beklememi istemişti benden. Acaba aynı meydanı mı kastediyordu? Rüyamda gördüğüm insanlar Peygamberimizi beklemişlerdi oysaki. Belki de bekledikleri Peygamberimiz değildi. Emanetini bekliyorlardı belki de...

O siyahi adamın hüzünlü ezan sesi yeryüzünü sarsıyordu. Ay ağlıyordu... Yıldızlar ağlıyordu... Bir tek insanlar ağlamıyordu o an. Korkuyorlardı bu sesi duyunca ve nereye gittiklerini bilmeden kaçışıyorlardı. İşte o an da gök yarılıp *La tahzen innallahe meana...*" ayeti beliriyordu semada. Bu rüyadan almak istediğim en büyük mesajlardan biriydi bu ayet. Çünkü İstanbul'a, indiğim ilk an havaalanı telefoncusunun internetine bağlanarak bu ayetin anlamını araştırmıştım. "Üzülme!" diyordu ayette, "Allah seninle beraberdir." Subhanallah! Şu koca dünyada ben tevekkül etmeyeyim de kim etsin şimdi Rabbime?

Uçakta gerçek mi, hayal mi, rüya mı olduğunu anlamadığım ihtiyar adamdan duyduğum sözlerle birebir aynıydı bu sözler. Koltuğa oturur oturmaz Kur'an sayfasını açmıştı ve dudağından aynı sözler dökülmüştü. *"La tahzen innallahe meana..."* Bu yüzden üzgün değilim artık. Bu yüzden ayaklarıma giren sancılara aldırmıyorum. Tek bir cevap veriyorum zihnime hücum eden sorulara "Bunca hadiseden sonra, ben tevekkül etmeyeyim de kim etsin?" Yetiyor bu cevap zihnime hücum eden tüm soruları susturmaya. Sakinleşiyor zihnim. Zihnime vurulan zincirler kırılıyor bu cevap karşısında. Geriye bir tek Sultanahmet Meydanı'na gitmek ve beklemek kalıyor. Tevekkül etmek ve beklemek... Çünkü biliyorum ki onun merhametinden kopan bir hediye bu hadiseler bana. O türlü hadiselerle kendini bana her an hatırlatıyor. Sevgisi gönlümü eritirken mest ediyor yaşattıklarıyla beni... Garip... Bunca yıl karnı tok, ruhu aç yaşayan ben, şimdi ters düz olmuş vaziyetteyim. Karnım mideme yapışırken ruhum manevi ziyafet masalarında lezzetleniyor. Ve ben yürüyorum. Biliyorum ki mahkûmum bu sırrı çözmeye.

Caddenin sonuna yaklaştığımda dev bir bayrak görüyorum. "Çocukken omzumda taşıdığım bayrak" derken seviniyorum "Türk bayrağı bu..." derken kısılıyor gözlerim. "Sen mübarek bir ülkesin Türkiye. Allah çok seviyor seni. Öyle seviyor ki en sevgilinin müjdesiyle şereflendiriyor. Öyle kahramanlık öykülerine muhatap olmuşsun ki, Dünya tarihi bu hikâyeler anlatılmadan tamamlanmıyor. Tarih tünelinin her istasyonunda varsın sen! Viyana'nın köhnemiş kapılarına mı dayanmamışsın, Afrika'nın mazlum gönüllerini mi sulamamışsın, Kâbe'nin nurlu örtülerini mi örtmemişsin? Dünya tarihi nereye koysun seni? Sana olan hayranlığım bu yüzdendi belki... Ben bir korkaktım! Eksik yanlarımı görüyordum sende. Cesareti, özgüveni, kararlılığı hepsini sende görmüştüm. Her şeyden, herkesten kaçmıştım bunca sene. Ailem boşanırken de kaçmıştım, babam İslam'dan dönmemi istediğinde de.

Oysa kalıp savaşabilirdim. Bu bir ihtimaldi ve ben o savaşı kazanabilirdim. Haykırabilirdim İslam'ın sönmez ve söndürülemez bir güneş olduğunu. Sahi, bunun için lafını söyleyeceğin bir yüz gerekir ya... Yoktu o yüz karşımda. Bakmıyordu bile bana. Baksa da düşmanıymışım gibi bakıyordu.

Sanki esarete mahkûm edilmiştim bunca sene. Her şey vardı aslında hayatımda. Schecin'in sayılı zenginlerindendi babam. İstediğim her şey alınır, söylediğim her şey yapılırdı. Hiçbir zaman bunlarla mutlu olmadığımı anlamadılar. Oysa annem de, babam da gözlerimin içine bakarlardı benimle konuşurken. Gülerek konuşurlardı benimle. Sanki her şey mükemmel, sanki hiçbir sorun yokmuş gibi konuşurlardı. Buna inanmamı beklerlerdi benden. Arkalarını döndüklerinde suratını astıklarını görmüyorum sanırlardı. Bu çocuk on yaşında, anlamaz sanırlardı dört duvar arasında yaşadıkları çatışmayı. Oysa ben her şeyi anlıyordum. Hem de çok net...

Demek gurbette buldum ben İslam'ı. Gurbetmiş demek bunca yıl toprağım... Öz vatanım burası olsun öyleyse. Ölürsem beni İstanbul'a gömsünler. Dikilmesin mezarıma güller! Adımın yazdığı mezar taşımda olmasın. İstemem! Mezarım bilinmesin de huzur bulayım isterim!"

Tramvayın sesiyle kendime gelince bakışlarımı ayırıyorum ay yıldızlı bayraktan. Etrafıma bakınıyorum biliyormuşçasına. "Ne kadar işlek caddeymiş." diyorum içimden. Mağazalar alabildiğine insan dolu. Restoranlarında oturacak masa kalmamış olacak ki, kapının önünde tek tük insanlar bir şeyler yemekle meşgul. Sonra bir kadına takılıyor gözüm. Acı kahverengi tonunda, üç katlı suflesiyle vakar içinde yanımdan geçiyor ve kalabalığa karışıyor. "Yaa kurban olurum, şirinliğe bak." derken koşup arkasından sarılmak istiyorum. Başına giyindiği eşarbın modeli o kadar hoşuma gidiyor ki, "İlk biriktirdiğim paramla başörtüsü alacağım." diye geçiyor zihnimden.

İnsanlar genel olarak ağır adımlarla yürüyorlar. Bir süre

yürüdükten sonra bir mağazaya girdiklerini görüyorum. Birçoğu kısa bir süre sonra çıkıp farklı mağazalara bakınırken, bazıları da uzunca bir süre çıkmıyor mağazaların içinden. "Ne kadar sıradan bir gün sizin için." diyorum bu insanları görünce. "Benim içinse diğer bütün günlerimden farklı." diyorum ve yürümeye devam ediyorum. O anda dört, beş metre uzunluğunda, turuncu kırmızı desenli, mini tramvay geçiyor yanımdan. "Ne kadar güzel." diyorum. "Hayatlarını ve düzenlerini kurmuş, İstanbul'u geziyorlar huzur içinde. Oysa ben yolumu arıyorum. Yalnız ve çaresizim. Bu şehrin aciz bedenimi yutmaması için Rabbime yalvarıyorum."

Yürüyorum... Bu insanların dilini bilmeden yürüyorum. Derdimi kimseye anlatamayacağımı biliyorum. Biliyorum ki bilmesi gereken biliyor derdimi. Onun uğruna bu yola çıktığımı biliyor. O beni hiç yalnız bırakmaz. Biliyorum...

Yürüyorum... Arkamda kalan tüm gemilerimi yaktım. Ne döşeğim var ısınacak, ne yatağım var yatacak. Oysa gönül sarayım, kâinatın sahibini ağırlamakla meşgul. Gönlüne sultan olduğu bir bedeni açıkta bırakmaz o. Biliyorum...

Bir adım daha atmak istemiyorum artık. Duruyorum o an ve kapanıyor gözlerim. Gözlerim kapandığında okyanusu andıran mavi bir renk kaplıyor her yeri. İlk anda titriyor dudağım. Oracığa çöküp ağlamak istiyorum. Sonra "Kalk Julia! Bu sesi takip et! Koş Julia!" diyorum. Açıyorum gözlerimi. Gözlerimi açtığımda korktuğumu fark ediyorum. Kaybolmaktan değil artık. Ezanın bitmesinden korkuyorum. Gözlerim, kulaklarım, kalbim ve her zerrem semada yankılanan ezanda kilitleniyor... Bavulumu kucağıma alıyor ve koşmaya başlıyorum. Zaman ve mekân önemini yitirmiş artık. Bir yandan koşarken, bir yandan "Allah'ım ezandan beni ayırma! Allah'ım bu sesten beni ayırma!" diye bağırıyorum o an. Hıçkırıklara karışıyor feryatlarım. Konuşamıyorum... Sadece koşuyorum artık.

"Allahu ekber..."

"Allahu ekber..."

"Eşhedü en lâ ilâhe illâllah..."

"Eşhedü en lâ ilâhe illâllah..."

"Burası... Burası benim rüyamda gördüğüm meydan... Burası Sultanahmet Meydanı... Allah'ım ben geldim. Julia kulun geldi. Anamı, babamı, evimi, yurdumu, paramı, çok sevdiğim köpeğim Doda'yı, her şeyi ve herkesi arkamda bıraktım Allah'ım... Ben geldim Allah'ım... Sana geldim."

"Eşhedü enne Muhammeder-Resûlüllah..."

"Eşhedü enne Muhammeder-Resûlüllah..."

"Allah'ım ben Julia kulunum. Özür dilerim seni tanımadığım için. Yarattıklarını reddettiğim için. Özür dilerim seni reddederek sana hakaret ettiğim için. Kararım kesin Allah'ım... Senin için yaşayacak, senin için hizmet edecek, senin için öleceğim."

Sağ yanımda Ayasofya, sol yanımda Sultanahmet Camii karşılıklı ezan okuyorlar ve ben ortalarında perişan bir hâldeyim. Yere kapaklanmış bir vaziyette ellerimi semaya kaldırmış tek kurtuluş limanıma sığınıyorum. Hıçkırıklar boğazımda düğümlenince susuyorum. Sultanahmet'in dev minareleri de susuyor o an. Derin bir sessizlik kaplıyor dev avluyu. "Heyyalesselah..." nidası kulaklarımda yankılanınca hayrete kapılıyorum. Bakışlarımı hemen sağ yanıma, Ayasofya'ya çeviriyorum bu sefer. "Heyyalesselah..." diye haykırıyor. Biliyorum namaza çağırıyor. Ama hüzünlü bir ses bu. Oysa Sultanahmet Camii'nden coşkuyla çıkıyordu aynı ses. O an fark ediyorum ki Ayasofya'nın kapıları kapalı ve önü boş. Oysa Sultanahmet Camii'nin önü oldukça kalabalık. İnsanlar vaktin sahibinin huzuruna varma telaşıyla caminin kapısından içeri giriyorlar.

"Dilim yok Ya Rabbi... Bu insanların dilini bilmiyorum. Dostum yok Ya Rabbi... Beni kimse karşılamadı. Yerim yok Ya Rabbi... İki mescidinin arasındayım." Omzuma dokunan el kendime getiriyor beni. Anlamadığım bir şey söylüyordu bana. Belli ki Türkçe konuşuyordu. Yeşil eşarbı beline kadar inen bu kadın, üzerine giyindiği siyah paltosuyla titriyor. Tekrarlıyor aynı sözcükleri. Bu sefer daha kısık çıkıyor sesi. Birini arıyor gibi. Ümidini kaybetmiş gibi çıkıyor sesi bu defa. Bastonuna yaslanmasa ayakta duramayacak kadar zayıf olan bu ihtiyarın yanakları soğuktan pembeye çalmış. Neden sonra bu kadına karşı içimin ısındığını hissediyorum.

"Üzerimdeki montlardan bir tanesini versem mi acaba?" diye düşünürken "Seni kim gönderdi?" diye soruyor akıcı bir İngilizceyle. O an verebileceğim tek cevabı veriyorum "Allah ve Resulü." diyorum. Bastonuna yaslanarak diz çöküyor. Bir eliyle elimi tutarken diğer eliyle yanaklarımı okşamaya başlıyor. O an ikimizde hıçkırıklara boğuluyoruz. Deniz mavisi gözlerinde, kaybolan evladını bulmuş bir annenin sevincini görüyordum artık.

***

"Kızım..." dedi ihtiyar kadın yanağımı okşarken. "Annem..." diyemedim. Sarılamadım bu tatlı kadının boynuna. "Annem" diyemedim. Yalnızca gözlerine bakıyor ve ağlıyordum. O da bastonuna yaslanmış ihtiyar hâliyle pek farklı değildi benden. O sormuştu bana, ben soramamıştım ona. "Seni kim gönderdi?" diyememiştim. "Belki aradığı ben değilimdir." diye düşünüyordum. Kabullenmek istemiyordum böyle bir ihtimalin varlığını. "Allah ve Resulü" diyebilmiştim sadece. Öyle olmadı mı aslında? Beni bu yola Rabbim çıkarmadı mı? Bu meydana kendi irademle mi gelmiştim sanki? Rüyamda görmüştüm bu meydanı ve şimdi ihtiyar adamın tarif ettiği caminin önündeydim.

"Sen efendimin emanetimsin yavrum." dedi kadın. "Güzel kızım..." dedi ve öptü yaşlı gözümden.

"Ya bu kadınsa beklemem gereken? Şu ihtiyar kadından

gördüğüm şefkati yaşamak için dahi değer." diye düşündüm. "Kızım" demişti bana. Öpmüştü gözlerimden şefkatle. Hududundan taşan duygularıma hâkim olamıyordum. Sıkıca sarıldım kadının boynuna. "Annemmm..." demek istedim ama diyemedim. Annemden görmediğim şefkati tanımadığım bu kadında görüyordum. Annemden kilometrelerce uzakta sarıldığım bu kadından.

"Ağlamayın artık. Bakın beni de ağlatıyorsunuz." dedim gözünden akan yaşları silerken.

"Üzüntüden değil, mutluluktan ağlıyorum güzel kızım. Sevinçten ağlıyorum. Biliyor musun kaç gün aradım ben seni? Nerelerde aradığımı, kimlere sorduğumu biliyor musun?" dedi acı bir ses tonuyla.

"Beni mi arıyordunuz?" dedim meraklanarak.

"Evet kızım, ben günlerdir seni arıyorum." dedi.

"İyi ama neden? Beni tanımıyorsunuz bile!" dedim. "Efendim tanıyor yetmez mi?" dedi. "Efendim tanıyor..."

Aldığım cevap karşısında kafam iyice karıştı. Mantığım, bu kadından aldığım cevapları tartmaya yetmiyordu. Olmuyordu. Anlamıyordum bu kadını bir türlü. "Dediklerinizden hiçbir şey anlamadım teyzeciğim." dedim dudaklarımı büzerek. "Bir umut, anlatır da anlarım." diye düşünüyordum ama anlatmıyordu. Açıklamıyordu sır dolu sözlerini. Bilmece gibiydi kurduğu her cümle ve benim çözmemi istiyor gibiydi. Tebessüm etti önce. Gözünden yaşlar süzülüyordu. Bastonuna yaslanarak kalkınca ben de kalktım yığıldığımız yerden. Şuracığa yığılmış, kalmıştık ve ıslak zeminin, zaten sırılsıklam olan elbisemi daha çok ıslatmasına aldırmıyordum. Birkaç dakika içinde yaşadıklarım daha önce yaşamadığım birçok duyguyu bir anda yaşattı bana. Sonra buraya nasıl geldiğimi hatırlamaya çalıştım. Olmuyordu. Ezanın geldiği yöne doludizgin koştuğumu hatırlıyorum, bir de Ezan-ı Muhammedi'nin nağmesine kapıldığımı. Şimdi bu kadının acısını avutmaya çalışırken buluyorum kendimi. Ağlaması, gülmesi hepsinin ardında bir hüzün var. Benimkinden büyük bir hüzün gizli ihtiyar yüzünde. Oysa şu meydanda benden dertlisi yok sanırdım.

"Hoş geldin kızım." derken yüzünde güller açmaya başladı. "Hoş buldum." dedim. "Heyecandan tanışamadık seninle. Ama kızıma çok benziyorsun sen benim. Onun da gözleri seninkiler gibi mavi. Biraz önce seni üzdüysem affet. Biz ihtiyarlar kolay duygulanır, kolay ağlarız. Bir de seni kanlı canlı karşımda görünce..." derken gözleri doldu yeniden.

"Biliyor musunuz ben de çok duygusalım. O kadar kolay ağlarım ki bana 'ağlak göz' derler!" dedim gözlerimi açarak. Güldürmeyi başarmıştım ihtiyar kadını. "Demek sen de benim gibi sulu gözsün he?" dedi gülerek. "İyi ya... İki sulu göz birbirimizi bulmuşuz." dedi.

"Peki adın nedir kızım?" dedi. "Julia" dedim. Hızlı bir hamleyle elinde tuttuğu kırmızı kılıflı defterin kapağını açarak sayfaları değiştirmeye başladı ve boş bir sayfaya bir şeyler yazdı. Önemsemedim bu yaptığını. "Aklına bir şey geldi herhâlde." diye düşünmüştüm. "Sizin isminiz nedir?" dedim. "Naime" dedi. "Ama sen kısaca anne diyebilirsin."

Bu cevabı hiç beklemezdim. Ben onun adını, o benim anne deyip demeyeceğimi merak ediyordu. Şaşkınlığım bir kat daha arttı bu cevabı aldığımda. Nasıl ilk kez gördüğü birini kızı gibi görebilmişti. "Ne yani garip mi bu?" dedim kendime. Ben de onu anne gibi görmemiş miydim şimdiden. On sekiz yıl annemden hissetmediğim şefkati hissetmemiş miydim bu kadında?

Meydanı derin bir sessizliğin kapladığını fark ettim o an. Bakışımı cami avlusunun dışına çevirdiğimde hınca hınç insan doluydu ancak iki caminin dev avlusu derin bir sessizliğe gark olmuştu. "Şükür namazı kılmalıyım." dedim mırıldanarak. "Af buyur kızım duyamadım?" dedi kulağını yaklaştırarak. "Şükür namazı kılmalıyım Naime anne..." dedim. Daha önce bir kez kılmıştım bu namazı. Nasıl yapılacağını biliyordum. Hem ikindi ezanı da yeni okunmuştu zaten. "Önce ikindi namazını kılar, ardından şükür namazı kılarım." diye düşünmüştüm. İşaret parmağımı uzatarak "Şu cami, Sultanahmet Camii midir?" diye sordum. "Evet kızım." dedi. "Orası meşhur Sultanahmet Camii."

"Peki bu caminin adı nedir?" dedim Sultanahmet Camii hemen karşısında bulunan dev camiyi süzüyordum. "Orası Ayasofya'dır kızım." dedi. "Çok eziyetler geldi bu caminin başına. Cami Allah'ın evidir kızım. Beytullahtır. Ama bu mukaddes beldede namaz kılınmaz. Sadece ezan okunur." dedi. "Ben zaten anlamıştım bu caminin Sultanahmet Camii'nden farklı olduğunu." dedim omuz silkerek. Üzülmüştüm Naime annenin söylediklerine. İki caminin minaresinden de aynı sözler yankılanıyordu oysaki. Birinden mutluluk, diğerinden hüzün yayılıyordu. "Peki neden kapıları kapalı?" dedim bakışlarımı Ayasofya'nın minarelerinde gezdirirken. "Açılacak inşallah kızım..." dedi. "Açılacak..."

Ezan namaza davet için vardı oysaki. Madem namaz kılınmıyorsa, bu ezan nereye davet ediyordu ahaliyi. Çok içerlendim bu duruma. "Madem öyle, biz de Sultanahmet'e gideriz." dedim. "Durduğumuz kabahat, hadi gidelim kızım." dedi koluma girerek. "Teyzeciğim." diyecektim ki "Anne!" diye sözümü kesti. Güldürüyordu bu kadın beni. Ne tatlı bir kadındı, dakikalar içinde ısındırmıştı beni kendine. "Anne! Biliyor musun ben ilk defa cami göreceğim." dedim. İyice neşelenmişti ihtiyar kadın. Neşesiyle beni de neşelendiriyordu. "Ben de ilk defa cami gören birini göreceğim." dedi ve kıkır kıkır gülmeye başladık.

Allah'ım sanki bir rüyada gibiyim. İstanbul'a gelirken, tek bir duada bulunmuştum sana. Şimdi bu duamın kabul olduğunu hissediyordum. "Beni bu şehirde rezil etme, ele ayağa düşürme." Tek duam buydu. Şimdi bu ihtiyar kadın koluma girmiş, bana rehberlik ediyordu. Tüm bunlar yetmiyormuş gibi, kendine anne dememi istiyordu. Senin merhametin ne büyük Ya Rabbi... Ne büyük...

Naime anne çok yavaş yürüyordu. Bense bir an önce koşmak ve caminin kapısından girmek istiyordum. İçerisini çok merak ediyordum. Dışarıdan bu kadar devasa görünen bu caminin içi nasıldı kim bilir?

Bir süre yürüdükten sonra, caminin dev avlusuna girmiştik. Bu avlu tamamen mermerle döşenmiş, dikdörtgen simetri hizasında sıralı sütunlar üzerine kubbelerle örülü revaklarla çevrelenmişti. Pek çok insan, hemen bu kubbelerin altına örülmüş, tek basamaklı mermere oturmuş, etrafındakilerle koyu bir sohbete dalmışlardı. Ve biz bu mukaddes mabedin dev avlusunda yürüyorduk. Avlunun ortasında, yuvarlak mermer bir havuz gözüme çarptı. Bu havuzun üzerinde altı sütundan oluşan bir çatısı vardı. Tur rehberini dinleyen yirmi kişilik bir gurup, bir yandan tur rehberini dinlerken, bir yandan bu yapıyı incelemekle meşguldüler. "Kızım" dedi Naime anne. "Eskiden bu avlunun etrafına sıralanmış kubbelerin altında yirmi dört adet bölme bulunurdu. Sultanahmet ilmin beşiğiydi o zamanlar. Medrese olarak kullanılırdı bu odalar..." dedi. "Medrese nedir anne?" dedim. Bana baktı ve tebessüm etti. Anne dememden hoşnut olduğunu anladım. "Okul kızım." dedi. "Osmanlıyı bilir misin?" "Avrupa'da Osmanlıyı bilmeyen mi var? Çok severim ben Osmanlıyı. En çok da Fatih Sultan Mehmed'i severim." dedim, "Maşallah..." dedi koluma girdiği elimi tutarken "Sen Avrupalısın demek. Avrupa İslam'a gebedir kızım. Neresinden geldin Avrupa'nın?" dedi bir yandan da elimi sıvazlıyordu.

Yükünü iyice bana vermişti artık. Bastonunu sol elinde tutuyordu ama tüm ağırlığını üzerimde hissediyordum. "Son birkaç gündür Berlin'de kalmak zorundaydım. Buraya da Berlin üzerinden geldim ancak memleketim Polonya. Her ne kadar Polonya'da doğsam da..." dedim utanarak. "O ne demek yavrum? İnsan memleketini yadırgar mı hiç? Nerede doğarsan doğ, orası senin toprağındır, vatanındır." dedi.

"Çok güzel bir ülke gezilesi, görülesi... Polonya'da doğdum ben. Polonya'da doydum. Ama hiçbir zaman kendimi ait hissetmedim Polonya'ya. Gurbet hayatı yaşıyordum sanki. Oysa Türkiye sevgisi hiç çıkmadı kalbimden. Çocukluğumda dahi ne zaman sokağa çıksam montumun yakasına Türk bayrağı yapıştırır öyle gezerdim." dedim. "Subhanallah... Desene bizden biriymişsin sen."

Pür dikkat söylediklerimi dinliyordu. Yer değiştirmiştik bu sefer, ben anlatıyordum, o dinliyordu. Ama ben açıkça konuşuyordum. Naime annenin de benim kadar açık konuşmasını isterdim. Ama bir şeyler gizliyor gibiydi. "En son medreseyi anlatıyordunuz. Merak ettim doğrusu." deyince sözlerine devam etti. "Hay yaşa. İyi hatırlattın! Osmanlı'nın bu medreselerinde, çok özel eğitimlerden geçerdi öğrenciler. Bu medreselerde yalnızca İslam ilimleri öğretilmez, astronomi, fizik, kimya, matematik ve daha birçok fen ilimleri, dönemin en ünlü müderrislerince aktarılırdı öğrencilere. Öyle büyük bilim adamları çıkardı ki bu medreselerden, bu öğrenciler eğitimlerini tamamladıklarında Osmanlı tarihinde çığır açacak eserlere ve buluşlara imza atarlardı. İşte Osmanlı böyle medeni bir devletti kızım. Şu görmüş olduğun camide dahi dünyevi ilimleri tahsil etmekten asla geri durmazlardı. Ama biz anlayamadık Osmanlı'yı. Oysa Osmanlı'yı anlamak, kendini anlamaktı." dedi ve tamamladı sözlerini. Oldukça şaşırmıştım gördüklerim karşısında. Ben Osmanlıyı sadece savaşlarda gösterdikleri kahramanlık yönüyle tanımıştım. Oysa eğitim sistemleri muhteşemdi. Öğrencilerini hem İslam'ın ahlakından koparmadan hem de en iyi müderrisler tarafından eğitilerek yetiştirmek muhteşem bir projeydi doğrusu.

Camilerin yalnızca ibadet için inşa edilen ve belirli vakitlerde ziyaret edilen bir yapı olduklarını sanmıştım bunca sene. Oysa yalnızca bunun için inşa edilmemişlerdi. Naime annenin anlattığına göre, bu mukaddes beldede yalnızca ibadet yapılmıyordu. Öğrenciler, dönemin en usta profesörleri tarafından titizlikle eğitimden geçiriliyorlardı. Üstelik öğrencilerin bu süreçte kalacakları bölmeler dahi düşünülmüştü. Hayran kalmıştım doğrusu.

Meşhur Sultanahmet Camii'ne girmek üzereydik artık. Naime anne kapının hemen yanındaki sandalyeye oturmuş ayakkabılarını çıkarıyordu. Siyahlığı çamura bulanmış çarığının biri yırtık ve eskimişti. O kadar yırtılmıştı ki çarığın burun kısmında iki ayak parmağı gözüme çarpmıştı. Belli ki kendine yeni bir ayakkabı alacak durumu yoktu. Ah Naime annem... Keşke cebimde param olsaydı da sana en güzel ayakkabıları alabilseydim. Ancak benim de cebimdeki para birkaç gün başımı sokabilecek bir yer bulmaya ya yeter ya yetmezdi. Kazandığım ilk paramla sana yeni bir çift ayakkabı alacaktım. Kim bilir ne kadar sevinir ne kadar mutlu olurdu. Belki de alacağım ayakkabıdan daha çok, beni düzenini kurmuş, ayakları yere basan güçlü bir kız olarak görmek mutlu ederdi seni.

Bunları düşünürken bavulum çamura bulanmış vaziyette yanı başımda duruyordu. Bir ayağı kırık ve patlamış fermuarıyla geleceğe dair ümitlerimin hayalden ibaret olduğunu haykırıyor gibiydi. Yine de ben bu hayale inanmak istiyordum. Aileme güçlü olduğumu göstermeliydim. Bunun için çok çalışmalı, çok çabalamalıydım. Ayaklarım üzerinde durmalıydım. İlk iş olarak Türkçe öğrenmeye başlamam gerektiğini biliyordum. Türkçe konuşamasam burada yaşayamazdım, biliyordum. Arkadaşlarım olacak mıydı acaba? Saatlerce dertleşebileceğim. Dert anlatıp, dert dinleyebileceğim arkadaşlarım... Allah yolunda omuz omuza hizmet edebileceğim, kapı kapı dolaşıp İslam'ı anlatacağım arkadaşlarım olsaydı daha ne isterdim ki?

Bavulumu içeri sokamazdım. Çamura bulanmış hâlde camiyi kirletmek istemedim. Dışarıda da bırakamazdım. Sahip olduğum her şey bu bavulun içindeydi ve eğer çalınacak olsa hiç toparlayamazdım kendimi. İşte o zaman biterdim. "Hadi kızım." diye fısıldandı Naime anne. Gür sesi bu caminin kapısına geldiğinde kısılmıştı. Bastonuna yaslanmış vaziyette beni çağırıyordu ancak bavulumu fark etmemişti. Bir omzuyla kapıyı aralarken diğer koluyla içeri girmem için işaret ediyordu. Hayatımda vereceğim en zor kararı vermek üzereydim. Önümde iki seçeneğim vardı. Ya bavulumu yanıma alacaktım ki böyle bir durumda caminin halıları çamur içinde kalırdı ve ben rezil olurdum. Ya da Allah'a ısmarlayacak ve başına bir şey gelmemesi için dua edecektim. "Kızım neden bekliyorsun?" deyince kararımı verdim ve "Geliyorum anneciğim." dedim. İçeri girince kapı kapanmış ve bavulum dış koridorda kalmıştı. Bense hayretle başımı kaldırmış, ağzı açık bir vaziyette caminin tavanını süsleyen motifleri seyrediyordum. "İznik Çinisi" dedi Naime anne. Bu caminin pek çok motifleri çinicilik sanatıyla süsledi. Yeşil ve beyaz 20.000'den fazla çiniyle süslendi caminin dört bir yanı. Sair motiflerin tamamlanması içinse, hat sanatı ve mavi boya kullanıldı. Bundan dolayı Avrupa'da bu camiye Blue Mosque denilir."

"Ne kadar bilgili bir kadın." diye geçirdim içimden. Yürüyen kütüphaneydi sanki. Tarihini ne güzel de biliyor, nasıl da tane tane anlatıyordu ve ne kadar duru bir İngilizce konuşuyordu. Camiyi incelemeye devam ettiğimde, ana ve yan kubbelerinin geniş, sivri kemerlere dayandığı dört sütun üzerinde yükseldiğini gördüm. Pencereler kubbenin etrafına öylesi büyük bir ustalıkla yerleştirilmişti ki dev kubbe sanki tavanda asılı duruyordu. "Şurası neresi?" dedim merakla işaret ederek. "Orası Mihraptır. Camide namazları insanlara kıldırmakla görevli bir kişi olur kızım. Bu kişiye "İmam" denir. İşte İmam'ın insanlara namaz kıldırdığı bölümdür orası. "Peki ne

zaman istersek bize namaz kıldırır mı?" Gözlerinin içi gülü-
yordu Naime annenin. "Hayır kızım. Ezan okunduğu anda in-
sanlar burada namazlarını kılmak için hazır bulunurlar. İmam
ezan okunduktan sonra, en kısa süre içinde namazı kıldırır.
Kadınlar için ayrı bir bölüm yapılmıştır ve kadınlar kendi böl-
melerinde namazlarını kılarlar. Namaz bittikten sonra herkes
dağılır. İşte o zaman namazını kılmaya yetişememiş insanlar
ferdi olarak namazlarını kılarlar." dedi.

"Anladım. Sorularımla sizi sıktıysam özür dilerim. Merak
etmeyin daha soru sormam." dedim utanarak. "Olur mu hiç
öyle şey yavrum. Evladımsın sen benim. Evlatlar annelerine
soru sormazlar mı hiç." dedi sağ elimi öptükten sonra. Çok
mutlu olmuştum bu sözü duyunca. Anne sıcaklığı ve şafke-
ti öylesine hissediliyordu ki sözlerinde bunu anlamamak için
bütün duyguların ölmüş olması gerekirdi. Öyle sıcak öyle iç-
ten öyle samimi... Ben de eğildim ve elini öptüm. Anlama-
dığım bir şey söyledi o anda. "Ne demek istediniz?" dedim.
"Berhudar ol yavrum. Bizim kültürümüzde kendinden yaşlı
bir kimsenin eli öpüldüğünde güzel yaşa, çok mutlu olasın an-
lamına gelen 'Berhudar ol' denir." dedi. "Çok teşekkür ederim
siz de çok yaşayın." dedim.

"Ah benim güzel kızım. İman olmadıktan sonra, yaşama-
nın tadı mı var? Rabbim imanla yaşatsın." dedi "İmanla yaşat-
sın ve huzuruna imanla alsın."

Giriş bölümünden kadınların olduğu bölüme geçiyorduk
bu sözü söylediğinde. Haklıydı. İmanın olmadığı bir hayat ku-
rak ve sığ kalırdı. Akıl kabul etmezdi ki tesadüf rüzgârı essin
ve şu muntazam kâinat meydana gelsin. İmanı kalbinden atan
insan kâinatı ağlar bir hâlde göremeye mahkûmdu. Yıldızla-
rı, Güneş'i, Ay'ı... Hatta kâinatta gördüğü her bir zerreyi yara-
tıcı kabul etmek zorundaydı. Oysa tüm fizik kanunları bunu
şiddetle reddederdi. Bir işe, birden fazla müdahale karışıklık
meydana getirirdi. Duymuyordu yine de insanoğlu. Kulağı

sağır, kalbi taştandı bu sözlere. Hayat, ilim, irade, kuvvet ve kudret sahibi bir yaratıcının hâkimiyetini kabul etmek varken. "Kendiliğinden olmuştur" diyordu. Deliler dahi gülüyordu da bir kendisi inandırıyordu kendini bu yalana. Bir yaratıcının varlığını kabul etmek ve emrine itaat etmek varken, kâinattaki her zerreyi yaratıcı kabul etmek ahmaklığına düşüyordu insan.

Bir yandan mukaddes caminin sanatlı kubbesini hayranlıkla seyrederken, bir yandan Naime anneyi takip ettim peşi sıra. Paravanla çevrelenmiş bir bölmeye gelince anladım ki burası biz kadınların namazgâhıdır. Nasıl bir manzaradır ki bu, önemini yitirdi gördüklerim. Tevazu ile vaktin sahibinin huzuruna durmuş mümineler. Kız kardeşler... İsmi nur, cismi nur Aişeler, Fatımalar, Sümeyyeler... Ne büyük lütuftur sizlerin arasında olmak. Kardeşiniz olmak ne güzel lütuftur. Sizinle aynı cennete talip olmak, aynı kıbleye dönmek ne lütuftur. Gözümden akan yaşlara aldırmadan karıştım kardeşlerimin arasına. Yönümü Kâbe'nin sahibine döndüm ve açtım ellerimi "Ey benim şefkatli Yaratıcım. Ey sayısını ancak senin bileceğin çeşit çeşit mevcudatının güzelliğiyle, Julia kulunun gönlünü hoşnut eden. Ey Julia kuluna kendisinden dahi şefkatle yaklaşıp, afiyetini isteyen. Kaç gece hastalandım da bana merhamet ettin, kaç zaman ağladım da şefkatinle acıdın hâlime. Kaç zaman üzdüm seni şu aciz hâlimle ya Rahîm... Gücüm yok... Kelimeler tükenmeye mahkûm. Sana olan sevdamı anlatmaya gücüm yok. Sen ki beni yokluk âleminden varlık âlemine getirdin. Beni yedirdin, içirdin. İslam'ın yaşanmadığı bir şehirde, henüz çocuk yaşımda haram lezzetlerden gönlümü soğuttun. Haram arkadaşlıklardan ve dostluklardan korudun. Gönlüme İslam nurunu düşürdün, şu minik kalbime sevdanın büyüklüğünü düşürdün Ey Rabbim! Hicret yollarında beni helak etmedin. Bana yol gösterdin. Beni nefsime bırakmadın. Beni kendime bırakmadın. Şimdi ben hangi sözlerle tesbih edeyim merhametinin büyüklüğünü. Ey kalpleri hâlden hâle çeviren Rabbim. Sana meftun ve ram olan bu kulunun kalbini muhabbetinden çevirme Allah'ım. Muhabbetinden çevirme. Âmin."

Vakit gelmişti. Kâinatın sahibinin huzuruna varma vakti gelip, çatmıştı. Kalkmalıydı perdeler... Tükenmeliydi beşer sözleri. Konuşmalıydı hakikat ve susmalıydı kalpler. Konuşmamalıydı artık. Dualar konuşmalıydı, tane tane derinleşirken muhabbet âleminde, vuslata kavuşmalıydı. Şükredecek ve kapanacaktım secdeye. En güzelin huzuruna, en güzel mekânda duracaktım. Vaktin sahibine gaflet dolu günlerimin pişmanlığını, iman dolu günlerimin şükrünü sunacaktım. Sağıma baktığımda Naime annenin oturduğu iskemlede namaza durduğunu gördüm. Vecd ve huşu içinde Rabbimizin huzurundaydı. Vakit gelmişti. Elimin tersiyle dünyayı geriye atıp, sahibime yönelme zamanıydı. Namaz şükürdü ve ben şükrüme dahi şükürle başlamak istiyordum.

"Niyet ettim Allah rızası için iki rekât şükür namazı kılmaya. Döndüm Kıbleme... Kıblem Kâbe'ye... Allah rızası için... Allahu ekber!"

***

"Es-selâmü aleyküm ve rahmetullah... Es-selâmü aleyküm ve rahmetullah... Allah'ım anneme ve babama hidayet ver. Kalpleri hâlden hâle çeviren sensin Allah'ım. Ben onlara kızgın değilim. Sen de kızma Allah'ım. Onları haram zevk ve lezzetlerin zilletinden kurtar. Fani dünya sevgisini kalplerinden at. Huzuruna döndür. İslam'a döndür Allah'ım." Neler feda etmezdim duamın kabul olması için..." Ellerimi yüzüme sürüp "Âmin" dedim.

Ayağa kalktığımda, Naime annenin oturduğu iskemlede gözyaşları içinde beni izlediğini gördüm. Bir yandan gülüyor bir yandan ağlıyordu. "Gel bakalım güzel yavrum. Otur yanıma." dedi yanındaki boş iskemleyi göstererek. "Sen ne güzel namaz kılıyorsun öyle." dedi. "Beni mi izliyordunuz?" dedim utanarak. "Seni izlememek mümkün mü hiç? Maşallah sana. Barekallah. Çok güzel kıldın namazı. Ama sana bir sır verme-mi ister misin?" dedi sesini alçaltarak. Şaşırmıştım doğrusu. Ne sırrı verecekti ki bana. "Eğer Allah'ın namazını daha çok sevmesini istersen sana birkaç hareket öğretebilirim. Eğer be-nim sana öğrettiğim şekilde namazını kılarsan Rabbimiz na-mazını daha çok sever. Senin namazında çok güzel ama şey... Sanırım erkeklerin namaz kılma şeklini öğrenmişsin. Oy-sa biz kadınlar, namazımızdaki bazı hareketleri erkeklerden farklı uygularız güzel kızım. Eğer istersen sana öğretmek is-terim." dedi. Bir yandan tebessüm ediyordu bu sözleri söyler-ken. Sanırım namaz kılmayı tam öğrenememiştim ya da yan-lış öğrenmiştim. Biraz utandım doğrusu ama iş işten geçmişti artık. Çok üzülmüştüm doğrusu. Demek yanlış kılmıştım tüm namazlarımı. Kabul olmuş muydu acaba? Ya kabul olmadıy-sa? O zaman ne yapardım ben, nasıl hesap verirdim Rabbime?

"Ben yanlış mı kıldım Naime Anne?" dedim ümitsizdim bu sözleri söylerken. Zaten namazlarımı hiç Rabbime layık görmemiştim. Aklımdan hep annemle babam geçerdi. "Gü-zel kuzum neden üzüldün? Ben sana namazını yanlış kıldın demedim ki. Sen çok güzel namaz kılıyorsun. Ben bile şu ihti-yar hâlimle özendim senin namazına. Ama bir şeyi yaparsan o zaman Allah namazını daha çok sever." dedi. "Allah o zaman namazımı daha mı çok sever?" dedim meraklanarak. "Sever tabii ya kızım, sever." dedi bakışlarını ön saflarda namaz kılan insanlarda gezdirerek "Allah namaz kılan herkesi çok sever." dedi. Bu hata neyse bir an önce öğrenmeli ve düzeltmeliydim. Allah'ın daha çok seveceği namaz nasıl kılınırdı çok merak et-miştim doğrusu. "Hadi bakalım kalkma vakti geldi. Yolumuz uzun daha karnımızı doyuracağız." dedi ve oturduğu iskemle-den kalktı bastonuna yaslanarak. "Anlamadım." dedim. "Nere-ye gideceğiz?" "Karnın açtır senin. Ben de çok acıktım hem."

Karnım çok acıkmıştı doğrusu. Dün geceden beri kursağımdan bir lokma geçmemişti. Havaalanına gecikme korkusuyla Aliyalarda da kahvaltı yapamamıştık.

"Sana sıcak bir tarhana çorbası yaparım. Ayıptır söylemesi tarhana çorbam biraz meşhurdur. Bir kere tadına bakarsan bir daha kolay kolay vazgeçemezsin. 'Naime anne bana tarhana çorbası yap da içeyim.' dersin." dedi.

"Naime anne." dedim mahcup bir sesle. "Yanlış anlamazsanız eğer. Ben size rahatsızlık vermesem." "Bak duymamış olayım. Bilmez misin Resulullah Efendimizin (a.s.m.) hadis-i şerifini." dedi. "Davete icabet sünnettir." Bu kadını kıramıyordum. Bir yandan zahmet vermek istemiyor, bir yandan da ayrılmak istemiyordum. Her sözünü, her kelimesini içime nakış nakış işliyordu.

"Peki o hâlde. Bir çorbanızı içelim. Size zahmet vermeyelim de..." dedim. "Ne zahmeti yavrum? Hem nerede görülmüş evladın, annesine zahmet verdiği?" Ah annem... Şu kadının kurduğu cümleyi bir kez olsun senden duysaydım ne olurdu. Ne garipti ki on sekiz yıl anne dememiştim yüzüne. "Karolina" demiştim, adınla hitap etmiştim hep. Oysa şimdi, henüz birkaç saattir tanıdığım şu kadına "Anne" diyordum. Allah'ım kabul etmesi ne zor bir durum.

"Teşekkür ederim. Hiç şüphem yok çorbanız güzeldir."

Caminin kapısına doğru yürürken, çıkış kapısına koyduğum bavulum geldi aklıma. "Eyvah!" dedim içimden. "Bavulu unuttum." korku ve endişeye kapılmıştım. Adımlarım hızlanınca "Ne oldu güzel kızım. Tarhanayı duyunca adımların hızlandı bakıyorum." dedi alaycı bir ses tonuyla. Cevap veremeden devam ettim. Kısa bir süre koştuktan sonra çıkış kapısını açtım sert bir hamleyle. Bavulum bıraktığım yerde duruyordu. "Oh... Elhamdülillah." dedim. "Bavulum buradaymış." Bir süre sonra Naime anne de çıktı kapıdan. "Ne oldu kızım, ne bu telaşın?" dedi. "Bavulumu burada bırakmıştım. Çamurlu olduğu için içeri almak istemedim. Elhamdülillah Rabbim korumuş ki başına bir şey gelmemiş. Yoksa ne yapardım ben?" dedim.

Sanırım o an fark etti bavulumu yanıma almadığımı. "Ah güzel kızım. Keşke söyleseydin bana, güvenliğe teslim ederdik. Bir şeycikler gelmezdi başına. Gerçi yine gelmemiş ya..." dedi tebessüm ederek. O an bir kez daha bavulumu koruduğu için Rabbime şükrettim. Naime anne her zaman ki sıcaklığıyla koluma girmişti ve ben artık bu durumu garipsemiyordum. Gülüyorduk. Bir yandan Naime annenin evinin yolunu tutmuş, bir yandan şakalaşarak uzaklaşıyorduk Sultanahmet Meydanı'ndan. Bu meydanda gizlenmiş sırrı, arkamızda bırakmak üzereydik.

***

İstanbul'da bir apartman dairesi
12 Ocak 2019 - Cumartesi
18.10

"Sakın Allah'ın rahmetinden ümit kesmeyin."

İSTANBUL'A HÂKİM OLAN soğuğun etkisiyle ellerim şişmiş ve morarmıştı. Şakaklarıma giren ağrı dayanılmaz bir hâl alırken, vücudum yeniden titremeye başlamıştı. Bacaklarım, ellerim, dişlerim dahi titriyordu. Naime anneye baktığımda onun da benim kadar üşüdüğünü görmekte güçlük çekmemiştim. Henüz yola çıktığımız ilk anda üzerimden çıkardığım montlardan birini vermiş olsam da benim kadar titriyordu Naime anne. Yol boyunca çok az konuşmuş, onun dışında kendi hâlinde bir şeyler mırıldanmakla meşguldü.

Bastonunu yere vurduğunda çıkan yüksek ses zihnimde hipnoz etkisi yapıyordu. Ne söylemişti acaba yol boyunca? Sanki tanıdığı birini anıyor gibiydi. Yürüdüğümüz cadde ışıl ışıl olsa da bu uzun caddenin kaldırımlarını Naime anne ve benim dışımda pek bir kimse paylaşmıyordu. Soğuğun etkisiyle İstanbul kabuğuna çekilmiş kaplumbağadan farksızdı. Caddeyi bitirdiğimizde keskin bir dönemeçten dönmüş, bir süre yürüdükten sonra eski ve yıkılmaya yüz tutmuş bir binanın önünde durmuştuk. Sokak olabildiğine sessiz ve karanlıktı. Binanın hemen karşı çaprazında ufakça bir dükkân gözüme çarptı. İçeride genel olarak ihtiyarlardan oluşan bir gurup oturmuş iskambil oynuyorlardı. Onun dışında, civar binaların dairelerinden süzülen ışıklar dışında hiçbir hayat belirtisi yoktu bu sokakta. Önünde durduğumuz bina, sokaktaki en eski ve bakımsız bina olabilirdi. Boyası kalkmış, üç katlı, penceresinde ve sütunlarında çatlaklar olan bir binaydı bu.

"Naime anne burada mı yaşıyorsun?" diye sordum hayret içinde. Doğrusunu söylemek gerekirse, karanlıkta karşılaştığım manzaradan korkmuştum. Bunda karanlığında etkisi olmuştu belki. Bu binayı daha ürkünç ve korkunç göstermiş olabilirdi gözüme. "He ya kızım. Eski olduğuna bakma. Çok depremler atlattı bu bina." dedi alaycı bir sesle. Apartmanın kapısını araladıktan sonra "Tarhanaya hazır mısın?" dedi gülerek. "Değilim!" desem ne derdi acaba. Başıma bir şey gelse kimi arayabileceğimi ya da kimden yardım isteyebileceğimi bilmiyorum. İçinde bulunduğum durum bilinmez bir keşmekeşti ve ben tehlikede olabilirdim. Sonuçta ilk kez tanışıyordum bu kadınla. Başıma her şey gelebilirdi. Ama yine de güvenmiştim bu kadına. Bana zarar verebileceği ihtimali şu binanın önüne gelene kadar aklımdan hiç geçmemişti. Normaldi benim ülkemde bu tarz olaylar. İnsanlar sokakta birbirleriyle tanışıp, misafirliğe gidebilirlerdi ama bu çok hızlı olmuştu. Bu kadının bana zarar verebileceği ihtimali zihnimde yer etmeye başlasa da yaşadıklarımdan güç alıyordum. Gördüğüm rüya, uçakta yaşadıklarım, hepsi bu kadını işaret ediyordu. Diğer yandan, hayatım boyunca içine kapanık insanlardan uzak bir hayat yaşarken, şimdi henüz saatlerdir tanıdığım bu kadının evine misafir olmak üzereydim. İşte bu çok garip geliyordu bana.

"Buyur kızım." derken, sesi apartman boşluğunda yankılandı. Allah'a tevekkül etmekten başka çarem kalmamıştı. En güvenilir olan da bu değil miydi zaten? Allah'a tevekkül etmek ve sabretmek. Beni buralara sağ, selim ulaştıran da bu olmamış mıydı? Ağır adımlarla apartmana girdikten sonra apartman kapısı yavaşça kapandı ardımızdan. Dar ve oval daire basamaklarını Naime annenin peşi sıra tırmandım. İki kat çıktıktan sonra açık kahverengi tahta kapının önünde durduk. Apartmanın bozuk ışıkları sıklıkla sönerek Naime annenin kilidi açmasını zorlaştırsa da kısa bir bekleyişin ardından kapı aralandı. "Bismillah" dedi ve attı sağ ayağını içeri, bastonunu kapının hemen sağında bulunan ayakkabılığa dik bir şekilde yasladıktan sonra. "Buyur kızım." dedi tebessüm ederek. "İnşallah rahatsızlık vermem size." dedim çekingen bir ses tonuyla. Bavulumla birlikte içeri girdikten sonra kapıyı yavaşça kapattım. Naime anne ve ben evde baş başa kalmıştık.

"Rahatsızlık ne demek yavrum. Burada kendini evinde hissetmezsen, ben o zaman rahat hissetmem kendimi. Hadi çıkar montlarını da asalım." dedi. Üzerimde giyindiğim iki montumu da çıkarıp kapının hemen karşısında, duvara montelenmiş askılığa astım. Naime annede aynısını yaptı. Garipti ki şimdiden bu evde güvende hissetmeye başlamıştım. İçeri girdiğim anda hemen sağımda bir oda bulunuyordu. "Buyur kızım." derken bu odayı gösteriyordu.

"Naime anne." dedim. "Üzerimi değiştirebileceğim bir yer var mıdır?" Gün boyunca yağmura maruz kalan ayakkabım çokça su geçirmiş ve çorabım sırılsıklam olmuştu. Üstelik üzerime giyindiğim üç montum, pek çok kez terlememe neden olmuştu. Bundan dolayı koktuğumu hissediyordum. "Tabii kızım. İstersen önce üzerini değiştir. Sonrasında güzelce karnımızı doyururuz." dedi ve dairenin uzunca koridorunda bir eliyle duvara tutunarak yürümeye başladı. Koridorda yürürken solumda bir oda gördüm, bu oda mutfaktı. Temiz ve bakımlı duruyordu.

Mutfağı geçtikten sonra, koridorun hizasında bir odayla karşılaştım. Bu odanın kapısı kapalıydı. Kapıya "Girme." yazan bir kâğıt yapıştırılmıştı. Neden girme yazıyordu çok merak etmiştim doğrusu. Belki de kızının odasıydı ve rahatsız edilmek istemiyordu. Ben de çocukluğumda, bir keresinde buna benzer bir şey yapmıştım. Pastel boyayla "Julia'nın odası! Lütfen girmeden önce kapıyı çalın." yazmıştım ve kapıya yapıştırmıştım. Koridorun sonundaki odaya girdikten sonra, "İşte burası senin odan kızım. Güzelce üzerini değiştir. Ben de o sırada ağzına layık bir çorba yapayım sana. Afiyetle yiyelim." dedi.

"Benim odam mı? Ama ben burada kalamam. Naime anne." dedim. Yeniden her zaman ki masum tebessümü yüzünü kaplamıştı. "Sen demedin mi misafirliğe geliyorum diye?" dedi. "Evet." dedim "Ama kalamam Naime anne." dedim. "Madem misafirliğe geldin. Bilmez misin Peygamberimizin (a.s.m.) "Bir yerde misafirlik üç günden az olmaz." hadisini söyledi. Şaşırmıştım bu cevabı alınca. Böyle bir cevap hiç beklemezdim. Sanırım beni oyuna getirmişti. Ama gitmek zorundaydım. Hem bir an önce iş bulup, başımı sokabileceğim bir yer bulmalı, hem de bu kadına daha fazla zahmet vermemeliydim. "İlk kez senden duydum." dedim başımı eğerek.

"İyi ya öğrenmiş oldun. Bak ne güzel. Ben de sana Peygamberimizin (a.s.m.) bir hadisini öğrettiğim için kırk şehit sevabı almış oldum. Hadi sen güzelce üzerini değiştir. İtiraz kabul etmem. En azından bu gece misafirim ol." dedi ve kapattı kapıyı. Cevap dahi verememiştim. Ne kadar bilgili bir kadındı böyle ki karşısında sus pus kesiliyordum. Aslında bu kadının bana ne zararı olabilirdi ki? Kızıyla birlikte yaşayan, kendi hâlinde bir ihtiyardı. Hem sevmiştik de birbirimizi. Bir gece kalsam ne olurdu? Odaya baktığımda sanki önceden benim için hazırlanmış gibiydi. Yatak serilmiş, üzerine pijama dahi konulmuştu. "Henüz bir şeylere anlam yüklemek için çok erken." diye düşündüm. Hızlı bir hamleyle bavulumu açtım ve üzerimi değiştirdim. O an ne kadar hafiflediğimi hissettim. Artık kendimi daha rahat ve özgür hissediyordum. Büyük bir yükten kurtulmuştum sanki.

***

Sessiz bir bekleyişin ardından "Bismillah" dedi Naime anne. Kaşığı ağzına götürünce şaşırdım. Neredeyse bir saattir yer masasında oturmuş, kızının eve gelmesini bekliyorduk ama ne gelen vardı ne giden. Gözleri dolmuştu Naime annenin. Kaşığı ağzına götürdükten sonra "Bugün de gelmedi." dedi boğuk ve ümitsiz bir sesle. Çok üzülmüştüm doğrusu Naime anneye. Çok içerlemiştim bu duruma. Nasıl haber vermezdi annesine. Dünyanın en şanslı kızıydı oysaki. Kendisini yemek masasında bekleyen bir annesi vardı. Çünkü biliyordum ki aile sıcaklığının hissedildiği yerdi yemek masası. Yaşamamıştım ama biliyordum. Çocukken babam iş seyahatlerine çıkınca, akşam yemeklerini hep ben hazırlardım. Sonra da oturur saatlerce masada annemin eve gelmesini beklerdim. Hiç geldiği olmamıştı ama ben yine de beklemiştim. İyice acıkana kadar bekledikten sonra dayanamaz, yalnız başıma yer, sonrada masayı kaldırıp utanç içinde odama saklanırdım. Çoğu zaman gecenin geç bir saatinde sarhoş bir hâlde zor bulurdu evin yolunu. Şimdi bu ihtiyar kadına baktığımda kendi hayatımın yansımasını görüyorum ve ne hissettiğini çok iyi anlıyorum.

"Biliyor musun Naime anne? İyi ki teklifini kabul etmişim. Seninle bu masaya oturmak bana kendimi nasıl huzurlu hissettirdi, anlatamam." dedim. Tebessüm etti birden her zaman ki masumluğuyla. Yüzünde güller açmıştı. Yanakları kızarmış yüzü ay gibi parlamıştı.

"Şükürler olsun Rabbime kızım. Seni mutlu gördüm ya, ölsem de gam yemem artık. Sen de iyi ki geldin." dedi. Neşelendirmek istemiştim bu kadını. Zaten söylediklerimde doğruydu. Bu kadında hayatımın yansımasını görüyordum. Ona yakın olmak, bana çok mutlu hissettirmişti beni. "Hadi soğutma çorbanı." dedi ve önünde duran ekmeği bölerek uzattı. Ekmeği uzatırken hâlâ gülüyordu. Uzattığı ekmeği alıp tabağımın yanı başına koydum.

Oruç tuttuğum günlerde daha fazla aç kaldığım da olmuştu ama hiç zorlanmamıştım. Oysa şimdi neredeyse açlıktan bayılacak noktaya gelmiştim. "Bismillah!" dedim ben de. Çorbadan bir kaşık alıp ağzıma götürdüm. Çok lezzetliydi doğrusu. Daha önce çok çorba içmiştim de böylesini hiç içmemiştim.

"Anlat bakalım evladım. Nereden gelir nereye gidersin?" dedi Naime anne. Bir yandan çorbasını yudumluyordu.

"Polonya'dan gelirim anne." dedim. "Müslüman olduktan sonra babamla tartıştık. İslam'ı kabul etmemden çok rahatsız oldu. 'Ya dininden dönersin ya da bu evden gidersin.' dedi. Dinimden dönemezdim Naime anne. Bunca yıl sonra bulmuşken vazgeçemezdim dinimden." dedim. Elinde tuttuğu kaşığı masaya bırakarak yerden kırmızı bir defter aldı. Bu defter, Sultanahmet Meydanı'nda gördüğüm defterle aynıydı. Elleri titriyor deftere güçlükle bir şeyler yazıyordu. "Ne yazıyorsunuz o deftere?" dedim. Merak etmiştim. "Hiçbir şey kızım. Aklıma bir şey geldi de unutmadan yazayım dedim. Peki annen bir şey demedi mi babana? O da mı kabul etmedi İslam'ı seçmeni?" diye sordu. Henüz ilk anda oldukça şaşırmıştı.

"Aslına bakarsanız annemin umurunda bile değildi. Annem İngiltere'de yaşıyor. Benim İstanbul'a geldiğimi dahi bildiğini zannetmiyorum." dedim. Umursamaz ve soğukkanlı anlatmaya çalışmıştım. Ama konu annemden açıldığında gözlerim dolu vermişti. "Ailen ayrı o vakit." dedi çaresiz bir ses tonuyla. "Evet." dedim. "Ben 13 yaşındayken boşandılar." Yutkunmak istedim o anda. Yutkunamıyordum. Ağlamamak için başkaca şeyler düşünmeye başladım. Ellerimi kelebek gibi çırpmamı ve yukarı bakmamı söylerdi babam. Öyle yapmıştım ama işe yaramıyordu. Başlamıştım bir kere ağlamaya. Kendimi karşı koyulmaz bir sorguda hissediyordum. Vücuduma sıcak basmaya başlamıştı ve terliyordum. Neden bilmem, bu kadının tüm sorularını cevaplamak zorunda hissediyordum. Ama istemiyordum, hem de hiç.

Çok bir soru sormamıştı aslında. Nereden geldiğimi öğrenmek istemişti. Neden söylemiştim ki tüm bunları. Keşke hiç açmasaydım konusunu. Açmıştım bir defa ve kaçamıyordum. Geçmişimden bahsetmeyi hiç istemiyordum. Onun için gelmemiş miydim bu ülkeye zaten? Geçmişimi unutmak ve bir daha hatırlamamak için gelmemiş miydim?

"Kızım." dedi kendinden emin bir sesle. "Bilir misin şu dünyadaki yegâne vazifemiz nedir?" Biliyordum bu sorunun cevabını. "Allah'a iyi bir kul olmak." dedim. Bir yandan ağlıyordum. "Peki Allah'ın en iyi kulları kimlerdir bilir misin?" Nasıl cevaplayabilirdim bilmiyordum. Sorduğu her soru bir öncekinden zorlaşıyordu. "Kimlerdir?" dedim. Merak etmiştim doğrusu. "Peygamberlerdir kızım." dedi. "Peygamberlerdir. Peki nasıl yaşamışlardır bilir misin?" diye soru ve yanıma yaklaştı. Bir yandan saçımı okşuyordu. Elleri ne kadar yumuşaktı. "Çok detaylı bilmesem de biliyorum." dedim. Söyle bakalım o zaman dedi. Belki ben de senden bir şeyler öğrenirim. "Estağfurullah dedim. Henüz bilgilerim çok yeni ve oldukça yetersiz ama bildiğim kadarıyla zengin değillerdi." dedim. Güldü kadın. "Peki isteseydiler Allah dualarını kabul etmez miydi?" dedi. Saçımı okşadığı eliyle sağ elimi tutup dudağına götürdü. Minik bir öpücük kondurduktan sonra kendinden emin bir gülümsemeyle devam etti konuşmasına. "Hz. Yunus'u balık yuttu, Hz. İbrahim ateşe atıldı. Hz. Danyal, aslanlara atıldı. Hz. Eyüp'ün tüm vücudunu hastalık kapladı da Rabbiyle bir başına kaldı. Hz. Yusuf kuyulara atıldı. Köle olarak, esir pazarında satıldı ve daha niceleri... Bunlar kızım... Bunlar Allah'ın en sadık kullarıydı. Allah'a en yakın olanlardı. Peki, neden bu dünyada rahat yüzü görmediler sence?"

Hz. İbrahim Peygamber dışındaki hiçbir peygamberi daha önce duymamıştım. Bu kadının söyledikleri doğruysa eğer, hepsi eziyet ve sıkıntı içinde ömürlerini tamamlamışlardı. İyi ama neden? Rabbimiz en sevdiği kullarını neden böyle sıkıntılara düçar etmişti?

"Son Peygamberimiz. Tüm insanlığa rahmet olarak gönderilen Muhammed Mustafa Efendimiz'in (a.s.m.) hayatını biliyor musun?" dedi sağ elini kalbine götürerek. Neden öyle yaptığını anlamamıştım. Ben de onun gibi yaptım. Biliyordum. Hem de çok iyi biliyordum neler yaşadığını. Hem annesini hem babasını kaybetmişti. Eşini sevmişti, kısa sürede o da vefat etmişti. Anam babam sana feda olsun ey güzeller güzeli Peygamberim. Keşke benim annem babam vefat etseydi de sen üzülmeseydin. "Biliyorum." dedim. "Biliyorum." Sustu Naime anne. Yüzünü tarif edilmez bir hüzün kapladı. Bakışlarını pencerenin pervazına yönelterek "Ah Efendim... Anam babam sana feda olsun. Ne eziyetler ettiler sana. Hangisine ağlayayım. İşkembeler mi koyulmadı üzerine. Dikenler mi serilmedi yollarına. Taif'te kanın bildiklerin tarafından taşlanan sen değil miydin? Sen değil miydin Ya Rasulullah (a.s.m.)... Sen değil miydin?"

Hıçkırıklara boğulduk ikimiz de. Kendi derdimi unutmuş, en sevgiliye ağlıyordum. Onun mübarek ve yumuşak yüzü pek az gülmüştü. Çok ağlamış, az gülmüştü.

"Haklısın Naime anne. Haklısın. Ben de derdime üzülür, ağlarım bir de. Hangimiz Efendimiz kadar üzüldük, onun kadar mahzun olduk? Hangimiz onun kadar açlık çektik? Ah benim gül yüzlü Peygamberim..." Gözyaşlarına boğulmuştuk ikimiz de. Bir süre hiç konuşmadan ağladık.

Gözyaşlarımız dinmiyor, hasretimiz bitmiyordu. Biliyordum ki bunun da bir hikmeti vardı. Sevdirmemişti dünyayı en sevgiliye. "Benim sevgim sana yetmez mi?" buyurmuştu yaşattıklarıyla Rabbimiz. Bu sözü ne kulaklar duyabilir, ne gözler okuyabilirdi. Kalplerin işiteceği bir sözdü bu ve manası çok ağırdı. Anlamıştım Naime annenin anlatmak istediğini. Sözünü bitirmesine gerek kalmamıştı artık. Anlamıştım...

Sofrayı birlikte toparladıktan sonra. Namaz için hazırlanmıştık. "Kızım sen seferi misin?" diye sordu. "O nedir?" dedim. "Eğer yaşadığın yerden 90 km uzaklıktaysan ve 15 günden az kalacaksan seferi sayılırsın. Farz namazların 2 rekâttır kızım." dedi. Henüz yarım saat önce anlatmıştım aslında. Neden böyle bir soru sorduğunu anlamadım. "Naime anne." dedim. "Hani ben Polonya'dan buraya yaşamak için gelmiştim ya. Konuşmuştuk ya seninle." dedim. Kekelemeye başladı. Garip davranıyordu ama bir türlü anlam veremiyordum bazı hareketlerine. "Doğru kızım." dedi. "Bir an senin hicret ettiğini unutmuşum. Muhacirsin sen... Dönmeye değil yaşamaya geldin." dedi ve yeniden defteri eline aldı. Birkaç kelime yazdıktan sonra yerine bırakıp yan yana serdiğimiz seccadenin yanına geldi. Ben bir seccadede, Naime anne diğer seccadede namaza başlamak üzereydik. "Bana camide bir söz vermiştin hatırladın mı?" dedim gülerek. "Ne sözü kızım?" dedi anlamsız bir ifadeyle. Bir süre konuşmadan birbirimizin yüzüne baktık.

"Hani demiştin ya... Benim gösterdiklerimi de uygularsan Allah namazını daha çok sever diye." dedim. "Aaa... Evet doğru söylüyorsun yavrum. Ben unutmuşum onu. O zaman hazır Rabbimizin huzuruna duracakken göstereyim sana." dedi tebessüm ederek. O kadar güzel tebessüm ediyordu ki hayran kalıyordum güzelliğine. Altmışlı yaşlarında olmasına rağmen, şakaklarında ki kırışıklıklar dışında, yüzü duru ve pürüzsüzdü. Yönünü seccadeye dönerek anlatmaya başladı.

"İlk olarak biz kadınlar, erkeklerden biraz farklı namaz kılarız yavrum. Ellerimizi omuz hizamıza kadar kaldırır, avuç içimizi kıbleye yöneltiriz ve hâlimizle deriz ki "Allah'ım, senin ve benim aramdaki şu tehlikeli dünya hayatını arkamda bırakıyor ve tüm benliğimle sana yöneltiyorum." Ellerimizi erkeklerden farklı olarak göğüs hizamızın üzerinde bağlar ve Rabbimizin huzurunda tevazuuyla kıyama dururuz." dedi. Acaba hepsinin bir anlamı mı vardı? Merak etmiştim doğrusu. "Peki neden, kıyamın anlamı nedir?" dedim. Gözlerini kısarak başını salladı.

"'Allah'ım... Bu nefsim ve şeytan var ya. Senin huzuruna gelmemem için bin bir tuzak kurdular bana. Ama ben nefsime ve şeytana karşı kıyama durdum. Dimdik ayaktayım. Başım eğik ve tevazu içinde huzurundayım.' Anlamına geliyor yavrum." dedi.

"Şeytan namaz kılmamızdan çok mu rahatsız olur?" diye sordum.

"Sen namaza durduğun anda Şeytanı bir sıtma tutar ki sorma. Şeytanın asıl görevi bizlerin Rabbimizle bağını kopararak kendi yoluna saptırmaktır. Namaz için Rabbinin huzuruna vardığında aradaki yetmiş bin perde kalkar. Bu senin Rabbine en yakın olduğun andır. İşte kovulmuş şeytan buna asla dayanamaz." dedi. Çok sevinmiştim doğrusu. "Oh olsun şeytana!" diye geçirdim içimden. "Peki sonra?"

"Sonra kıraate başlarız. Surelerimizi okumamız 'Rabbim! Şahit ol ki seninle kulluk sözleşmemi yeniliyor ve sana daha iyi bir kul olmaya söz veriyorum.' anlamına gelir." Duyduklarım karşısında küçük dilimi yutmak üzereydim. Yaptığımız her hareketin, söylediğimiz her cümlenin bir anlamı varmış meğer. Tüm bunları âlemlerin yaratıcısını muhatap alarak, en yakın yerde, seccadede yapıyor olmak... Allah'ım sana hamdolsun.

"Sonra bu şekilde rükûa eğiliriz. Burada yine erkeklerden

farklı olarak, baş hizasına gelmeyecek kadar eğilip, dizlerimizi ve dirseklerimizi hafifçe bükeriz. El parmak uçlarımızı açmayız ve ellerimiz dizlerimizin hemen üstünde, baldır bölgemizdedir. İşte bu nokta da lisan-ı hâlimizle deriz ki 'Allah'ım! Senin rızan dışında hiçbir otoriteyi kabul etmiyor ve boynumu tevazu ile huzurunda eğiyorum.' İşte bunlara dikkat et yavrum. Bunların farkında olarak namazını kılarsan Allah namazını çok ama çok sever. Daha pek çok mana gizlidir namazın içinde. Ee kolay mı yetmiş bin perdeyi aradan kaldırmak? İşte eğer sıkılmazsan sana iki tanesinden daha bahsedeyim." dedi. O nasıl soruydu öyle, bu sözlerden kim sıkılırdı? Sabaha kadar anlatsa yine gözümü kırpmadan dinlerdim.

"O nasıl söz Annem. Ne olur uzunca bahset. Her şeyi anlat bana." dedim. Bir anda hızlı bir hamleyle yönünü bana çevirdi ihtiyar kadın. Gözleri fal taşı gibi açılmıştı. Deniz mavisi gözleri yuvasından fırlayacak gibi olmuştu. Korkmuştum bu bakıştan ve ne yapacağımı bilememiştim. "Anlatırım Senam..." dedi. "Ömrümün sonuna kadar anlatırım." Sena mı? Birisiyle karıştırmıştı sanırım. "Naime anne ben Julia... Sanırım birisiyle karıştırdın." dedim. Yavaşça seccadeye çevirdi bakışlarını. Derin bir üzüntü hissettiği her hâlinden belli oluyordu. Ardından masanın üzerinde duran kırmızı deftere kaydı gözleri. Alıp bir şeyler yazmak ister gibi bakıyordu. Neden sonra bundan vazgeçti. Parmak uçlarıyla gözlerini ovarken boğuk bir sesle ""Affedersin yavrum." dedi. "Affedersin..."

Verdiği tepkiye çok şaşırmıştım doğrusu. Neden bu kadar heyecanlanmıştı birden? Neden bana Sena ismiyle seslenmişti? Elbet vardı bir açıklaması, çok belliydi ama şu an hiçbir şey dikkatimi çekmeye yetmiyordu.

"Bunlardan birisi secdedir kızım. Biz secdemizi de erkeklerden farklı yaparız." dedi.

"Peki nasıl?" diye sordum. Merakım oldukça artmıştı.

"Mesela başımız iki elimiz arasında, alın ve burun yere de-

ğecek şekildedir. El parmaklarımız birleşik ve parmak uçla-
rımız kıbleye dönüktür. Dirseklerimiz yere değer ve vücudu-
muza yapışıktır. Ayrıca ayaklarımızın ucu yere gelmiş ve sağa
yatık olmalıdır. Tüm bunlar önemlidir kızım ama hiç merak
etme. Ben sana kolayca öğreteceğim hepsini inşallah. Bu bil-
giler duyarak değil, uygulayarak oturur. Sen namaz kıldıkça
namazların daha çok Rabbimiz'in seveceği şekle girmeye baş-
lar yeter ki Rabbimizin huzuruna çık." dedi. Doğruyu söyle-
mek gerekirse ben bu kadının söylediklerinin neredeyse hiç-
birini yapmıyordum. Daha doğrusu erkeklerin ve kadınların
namazlarının farklı olduğunu bilmiyordum. Buna hiç dikkat
etmemiştim. "Kim bilir dışarıdan bakıldığında erkeklerin na-
mazını taklit ederek kıldığım namazımla ne kadar da komik
görünmüşümdür. Ne kadar gülmüşlerdir." diye düşündüm.

"Peki secdenin anlamı nedir Naime anne?" dedim.

"Secde bizim Rabbimize en yakın olduğumuz andır kızım.
Kulluk gayemizin özüdür. Peygamberimiz (a.s.m.) bizleri an-
lımızdaki secde izlerimizden ayırt edebilecek. Bu yüzden sec-
demize çok özen göstermeliyiz."

Üzülmüştüm bu sözü duyunca. Naime annenin alnında kı-
rışıklıklar vardı ama bende hiç yoktu. "Ama benim alnım hiç
kırışık değil. Beni de tanır mı?" dedim meraklı bir sesle. Çok
güldü Naime anne bu cevabıma. "Ah benim kınalı kuzum...
Tanır tabii ya... Senin gibi yavrularımızın alnı bizim gibi ihti-
yarlardan da güzel parlar. Beden Rabbimizin bize emanet ettiği
bir gömlekten farksızdır yavrum. Bu bedeni dünyada çıkara-
cağız. Ahiret yurdunda Rabbimizin takdir edeceği şekilde al-
nımızda parlayan nurdan tanınacağız." dedi. "Oh... İyi bari el-
hamdülillah. Çünkü benim alnım hiç kırışmıyor. Babaannem
bile 100 yaşına geldi hâlâ kırışıklık yok alnında." dedim. "Rab-
bim iman selameti versin kızım. Allah'a kul olmadıktan son-
ra bin yıl yaşasan da sonu hüsrandır şu fani dünyada." dedi.
"Âmin Naime anne. O kadar isterdim ki tüm ailemin İslam'ı

seçmesini. Kim bilir belki de bir gün onlar da benden etkilenip Müslüman olurlar diye umut ediyorum." dedim dua dolu bir sesle. "İnşallah yavrum. Çok dua et. Geceleri yapılan dualar Rabbimizin çok hoşuna gider. Bol bol gecenin sessizliğinde Rabbimize yalvar. Rabbimiz çok bağışlayıcıdır." dedi. "İşte tüm bunların arasında sana anlatacağın son hareket Ka'de'dir. Biz bu mübarek Ka'de'yi de erkeklerden biraz farklı yaparız. Ayaklarımızın üzerine değil de yere otururuz. Bunu yaparken, ayaklarımızı da sağa doğru çıkarırız. Avuçlarımızı dizlerimizin üzerine koyar ve serbest bırakırız. Bu oturuşta Tahiyyat duasını okuruz. Bu bizim Rabbimizle Miracımızdır. Rabbimizi selamlar ve Rabbimizle sohbet ederiz. Ayrıca kendisinin ve Resulü Muhammed Mustafa Efendimize olan imanımızı yineleriz ve bu duayı okurken lisan-ı hâlimizle Rabbimize deriz ki; 'Allah'ım! Yarattığın zerreden, küreye, zeminden, semaya ne kadar mahlûkat varsa, hepsinin sana ibadet ettiğini ve kudretinin karşısında acizlikle boyun eğdiğini sana takdim eder ve şehadet ederim." Ayrıca Salli ve Barik dualarıyla Peygamberimizi ve ailesini selamlar ve sonunda ebeveynlerimize ve tüm mü'minlere dua ederiz. İşte namaz böyle kıymetli, önemli ve anlamlı bir ibadettir yavrum." dedi.

Artık namazın önemini daha iyi anlıyordum. Madde âlemine sırt dönüp, maddenin sahibiyle buluşmanın adıydı namaz. Zamanı durdurup, zamanın yaratıcısına kavuşmak demekti namaz...

***

Namaz'ın ardından, bir süre oturma odasında yalnız kalmış ve etrafı inceleme fırsatı bulmuştum. Dikkatimi ilk olarak salon girişinin hemen sağ çaprazında kurulmuş soba çekmişti. Koyu kahverengi soba o kadar ısıtmıştı ki odayı, sıcaktan bunalmıştım. Ne gariptir ki birkaç saat öncesinde soğuktan titrerken, şimdi sıcaktan bunalacak hâle gelmiştim. İçimden "Rabbime hamdolsun. Sokakta da kalabilirdim." diye geçirdim. Sonra bu sobanın hemen yanında ve karşı çaprazında bulunan hâkî yeşili renginde kanepelere takıldı gözüm. Bu üçlü kanepelerin kol ve gövde kısmında ahşap oymalar bulunuyor ve odaya oldukça sanatsal bir görüntü veriyordu. Girişin hemen solunda, oldukça büyük ve uzun kapalı kahverengi benekleri olan siyah bir vitrin duruyordu. Bu vitrinin tüm gözlerini kalınca kitaplar dolduruyor ve odaya sofistike bir hava katıyordu. Vitrinin kalan bölümleri dantellerle süslenmişti ve ben odanın geleneksel bir yapıyla dizayn edildiğini ilk bakışta anlamıştım.

Her şey yerinde ve güzel görünse de yine de bir şeyler eksik kalıyor, tamamlanmıyordu. Ama bu eksik maddesel bir eksik değildi. Yalnızlık ve keder kokusunun mobilyalara sindiğini hissediyordum ve sanırım mobilyalarda gördüğüm buydu. Naime anne elinde tepsiyle içeri girince odayı daha fazla incelemeyi bıraktım. "Kusura bakma kızım." dedi. "Beklettim seni." Elinde tepsiyle yanıma geldikten sonra "Ben kanepede oturmayı pek sevmem gel seninle yerde oturalım." dedi ve oturduk yere. Çay demlemişti Naime anne. Doğrusu Türkiye'nin de en çok çayını severdim. Berlin'de pek çok kez arkadaşım Aliya ile Türk çayı içmiştik. İçtikçe demlenen bir muhabbetti çay. Sabahlar olur, kelam biter, yine de çay bitmezdi. İşte böyle bir geceye hazırlandığını hissettim Naime annenin.

"Çok teşekkürler. Neden zahmet ettiniz?" dedim.

"Çay muhabbettir kızım. Bizim memlekette iki insan muhabbet edecekse yanı başında çay eksik olmaz." dedi.

Neden birden bu kadının kızı aklıma geldi ve yüzümü anlamsız bir ifade kapladı. Birkaç saat öncesine kadar masada telaş içinde beklerken, şimdi varlığını unutmuş benimle sohbet ediyordu. Bu kadının bazı hareketleri beni tedirgin ediyordu.

"Kızım," dedi, "İslam'ı seçmen ne güzel bir karar olmuş. Doğrusu çok özendim sana. Senin gibi İslam'ı henüz yeni seçmiş evlatlarımda sahabe kokusu olur. Sizlerin gönülleri taze ve duru olur. Bizler Müslüman bir ailede doğar, büyürüz de sırt çeviririz bu hakikate. Oysa sizler, küfrün batağında açan güller gibi çevrenize kokunuzu yayarsınız. Sizler bataklıkta açan güllersiniz evladım. İşte bu yüzden çok severim sonradan İslam'ı seçmiş olanların hikâyelerini dinlemeyi." dedi.

"Rabbime hamdolsun." dedim. "Polonya'da İslam'a düşmanlığıyla tanınmış bir şehirde düşürdü Rabbim İslam nurunu kalbime. Nasıl oldu, nasıl buralara kadar geldim hâlâ bilmiyorum inanır mısınız?"

"İnanırım evladım," dedi, "inanırım. Hani dedin ya 'Evden kovdu babam' diye. Allah'ın hikmetinin türlü türlü neticeleri vardır yavrum. Senin Polonya'dan kalkıp, İstanbul'a gelmenin içinde kim bilir ne hikmetlerini gizlemiştir Allah. Bizim tanışmamızın, misafirim olmanın, hatta çayımızı yudumlarken ettiğimiz sohbetin dahi içinde hikmetler gizlidir." dedikten sonra çayını yudumladı. Hem konuyu çaya getirip hem de çayını yudumlaması çok komiğime gitmişti doğrusu. Bir yandan çayını yudumlarken, bir yandan da bana bakıp tebessüm ediyordu. Tebessüm ettiğinde mavi gözlerinin içi gülüyordu.

"Senden bir şey rica edebilir miyim?" dedi nazik bir ses tonuyla. Şaşırmıştım doğrusu ne isteyecekti ki benden. "Elbette Naime anne." dedim.

"Senden çok istemişlerdir hikâyeni anlatmanı. Sen de çok anlatmışsındır. Bir de benim için İslam'la tanışma hikâyeni anlatır mısın?" dedi. Bunu söylerken bir yandan her zamanki gibi elimi tutmuştu. Doğrusu daha önce Aliya dışında kimseye anlatmamıştım hikâyemi. Benim bir hikâyem olup olmadığından dahi emin değildim. Müslüman olmuştum işte. Ama bu kadının ricasını geri çeviremezdim. Anlatacaktım sanırım. Neden çayın sıcak muhabbetine çoktan kapılmıştım bir kere. Derin bir iç çektikten sonra "Tamamını anlatmam biraz uzun sürebilir ama." dedim gülerek. Tebessüm etti ihtiyar kadın. "Geceden de mi uzun sürer?" dedi. Çok komikti bu kadın doğrusu. Elimle ağzımı kapatıp kahkaha atmak istesem de, bir elimi tutmuş bırakmıyordu. Çaresiz sağ elimle ağzımı kapatıp güldükten sonra. Derin bir iç çekerek "O zaman en başından anlatayım." dedim. Cesaretimi toplamıştım artık. Kendime annemden yakın hissettiğim bu kadına hayatımı açacaktım. Ve başladım hikâyemi anlatmaya.

İstanbul'da bir apartman dairesi
13 Ocak 2019 - Pazar
01.00

"Güzel günler, geçmişin raflarında
tozlanmaya mahkûm mudur?"

ON BİR YAŞINA kadar hayatımda ki her şey çok güzeldi. Okulun en başarılı öğrencisi olarak öğretmenlerim tarafından sürekli takdir edilen ve parmakla gösterilen bir çocuktum. Arkadaşlarımla çok eğleniyorduk. Sınıfın en başarılı öğrencisi olduğum için birçok arkadaşım vardı. Ders aralarında sürekli etrafıma toplanır, oyunlarına beni de katarlardı. Bu durum beni çok mutlu ederdi.

Arkadaşlarımı çok seviyordum. Okulumu, öğretmenlerimi, en önemlisi de evimi çok seviyordum. Vaktimin büyük bir kısmını daha başarılı bir öğrenci olmak için ders çalışarak geçirirdim. Çok ders çalışırdım. Aslına bakarsanız çok da severdim yeni şeyler öğrenmeyi. Bir konuyu ele aldığımda hayal gücümü kullanarak o zamana gider orada yaşardım. Kendi hikâyemi kurar ve kendimi bu hikâyeye inandırırdım. Bu yüzden olacak ki ders konularımı kolaylıkla öğrenir ve sınavlarımdan tam not alırdım.

Ders çalışmayı ne kadar sevsem de eğlenmiyor da değildim. Çok güzel ve büyük bir evimiz vardı. Evimizin bahçesinde köpeğim Doda ile oynamaktan çok zevk alırdım. Çok güzel bir köpekti Doda ve benim en iyi arkadaşımdı. Başka hobilerim de vardı tabii. Mesela ailemle şakalaşmaktan çok hoşlanırdım. Okulum bittiğinde annem kendi arabasıyla beni almaya gelirdi. Annem arkadaşlarımın annelerine göre çok genç ve güzeldi. Ben on bir yaşındayken annem henüz otuz yaşındaydı. Arkadaşlarım ne zaman annemi görseler "Julia sen çok şanslısın. Annen çok havalı." derlerdi. Gerçekten de öyleydi. Lüks giyinmeyi çok severdi annem. Arabasını okulun önüne çeker, zamanın en trend müziklerini açarak beni beklerdi. Yol boyunca dans ederdik annemle, şakalaşır gülerdik.

Benim en çok sevdiğim çizgi film karakterlerinin taklidini yapmaya çalışırdı ama hiç beceremezdi. Ben de çok iyi yapıyorsun bir daha yap derdim ve "Sanırım iyi taklit yapıyorum" diye düşünerek yeniden tekrarlardı film repliğini. Eve döndüğümüzde, eğer babam arabanın sesini duyarsa evimizin bahçesine çıkardı. Ne zaman babamı görsem heyecanla arabadan iner "Balık geldi. Balık geldi." diyerek babamın kucağına atlayarak yanağını ısırmaya çalışırdım. Yazın annemle bisiklet turuna çıkar, bazen de evimizin bahçesinde su savaşı yapardık. Rüya gibiydi çocukluğumun bu yılları. Babam Polonya'nın sayılı zenginlerindendi. Bu yüzden bir çocuğun isteyebileceği her şeye sahiptim. Ne istesem o gün alınır ne söylesem hemen yapılırdı. Annem, babam ve ben dünyanın pek çok ülkesinin pahalı otellerinde haftalar süren tatiller yapardık. Zaman zaman köpeğimiz Doda dahi bizimle gelirdi bu tatillere. Onunla birlikte dev su kaydıraklarından kayar, birlikte havuza atlardık. Çoğu zaman, babam anneme sürprizler yapardı. Hatta bir keresinde otelin restoranını tamamen boşaltarak romantik bir akşam yemeği hazırlatmıştı. Annem ve babam yemek masasında birbirlerine sevgi dolu sözler söylerken, ben dc köpeğim Doda ile birlikte huzur içinde onları izlemiştik. Huzurlu bir yuvamız vardı o zamanlar. Annem ve babam birbirlerini çok seviyorlardı. Belki de bana öyle hissettiriyorlardı...

***

Dışarıdan gelen köpeğin sesiyle irkilerek kendime geldim. Naime anne hiç dokunmamıştı bardağına. Elini yanağına yaslamış beni dinliyordu. Gözlerini gözlerime kilitlemiş, dinliyordu öylece. Gözleri dalgındı. Her zamanki keskin bakışından eser kalmamıştı. "Naime anne." dedim ve tebessüm ettim. Bozmamıştı hiç duruşunu. Boş ve boğuk bakışlarla gözlerime bakıyordu öylece. "Naime anne." dedim. "Çayın." Neden çay dediğimi duyunca bugüne dönüp, ince belli çay bardağına uzanabilmişti. "Görüyor musun? Soğuttuk çayı." dedi. Çayından bir yudum aldıktan sonra, hemen önümde duran boş bardağı önüne alırken "Doldurayım mı evladım?" diye sordu.

Şaşırdım doğrusu. Bunca zaman arasında, çayıma uzanacak zamanı nasıl bulmuştum? Belki de çocukluğumun sıcaklığını hissetmiştim çayımı her yudumladığımda. "İyi olur." dedim.

Duvarda asılı Osmanlı tuğralı saate takıldı gözüm. Saat gece yarısını neredeyse bir saat kadar geçmişti. "Nasıl geçti bunca zaman anlamadım doğrusu." dedim. Hayatımın belki de en uzun gününü geride bırakmıştım oysaki.

"Ömür geçti kızım." dedi. "Zaman ne ki? Babamın kucağında gezdiğim günleri dün gibi hatırlarım. Şimdi bir ayağı çukurda ömrünün sonuna gelmiş bir ihtiyarım." dedi.

Neden içimi karşı konulmaz bir endişe sardı. Bunca zaman annemden görmediğim şefkati çok kısa zamanda bu kadında hissetmişken bu kadını kaybetmekten korkmuştum. "Anne" diyordum artık bu kadına. Oysa hiçbir kan bağım yoktu. Kendisiyle aynı topraklarda dahi doğmamıştım. Ama gönlüme muhabbeti düşmüştü bir kere. Kalbim bu ihtiyar kadını çok sevmişti. "Allah imanlı ömür versin kızım." dedi. "Gençliğimde iyi bir koşucuydum ben. Okullar arası müsabakalar yapıldığında her zaman birinci gelirdim. Bir sürü madalyalarım vardı. Babam "Şampiyon kızım" diye sever, öve öve bitiremezdi beni. Ah. Paşa babam... Şimdi bastonuna dayanmadan iki adım atamayan bir ihtiyarım." dedi. "Anladım ki nefsim bana bu dünyayı sonsuz göstermiş. Oysa dünya ömrü pek kısadır. Sana zihnimde dönen gençlik anılarımı dün yaşamış gibi anlatabilirim. İşte dünya hayatı bu kadar anlıktır. Sadece bana değil, hangi ihtiyara sorsan aynı sözleri işitirsin." dedi.

Yine doğru söylemişti. Mühim olan çok yaşamak değil, imanla yaşamaktı. Ahirete faydası olmayacak bir hayatın ne önemi vardı ki. Lezzeti gidip, elemi kalmıyor muydu?

"Haklısın anne." dedim. Başkaca bir cevap da veremezdim zaten. "Ne ara içtim anlamadım." dedim. Çok şaşırmıştım önümde duran çay bardağının boş olmasına. "Çay deyip geçme." dedi. Bir yandan tazelediği bardağı bana uzatıyordu. "Çay muhabbetin tadıdır kızım." dedi.

Uzattığı çay bardağını alıp, hemen önümde duran tepsinin üzerine koydum. "Ne güzel geçmiş çocukluğun. Doğrusu sen böyle anlatınca ben de çocukluk günlerimde buldum kendimi." dedi. Anlamıştım bardağına neden dokunmadığını. Naime anne zamanda uzun bir yolculuğa çıkmıştı. "Çok düşünceli görünüyordun." dedim. Biraz da tebessüm ettim. "Doğrusu ben de sizin çocukluk anılarınızı dinlemeyi çok isterim. Anne diyorum sana ama hakkında hiçbir şey bilmiyorum." dedim. "E tanışıyoruz ya kızım." dedi gülerek.

Anlatır mıydı acaba? Benim gözümde gizemli bir sandık gibi bu kadın. İçinde mücevherler var ama açamıyor gibi hissediyorum. Her hareketi, konuşması, davranışları, hepsinin içinde bir şifre gizli. "Ah... Kızım." dedi. "Bizim zamanımızda her şey çok daha sadeydi. Maddenin esiri değildik hiçbirimiz. Şimdilerde maddeye bağımlı bir nesil yetişiyor. Maddiyatta huzur arayan bir nesil. Öyle lanet bir illettir ki bu, ölümden beter!" dedi. Neler anlatıyor şimdi Naime anne? Ben ona çocukluk anılarını sormuştum oysaki.

"Madde derken neyi kast ediyorsun Anne?"

"Lüks bir ev, iyi bir araba ve dahi güzel oyuncaklar, bunlar maddedir kızım. Bir insanın hayatında olmaz diye bir şey yok. Olabilir elbette ama vazgeçilmez olmamalı. Mutluluğu maddede aramamalıyız hiçbir vakit. Benim çocukluğumda, seksek oynardık, saklambaç oynardık. Oyuncaklarımız yoktu ama huzurumuz vardı. Arkadaşlarımla öyle oyunlara tutuşurduk ki, gün biter yine de farkına varmazdık geçen zamanın."

"Haklı kadın." diye düşündüm. Bizim evimiz de lükstü, arabalarımızda vardı. Ne istesem birkaç saat içinde aldırırdı babam. Çocukken tüm bunlar mutlu etmeye yeterdi beni. Peki ya büyüdükten sonra? Mesela liseye giderken, bunların hangisinden keyif alıyordum? Hiç... Koca bir hiç... Evimizin balkonunda yapayalnız geçerdi gecelerim. Naime anne anlatmaya devam ediyordu:

"Dualarımız vardı mesela. Ne zaman sığınacak bir liman arasak, dua limanında bulurduk huzuru. Annelerimize en yumuşak ses tonuyla hitap eden, evin en uslu çocuğu olurdu. Babamızın yanında uzanmak ne kelime, ellerimizi dizimizden kaldırıp, başımızı kaşımayı bile hakaret sayardık. Öyle hassas bir edep ve disiplinle büyütmüşlerdi bizi. Şimdi ki gençler nerede? Bizim zamanımızda yetiştirilen nesil nerede? Babasının yanında edeple oturmak ne kelime, babasına şiddet uygulayan mı dersin, annesine hakaretler savuran mı? Hakikat birdir kızım. Değişmez. Aslına dönmedikçe huzuru bulamazsın. Hakikati bulmadıkça mutlu olamazsın."

Bu sözlerden sonra kafam iyice karıştı.

"Dualar benim de en güvenilir limanım ama babasının yanında neden uzanamıyor? Bir insan annesine hiç mi yükseltmezdi sesini?" diye düşündüm. Evet hakaret etmek kötü bir davranıştı ama bizim kültürümüzde bunlar çok normal karşılanırdı.

"Peki ya çocukluğun Naime anne?" dedim. "Çocukluğun nasıl geçti?"

Naime anne duru İngilizcesiyle beni kendine hayran bırakıyor, tane tane ve yavaşça konuşuyordu. Bildiğim kadarıyla Türkiye'de İngilizce bilme oranı çok düşüktü. İstanbul'a geleceğim zaman beni kaygılandıran sebeplerden biriydi bu. Sultanahmet Meydanı'na kadar yol tarifi sorduğum insanların çoğu yarım yamalak bir İngilizceyle yardımcı olmaya çalışmışlardı bana. Ancak Naime anne, bu ülkenin yabancı dil bilgisine olan tüm ön yargılarımı yıkıyordu.

"Mütevazı bir evimiz vardı kızım. Bu evin sair evlere kıyasla genişçe bir damı vardı."

"Dam nedir?" diye sordum.

"Köy evi kızım." dedi. "Eskiden köy evlerinin üzeri toprak kiremitlerle örtülürdü. Binanın yan cephesinde çatıya uzanan bir merdiven olurdu. İnsanlar bu merdivenden dama çıkar uzunca muhabbet ederlerdi. İşte bizim evimiz de bu evlerden biriydi. Dam bizim için her şeydi kızım. Biz damı kaybettiğimiz gün kendimizi unuttuk, aslımızı unuttuk..."

"Köyde mi yaşıyordunuz?" diye sordum.

"Evet kızım. Çok neşeli bir köydü yaşadığım yer. Ramazan geceleri dama çıkar, komşularımızla muhabbet ederdik. Yine bu damda köyümüzün meydanına kurulan dev sinemadan filmler izlerdik." dedi.

"Çok eğlenceli olmalı." dedim. Kendimi o günleri yaşarken bulmuştum bile.

"Hem de ne eğlence. Bu meydan bizim neşe kaynağımızdı.

Geleneksel tiyatrolarımız yine bu meydanda oynanırdı. Saik amcamız vardı Allah rahmet eylesin. Onun hiç yanından ayırmadığı bir arkadaşı vardı. Biliyor musun bu arkadaşı insan değildi." dedi. "Köpek miydi?" dedim. "Hayır." dedi. "Kedi?" dedim tebessüm ederek. "Şeydi kızım..." dedi, "Şeydi... Şey..." Naime anne durmuş ve boş bakışlarla etrafına bakıyordu. Mobilyalara, eşyalara, birbiri ardına sıralanmış kitaplara bakıyordu. Ama bakışlarındaki mana kaybolmuştu. Sonra çay bardağında donuklaştı bakışları. "Ayıydı kızım. Çocukluğumda Saik amcanın arkadaşı ayıydı." dedi manalı bir bakış atarak.

Hayret ettim. Koca ayı bir insanın nasıl arkadaşı olurdu. "Ayı mı? Zarar vermiyor muydu Saik amcaya?" dedim.

Bir yandan da komiğime gitmişti. Bir insan ayıyla nasıl arkadaşlık kurardı ki? "Hayır yavrum." dedi. "Bu ayı sadece Saik amcamın değil, bütün köyün arkadaşıydı. Köy meydanında saatlerce dans ederdi." dedi. Gözümün önüne dans eden bir ayı getirmek zordu doğrusu. "İzlemek çok keyiflidir." dedim bir yandan da kıkır kıkır güldüm. "Öyleydi ya. Çok eğlenir, çok gülerdik biz de." dedi.

Gözüm Naime annenin ardında, duvarda asılı saate takıldı. Saat epeyce geç olmuştu. "Hadi bakalım." dedi. "Uyku vakti geldi. İkimiz de tüm gün çok yorulduk. Biraz dinlenmek hakkımız. Sabah sohbetimize kaldığımız yerden devam ederiz." dedi.

Gerçekten çok yorulmuştum. Gözlerime hücum eden ağırlığa karşı koyamıyordum artık. Tüm gün yürümekten bacaklarım kas katı kesilmiş, ayaklarım şişmişti. "Bak." dedi. "Demliği bitirmişiz. Çaydanlığın kapağını açtığında neredeyse hiç çay kalmadığını gördüm. Hayret ettim. Oysa iki ya da en fazla üç bardak içtiğimizi sanıyordum. Belki de daha fazla içmiştik de farkına varmamıştık.

"Doğrusu çok yoruldum Naime anne." dedim. "Hayatımın en zor günüydü bugün."

Rüyadayım sanki ve bu rüyadan uyanmaktan çok korkuyorum. İstanbul'dayım artık. İslam'ı seçtiğim için tartışmak zorunda kalacağım kimse yok etrafımda. Huzur ve güven içindeyim. Üstelik ilk günüm Naime annenin misafirperverliğiyle çok keyifli geçti.

"Hadi bakalım. Yardım et de etrafı toplayalım." dedi. Bir yandan kanepeden destek alarak kalkmaya çalışıyordu. Hızlı bir hamleyle ayağa kalkıp koluna girdim. "Berhudar ol kızım." dedi. Artık anlamını biliyordum. "Sen de berhudar ol Anne." dedim. Cevabımı duyunca yeniden yüzünde güller açtı. "Maşallah benim kızıma. Sen şimdiden Türk kızı oldun ya hu." dedi. "Sen otur anne." dedim. "Ben toparlarım." Çok mutlu olmuştu annem. Annemdi bu ihtiyar kadın artık. Benim annemdi. Kimseyle paylaşmazdım bu kadını. Kimseye de vermezdim.

"Ecelin ne zaman geleceği belli olmaz kızım. Bu yüzden evimiz her zaman toplu olmalı. Müslüman bir kadına yakışan budur." dedi. Çok da dağınık değildi aslında oturma odası. Yer masasının üzerinde duran tepsiden ve kanepenin üzerine koyduğum Filistin atkısından başkaca dağınık bir şey yoktu. Önce masayı topladım. Sonra kanepenin üzerinde duran Filistin atkısını elime alıp düşünmeye başladım. "Nereye koysam bunu. Askılığa mı assam acaba?" Gerçekçi olmak gerekirse ayrılmak istemiyordum bu atkıdan. Tılsımlı bir yer kaplamıştı hayatımda. Elimde tutmak bile kendimi güçlü hissettiriyordu. "En iyisi yanımda taşımak." diye düşündüm.

"Hadi kızım." dedi Naime anne. "Odana geçelim." Odam mı? Misafir olarak geldiğim bu evde kendi odam olamazdı. Bazen Naime annenin sanki yıllardır bu evde yaşıyormuşum gibi davrandığını hissediyordum. Bu davranışı o kadar hoş geliyordu ki bana. Sanki bir filmin içindeydik ve ben rolüme kaptırmıştım kendimi. Oturma odasından çıkıp, uzunca koridora gelince yeniden "Rahatsız etmeyin." Yazılı kapıya ilişti gözüm. Çok merak etmiştim doğrusu. İçerisi nasıl bir odaydı acaba. Bir süre önünde durunca "Buradan evladım." dedi. "Buradan..." Eliyle misafir olduğum odayı gösterip yürümemi istedi. Utandım kapının önünde durduğum için. Hızlı adımlarla uyuyacağım odaya girdim. Odanın ortasına doğru yürüyüp Naime annenin gelmesini bekledim. İçerisi oldukça karanlıktı. Naime anne içeri girip ışığı açtı. Oda aydınlanınca hemen duvarda asılı duran Kâbe resmi dikkatimi çekti.

"Hadi bakalım kızım. Bir güzel dinlen şimdi. Bir şeye ihtiyacın olursa seslenirsin. Hemen gelirim." dedi. Sanırım uzanmamı bekliyordu ve ben uzanmadan çıkmayacak gibi görünüyordu. Ancak biraz evvel anlattıkları gelmişti aklıma.

"Neden durdun kızım. Bir şeye mi ihtiyacın var?" diye sordu.

"Naime anne." dedim. "Biraz evvel bana anlatmıştın ya. Biz çocukken ailemizin karşısında uzanamazdık diye. Ben şimdi senin karşında nasıl uzanayım?" dedim. Utanmıştım bu kadının karşısında uzanmaktan. İstemediği bir şey yapıp sevgisinin azalmasından korkmuştum. Gözlerinin dolduğunu fark ettim. "Sen benim kızımsın yavrum." Gece olduğunda anneler kızlarını yataklarına yatırır. Bu ayıp değil." dedi. Anladım ki ben uzanmadan çıkmayacaktı odadan. Çekingen adımlarla yatağa doğru ilerledim ve mavi yorganın altına girdim ve üzerimi örttüm. Artık üşümüyor, terlemiyordum. Sıcak bir yatakta uykuya hazırlanıyordum. Naime annenin olduğu yöne, sağ omzumun üzerine döndüm. Işığı kapattıktan sonra ağır adımlarla yanıma geldi. "Allah rahatlık versin yavrum." dedi ve eğilerek anlımdan öptü. Minik bir öpücük kondurmuştu anlıma. O anda gözlerim doldu. Gözyaşım yanağımdan süzülürken, gecenin sessizliğini bozmaktan korkar bir sesle "Berhudar ol." dedim. Güldü önce Naime anne. Sonra onun da gözünden yaşlar süzüldü benim gibi. Gözünden akan yaşları sildikten sonra. Arkasını dönerek çıktı odadan. Artık yalnız değildim. Beni kızı gibi seven bir kadın vardı hayatımda.

Ah annem... Ne olurdu şu kadın kadar şefkat gösterseydin bana. Ne olurdu babamı çok sevseydin. Dağılmasaydı yuvamız. Hep beraber yaşasaydık, ne olurdu? Şimdi senden kilometrelerce uzakta, bilmediğim bir evde yalnız başımayım. Acaba merak ediyor musun beni? Sormuş musundur babama "Nereye gönderdin kızımızı?" diye. Ya da gururundan tenezzül edip her zaman ki gibi aramamış mısındır babamı? Arkamdan iki damla gözyaşı akıtmış mısındır acaba?

Ah babam... Sana ne demeli? İslam'ı seçtiğim için dünyanın bir ucuna gitmeme nasıl dayandı yüreğin? Nasıl "Terk et bu evi!" diyebildin? Oysa biliyordum çok severdin beni. Bu kadar kötü müydü İslam senin gözünde. Arkadaşlarının, komşularının "Kızın Müslüman olmuş." demeleri bu kadar mı önemliydi? Benim mutluluğumun senin yanında hiç mi kıymeti yoktu? Medyada gördüklerine inanmıştın oysaki. "Bir kereye mahsus anlat." deseydin anlardın İslam'ın terör dini olmadığını babam. Ama sen dinlemek istemedin. Konuşturmadın bile beni. Oysa ben Peygamberimizin (a.s.m.) güzel ahlakını ilmek ilmek okumuştum. Okumakla da kalmamış ezberlemiştim her bir kıssasını. Sana anlatabilmek için babam... Sana anlatabilmek için ezberlemiştim her bir kıssasını. Ama anlattırmadın bile. "Ya dinini terk edersin ya da defolup gidersin." dedin ve sildin beni hayatından. Dönemezdim babam. Senin için dahi olsa dönemezdim dinimden. Sokaklarda kalır, açlıktan ölürdüm de kalamazdım o evde daha fazla.

Biliyordum ki kızmamalıydım onlara. Bana yaşattıkları Rabbimi bulmama vesile olmuştu çünkü. Unutmayacaktım yaşadıklarımı elbet. Psikologlarda geçen saatlerimi, çıldırmış bir hâlde anti depresan ilaçlarımı aradığım günleri, keşkelerimi, pişmanlıklarımı, yastığıma gömülüp ağlamalarımı unutmayacaktım. Ama alışacaktım. Biliyordum ki zamanla kabuk bağlayacaktı hayatımdaki tüm yaralar. Zira İslam merhemini bulmuş ve yaralarıma sürmüştüm. Artık güçlü olmam ve mücadele etmem gereken zamandaydım. İstanbul'a gelmiş ve hicretimi tamamlamıştım. Şimdiden sonra güçsüz olamazdım. İlk iş olarak dil öğrenecektim mesela. Naime anneye sorsam öğretir miydi acaba? Neden öğretmesindi ki? Artık kızı değil miydim sonuçta? Göz kapaklarım ağırlaşırken, yatakta ağırlaştığımı daha çok hissediyorum. Zihnimde dönen düşünceler, uykunun karşı koyulmaz sessizliğine yeniliyor. Uyumak meğer ne kadar tatlıymış.

Derin bir kâbustan uyanmak
13 Ocak 2019
04.30

"Sana kesinlikle olacak bir şeyi müjdeliyoruz.
Sakın ümitsizliğe düşenlerden olma!"

SIÇRAYARAK UYANDIĞIMDA NAİME ANNEYİ başucumda
oturururken gördüm. Oldukça endişeli görünüyordu. Bir
eliyle elimi tutarken, diğer eliyle saçımı okşuyordu. Saçımı ok-
şarken, elinde tuttuğu yeşil tespihin püskülü yanağımı kaşın-
dırıyordu. "Korkma kızım!" dedi. "Ben buradayım. Korkma!"
Ama korkuyordum. Hem de çok korkuyordum. Korkunç bir
kâbus görmüştüm. Üzerime baktığımda kan ter içindeydim.
"Hayrolsun kızım. Ne gördün rüyanda." dedi. Duraksadım
önce. Ne diyeceğimi bilemedim. Anlatmalı mıydım emin de-
ğildim. Zira konuşmak dahi istemiyordum bu korkunç rüya
hakkında. Naime anne de gözlerimden anlamış olacaktı ki ıs-
rar etmedi daha fazla.

"Dur ben sana bir su getireyim." dedi ve ağır adımlarla mutfağa doğru ilerledi. Üzerimdeki kazağım sırılsıklam olmuştu. Naime anne gelene kadar alelacele bavulumdan lila renkli süveterimi aldım. Üzerimi değiştirdikten sonra yatağımın yanında ki kanepeye oturarak odayı incelemeye başladım. Odaya baktığımda pencerenin hemen yanında bulunan komodine takıldı gözüm. Kahverengi renkte, solmuş altın rengi kulplarıyla kıymetli bir antikayı andırıyordu. Duvarda asılı duran dev Kâbe fotoğrafı da bu komodinin hizasında duruyordu. Bavulum, yatağımın ayak ucunun olduğu kısımda açık ve dağınık bir vaziyetteydi. Burada uzun bir mühlet kalmayacaktım ne de olsa. Eşyalarımı yerleştirme gereği dahi duymamıştım. Oturduğum tekli kanepenin sol çaprazında bir kanepe daha bulunuyordu. Bu iki kanepe çapraz olarak dekore edilmiş ve ortasına ahşap bir sehpa konulmuştu.

Bir mühlet odayı inceledikten sonra Naime anne elinde su bardağıyla içeri girdi. Hemen karşı çaprazımda bulunan kanepeye oturduktan sonra su bardağını uzatarak "Buyur kızım." dedi.

"Teşekkür ederim anne." dedim su dolu bardağı alırken. Bir yudum içtikten sonra ahşap sehpanın üzerine koydum. Gördüğüm rüyanın etkisinden hâlâ çıkamamıştım. Bir mühlet bana baktıktan sonra "Anneni çok mu özledin yavrum." dedi.

Hayret ettim doğrusu. Çok özlemiştim annemi ama nereden bilmişti? Belki de kavuşma hasretiyle görmüştüm korkunç kâbusu. Rüyamda orman yolunda annemle birlikte yürüyorduk. Bir süre yürüdükten sonra bir takım korkunç insanlar yanımıza gelerek, annemi ve beni ayırdılar. Beni aslanlarla dolu bir kafesin önüne götürdüler. Annemi de orman yolunda bıraktılar. Kafesin önüne geldiğimde, aslanlar bana saldırmıyor kafesin içinde yattıkları yerde beni izliyorlardı. Anneme baktığımda, bir yandan beni izliyor, biryandan da orman yolunda yürümeye devam ederek uzaklaşıyordu. "Anne!" diye bağırıyordum avazım çıktığı kadar. "Gitme! Terk etme beni!" diyordum ama dinlemiyordu beni. Uzaklaşıyordu benden. Kafesin kapıları açıldı ve içeri girdim. Aslanlar korkunç görünüyor ama saldırmıyorlardı bana. Bense kafes parmaklıklarına tutunmuş anneme bağırıyordum. "Anne! Geri dön!" Ağlıyordum bir yandan. Annem de ağlıyordu ama sanki istese geri dönüp alabilirdi beni yanına. Yine de uzaklaşıyor ve gözden kayboluyordu. Böyle bir rüya görmüştüm işte. Cevap veremedim Naime anneye. Susuyordum sadece. Özlüyordum işte ama dilim varmıyordu söylemeye.

"Nereden anladınız?" diye sordum.

"Sayıklıyordun kızım. Anne... Anne... diyordun." dedi. Pencereye doğru derin bir bakış atarak "Acaba o da sayıklıyor mudur beni?" dedi Naime anne.

"Kızınızı kast ettiniz sanırım." dedim. "Evet" der gibi başını salladı.

"O çok uzaklarda şimdi. Olması gereken yerden çok uzakta." dedi. Ne diyordu bu kadın? Eve ilk girdiğimizde "Birkaç saat içinde gelir." demişti. Sonrasında saatlerce masada beklemiştik ama gelmemişti. Kızını seven bir anne nasıl korkmaz, nasıl endişelenmezdi? Ama şimdi Naime anne sakince özlemini dile getiriyordu. Sanki yılların getirdiği bir özlem vardı ses tonunda. Kafam çok karışmıştı doğrusu. "Sen neden anneni sayıklıyordun yavrum?" dedi. Bakışını üzerime çevirmişti. Kendime dahi itiraf edemediğim gerçeği söylemeli miydim? Anlatmalı mıydım her şeyi annemden ayırmadığım bu kadına?

"Özledim." diyebildim. "Ben annemi çok özledim." dedim. "Uzun yıllardır annemi görmedim. Kim bilir nerededir. İstanbul'a geldiğimi bildiğinden dahi emin değilim." dedi. Ağlamaya başlamıştım yeniden. Gözyaşlarım henüz yeni değiştirdiğim lila rengi süveterimi ıslatmaya başlamıştı. Bu sefer meraklı yüz ifadesini takınarak "Annenin nerede olduğunu bilmiyor musun?" diye sordu. Bu soru bana ne kadar aciz olduğumu hissettirdi. Şu koca dünyada anne adında bir melek verilmişti bana ve ben bu meleğin nerede olduğunu bilmiyordum. "Bilmiyorum." dedim çaresizce. "Almanya'ya çalışmak için gideceğini söylemişti en son. Sonra öğrendim ki İngiltere'deymiş. En son İngiltere'deydi. Belki Polonya'ya dönmüştür. Belki de başka bir ülkededir." dedim. "Kızım sen şunu en başından anlatsana." dedi. Sehpanın üzerinde duran bardağı yeniden elime aldım ve kalan son suyu da yudumladıktan sonra hikâyemin kalan kısmını anlatmaya başladım...

***

Bir gün okuldaki son dersimizi bitirmiş, evlerimize dönmek üzere çıkış kapısına doğru ilerliyorduk. Zuzia gülerek "Julia, bugün annenin arabasından müzik sesi gelmiyor. Annen gelmedi mi yoksa seni almaya?" dedi. Diğer arkadaşlarım da Zuzia'nın söylediğine gülmüştü. Zuzia benim sınıftaki en büyük rakibimdi. Ders notlarımın onunkinden yüksek olmasını kabullenemez, bu yüzden ne zaman eline bir koz geçse bunu bana karşı kullanırdı.

Çıkış kapısına geldiğimde annemin gerçekten de her zaman ki yerinde olmadığını gördüm. "Bir işi mi çıktı acaba?" diye düşündüm. Hiç gecikmezdi. Kafamı çıkış kapısından dışarı uzatarak yol boyunca annemi süzdüm ancak ne annem vardı ne de babam. Okul bahçesiyle çıkış kapısının arasındaki bölümde beklemeye başladım. İki saat kadar annemin gelmesini bekledim ama ne gelen vardı ne giden. Soğuktan ellerim üşümüş, burnum ve yanaklarım çok kızarmıştı. Okul tamamıyla boşalmış, öğrenci olarak bir tek ben kalmıştım. Bir süre daha bekledikten sonra, çıkış kapısından öğretmenimiz Kasia'nın geldiğini gördüm. Yanıma gelerek "Julia annen gelmedi mi?" dedi endişeli bir sesle. "Hayır öğretmenim." dedim.

"Ne zamandır bekliyorsun burada." dedi. "Uzun bir süredir öğretmenim." dedim.

Kasia benim İngilizce öğretmenimdi. Kırklı yaşlarında, kır saçlı, esmer ve hafifçe iri yapılı bir kadındı. Öğretmenlerim arasında en çok Kasia'yı severdim ben. Gülmek ona çok yakışırdı. Sürekli gülerdi zaten. "Gel bakalım benimle." dedi. Bunu söylerken çok ciddiydi. Birlikte okula girdikten sonra hızlı adımlarla merdivenleri çıktık. Kasia merdiven basamaklarını ikişer, ikişer çıkıyor, ben de koşarak ona yetişmeye çalışıyordum. İkinci katın dönemeçli koridorlarını bitirdikten sonra öğretmenler odasına varmıştık. Kapının hemen sağında bulunan koltuğa oturmamı işaret ederek, "Sen burada bekle. Birazdan annen gelecek." dedi ve odaya girdi. İçerisi çok sıcaktı. Dışarıda annemi beklerken yanaklarım o kadar üşümüştü ki ne zaman, elimle dokunacak olsam yanaklarım sızlıyordu. Uzunca bir süre bekledikten sonra uyuyakalmışım. Gözlerimi açtığımda arabanın arka koltuğunda uyurken buldum kendimi. Merakla kafamı kaldırıp şoför koltuğuna baktığım. Arabayı babam kullanıyordu. Dikiz aynasından gözlerine baktığımda oldukça öfkeli görünüyordu. Babamı ilk defa bu denli sinirli gördüm. Gözleri âdeta kan çanağı gibi oluvermişti. Eve dönerken arabayı çok hızlı sürüyordu ve ben çok korkuyordum. Bir yandan arabayı kullanırken, diğer yandan direksiyonu yumrukluyordu. "Baba neler oluyor? Annem nerede?" diye sordum ürkek bir sesle. "Senin bu annen var ya. Hiçbir şeyi hak etmiyor! Sakın annen gibi olma kızım! Sakın!" dedi. Susmuştum ve anneme böyle sözler söylediği için babama kırılmıştım. Anneme de kırılmıştım aslında. Beni almaya gelmemişti. Bu yüzden Zuzia benimle dalga geçmişti. Polonya'da bir atasözü vardı. "Havada kötü kokular var." diye. Ve ben o gün kötü kokuyu almaya başlamıştım.

Arabadan iner inmez eve koştum. Oturduğumuz ev iki

katlı, bahçeli bir villaydı. Civardaki evlere kıyasla oldukça modern ve lüks bir villaydı. Giriş katında, büyükçe bir misafir odamız vardı. Eğer babam evdeyse beraberinde bir misafirini de getirirdi. Nadiren de olsa, televizyondan gözüm ısırırdı bu insanları. Yardımcımız Alek'ten öğrendiğime göre hepsi çok önemli insanlarmış. Dünyaca ünlü Yahudi iş adamları, sanatçılar, artistler, politikacılar, önemli futbol kulüplerinin sporcuları ve dahi pek çok misafirlerimizi bu odada ağırlardık. Babam misafirlerinin bu odada keyifli zaman geçirmelerine çok önem verirdi. Bu yüzden bu odayı özel olarak dizayn etmişti. Odanın içinde, ebeveyn banyosu, sauna, jakuzi, bilardo masası dahi vardı. Hiçbir zaman neden bu odaya, bu kadar masraf yapıldığını anlamazdım çünkü vakitlerinin çoğunu oturma odamızda geçirirlerdi.

Oturma odamız Amerikan mutfaktı. Duvarları Hollanda'dan özel olarak getirilen tuğlalarla örülmüştü. Üzerinde yırtıcı hayvanların motiflerinin olduğu portreler vardı. Beyaz, deri pofuduklu oturma takımının hemen ön kısmında bulunan dev ekran televizyon duvara gömülmüş bir hâlde mütemadiyen açık kalırdı. Yine bu odanın mutfak bölümünde oval ve büyükçe ebatta olan, Amerikan mutfak tezgâhımız vardı. Bu tezgâhın alt bölümünde kitaplık olarak kullandığımız bir bölme vardı. Kitaplık dediysem, babamın birkaç polisiye romanı. Onun dışında kalan tüm kitaplar moda dergileriydi. Annem her gün kahvesini yapar, bu tezgâhın başına oturarak saatlerce bu dergileri incelerdi. Yemeklerimizi genel olarak bu masanın üzerinde yesek de özel günlerde bahçemizdeki barbekü köşesini kullanırdık.

İkinci kat benim odamın, yatak odasının ve teras balkonumuzun olduğu bölümdü. Teras balkonumuz benim için. Evin en rahatlatıcı kısmıydı. Ne annem kullanırdı bu balkonu ne de babam. Ancak ben çoğu gecemi bu balkonda yıldızları seyrederek geçirirdim. Çoğu gece, karşı koyulmaz bir his kaplardı içimi ve kendimi terastan ayaklarımı sarkıtarak, yıldızları seyrederken bulurdum.

Babamla birlikte eve girdiğimizde annem, mutfak masasının üzerinde tırnaklarını boyuyordu. Babam "Neredesin sen!" dedi bağırarak. Annem donuk ve umursamaz bakışlarla önce bana baktı, sonra babama. "Buradayım bir şey mi oldu?" dedi. Hiçbir şey olmamış gibi tırnaklarını boyamaya devam ediyordu. "Bu çocuk saatlerdir seni bekliyor. Sen burada tırnaklarını mı boyuyorsun. Aptal kadın!" dedi. Üzerine yürümeye başladı annemin. O sırada ben babamın koluna girdim. "Baba ne olursun. Beni seviyorsan kızma anneme." dedim. Ağladığımı görünce durdu babam.

Yaşadıklarıma anlam veremiyordum. Kızmalı mıydım anneme, acımalı mıydım? Üzülmeli miydim, yoksa nefret mi etmem gerekirdi? Bilmiyordum. Bildiğim tek bir şey varsa, annemi canımdan çok sevdiğimdi. Annem, "Julia sen ikimizin de kızısın biliyorsun dimi? Seni baban da alabilirdi ama sor bakalım babana nerelerde, kimlerle berabermiş!" dedi.

Ayağa kalkmış, dev mutfak tezgâhının arkasında dikilerek söylüyordu bunları. Annem de sesini yükseltmişti. Şaşırmıştım. İkisi de avazı çıktığı kadar bağırıyorlardı birbirlerine. Annem ve babamın ilk kez birbirlerine bağırdıklarına şahit olmuştum. En azından benim şahit olduğum ilk kavgalarıydı. Babama baktım yaşlı gözlerle. "Neredeydin baba?" dedim. "Çalışıyordum kızım bunu sen de çok iyi biliyorsun." dedi sesini yumuşatarak. "Seni her gün okuldan annenin aldığını biliyorsun." dedi. İkisine de baktım bir süre. Bağırmayı kesmiş bana bakıyorlardı öylece. Annem anlamsız bir ifade takınmıştı yüzüne. Sanki olayları geçiştirmek ve ojesine kaldığı yerden devam etmek istiyor gibiydi. Ama babamın bakışlarında bir nebze de olsa pişmanlık vardı. Kavgalarının ortasında kaldığım için, birbirlerine ettikleri hakaretlere şahit olduğum için pişmandı. Görebiliyordum.

"Anne seni artık sevmiyorum." derken sesim gözyaşlarıma karışmıştı çoktan. Odama doğru koştum. Merdivenleri hızla çıkıp koridoru bitirince nihayet odama girebilmiştim. Sert bir hamleyle kapıyı çarptım ve kilitledim. Arkamdan annemin gelmesini ve beni teselli etmesini beklemiştim. Ne zaman günüm kötü geçse bunu anneme hissettirirdim. Hemen ardımdan odama gelir beni teselli ederdi annem. Ancak gelen giden yoktu. Aksine yeniden kavgaya tutuşmuşlardı. Bağırma sesleri odama kadar geliyor ve birbirlerine söyledikleri her şeyi duyabiliyordum. Birbirlerine daha önce duymadığım küfürler savuruyorlardı. Seslerini duymamak için, kulaklığımı takıp müzik dinlemeye başladım.

***

Sabahın erken saatinde odamdan çıktığımda, annemin yatak odasında tek uyuduğunu gördüm. Alt kata indiğimde babam oturma odasında uyuyordu. Sehpanın üzeri alkol doluydu. O günden sonra hiçbir zaman beraber uyuduklarını görmedim. Babam oturma odasında, annem yatak odasında uyurdu. Artık annemle bisiklet turlarına çıkmıyorduk, eğlenmiyorduk. Benimle hiç zaman geçirmiyordu. Yıl sonu geldiğinde dönemi sınıf birincisi olarak tamamlamıştım. Törenime dahi gelmemişti annem. Çoğu zaman sabahları arkadaşım Zuzia'nın evine bırakırdı beni. İstemiyordum oraya gitmeyi. Zuzia ile iyi anlaşamıyorduk çünkü ama beni dinlemiyordu. Tüm gün Zuzia ile oynamak zorunda kalırdım. Bazen akşam üstü alırdı beni, bazen geç saatlerde. Yine bir gün Zuzia'lara giderken yanımızdan babamın arabası geçti. "Senin bu baban tam bir psikopat Julia. Görüyor musun beni takip ediyor. Nasıl bir baban var senin?" dedi. "Sen ne diyorsun?" dedim. "Seni takip etmesin de kimi takip etsin? Beni buraya bırakıp nereye gidiyorsun?" dedim. "Söyle!"

Zuzia'nın evinin önüne gelmiştik. Arabadan indi ve kapımı

açtı. Öfkeli bir sesle "Defol!" dedi. Kızmıştım anneme. Hem de çok kızmıştım. İkisi de bana birbirlerini kötülüyorlardı. Babam annemin ne kadar kötü bir kadın olduğunu söylüyordu. Annem de babamın takıntılı, saplantılı bir adam olduğunu...

Evin önüne geldiğimizde kapıyı Zuzia açtı. "Hoş geldin Julia." dedi somurtkan bir ifadeyle. Ardından annesi belirdi. Bir anda annemin sinirli surat ifadesi, sevimli bir hâl aldı. "Merhaba canım. Julia, Zuzia ile oynamak istedi. Benim de bir toplantım var, acaba birkaç saat sizde kalabilir mi?" dedi. Anlamıyordum. Biraz önce sinirden alnında parlayan damarı görebildiğim bu kadın, şimdi hiçbir şey olmamış gibi davranıyordu. "Tabii ki canım ne demek. Zuzia'da sıkılmıştı zaten." dedi. "Çok iyi rol yapıyorsun anne." dedim ve içeri girdim. "Kusura bakma hayatım. Yolda kızımla biraz tartıştık da... Hanımefendi tavşan istiyormuş." dedi. "Zaten köpeğimiz var."

Nasıl bir rol yeteneğiydi böyle. Bu konuşmaların hiçbiri aramızda geçmemişti. Nasıl uydurabilmişti anlamak mümkün değildi. Eve döndüğümde babam her zamanki gibi sarhoştu yine. Oturma odasında sızmış, kalmıştı. "Görüyorsun değil mi kızım?" dedi annem. "Böyle mi yapılır babalık? Bak ben seni her gün arkadaşlarınla zaman geçirmen için gezdiriyorum. Seni okuldan alan da benim, arkadaşlarınla buluşturan da. Peki ya baban? Şu hâle bak. İçmiş, içmiş sızmış. Senin baban bu kadar aciz bir adam işte." dedi. İkisine de karşı sevgi kalmamıştı artık içimde. Nasıl bu kadar kötü olabilmişlerdi bir anda. Eskiden yaşadığım her şey yalandı demek ki. Hiç sevmemişlerdi birbirlerini. Hem de hiç...

✳✳✳

Yine bir gün babamla kahvaltı yaparken, "Kızım." dedi babam. "Sana bir sözüm vardı. Hatırlıyor musun?" dedi. "Hatırlıyorum." dedim. "Ama artık umursamıyorum." Söz vermişti babam bana. Eğer sınıfımı başarılı bitirirsem. Ailece istediğim tatile götürecekti bizi. Oysa sınıf birincisi olmuştum. Ama istemiyordum artık. Şaşırdı babam verdiğim cevaba. "Neden?" diye sordu. "Tatil istemiyorum. Bütün yaz odamda bilgisayar oyunu oynamak istiyorum." dedim.

Bilgisayarda zaman geçirmek, her şeyden kaçmanın bir yoluydu benim için. Kulaklığımı takar, saatlerce başından kalkmazdım. İşte o zaman ne tartışmalarını duyardım, ne de babamın eve sarhoş gelmelerini görürdüm.

"Olmaz öyle şey. Hep birlikte güzel bir tatile çıkıp, eğleneceğiz." dedi kararlı bir ses tonuyla. "Sakın ısrar etme. Git annene söyle bavulunu hazırlasın." dedi. "Neden kendin söylemiyorsun? Yine kavga ettiniz değil mi? Nefret ediyorum ikinizden de." dedim.

"Annenden nefret et. Ben bir şey yapmadım kızım." dedi.

"En iyi yaptığınız şeyi yapın. Birbirinizi suçlayın. Ama sakın bana ebeveynlik yapmayın. Tamam mı?" dedim ve annemin yanına gittim. Annem bir yandan evimizin bahçesinde otururken, bir yandan da yeni sezon elbise kataloglarını inceliyordu. Dolabı hınca hınç elbise doluydu. Giyinmediği belki de onlarca elbisesi vardı ama o her zaman yenisini isterdi.

"Anne." dedim. "Babam diyor ki 'Annen bavulunu hazırlasın. Tatile çıkıyoruz.'" Annem başını katalog dergisinden kaldırmaya dahi tenezzül etmemişti. "Siz gidin. Ben çok kilo aldım. Orada güneşlenemem. Denize de giremem. Babana söyle, benim için harcayacağı parayı kasaya koysun. Alışveriş yapacağım." dedi.

"Neyim ben?" dedim. "Posta güvercininiz mi? Çok mu zor bizimle birlikte birkaç gün geçirmek. Nasıl bu kadar kopabiliyorsun bizden? Neden eskisi gibi değiliz artık?" dedim. "Of. Bir rahat bırakmadınız beni. Sen ve baban eğlenin! Keyifli zaman geçirin. Beni rahat bırakın." dedi.

Söylenecek pek de bir şey kalmamıştı artık. Arkama dönüp gözlerimden akan yaşları sildim. Ağladığımı anneme göstermek istemiyordum. Gerçi görseydi umursamazdı ya! Yine de görmesin istiyordum ağladığımı. Oturma odasına girdiğimde babam henüz kahvaltısını bitirmemişti. "Gelmeyecek baba." dedim. "Kasaya para koyacakmışsın." Derin bir iç çekti babam. "Anlaşıldı kızım." dedi. "Demek bu seferde reddediyor teklifimizi. Biz bize kaldık o hâlde. Biz de baba kız çıkarırız tatilin keyfini." dedi.

Bu evde geçirdiğim her gün duygularımın biraz daha bozulduğunu hissediyordum. Bir insanın duyguları bozulur muydu? Benim bozulmuştu işte. Bir yakınımız bana sevgi dolu sözler etse boş bakışlarla gözlerine bakıyordum. Kısa bir süre içinde hayatımın tam orta yerinde bir fırtına kopmuştu. Bu fırtına yalnız ailemi değil, kalbimde büyüttüğüm tüm duygularımı koparıp götürmek üzereydi çok uzaklara. Alevler içinde yanan bir evin içinde kalmıştım. Yanıma en kıymetli eşyalarımı alıp kendimi dışarı atmaya çalışmıştım. Hislerim, sevgim, tebessümlerim alevleri göklere yükselen yangının tam orta yerinde kalmıştı. Sükût etmiştim. Ağlamıştım. Kalbimin tam orta yerinde patlayan volkanlar ne anneme zarar vermişti ne babama. Tüm zararı gören bendim. Farkında değillerdi. Çünkü biri kendi yolunu çizmek için gizli planlar yapmakla meşgulken, diğeri narkoz yemiş bir hasta gibi olanlardan habersiz yaşıyordu öylece.

***

Naime anne oturduğu koltukta doğruldu. Bir eliyle bastonuna yaslanırken diğer eliyle masaya vurarak "Nasıl bir anne çocuğuna yaşatabilir bunları? Nasıl kıyabilir?" dedi. Sinirlenmişti Naime anne anlattıklarıma. Hem de çok sinirlenmişti. Mavi gözbebekleri gecenin karanlığında titriyordu. Boynumu büktüm ve bakışlarımı yere yönelttim çaresizce. Naime annenin tepkisi beni daha çok üzmüştü. Sustum bir süre. Naime anne de sustu. Öfkeli gözlerini üzerimden bir an olsun ayırmadı.

Hissediyordum. Bir süre sessiz kaldıktan sonra "Seni üzdüm değil mi kızım? Özür dilerim. Ancak senin gibi sevimli bir kıza nasıl böyle kötü davranabildi aklım almıyor. Çocukken seninle çok iyi ilgilendiğini söylemiştin doğru mu?" dedi. "Evet." dedim. "Madem bu kadar iyiydiniz. Nasıl oldu da birden bu kadar kötü oldu aranız?" diye sordu. "Bilmiyorum." dedim.

Biliyordum oysaki, her şeyin nedenini biliyordum. Yıllar sonra öğrenmiştim her şeyi. Ancak şu an için bu kadına anlatmaya hazır hissetmiyordum kendimi. Hayretle ve merakla bakışlarını pencerenin pervazına yöneltti. Dışarıda usulca yağan yağmuru bir süre izledikten sonra.

"Peki sizinle hiç mi vakit geçirmek istemiyordu?" diye sordu. "Sana anlattıklarımı yaşarken on iki yaşındaydım Naime anne. O günden sonra hiç beraber olmadık." Bakışlarını ayırmadı pencerenin pervazından Naime anne. "Ben daha dün ne yediğimi unuturken, sen iyi hatırlıyorsun maşallah." dedi. "İnsan kalbine saplanan hançerin acısını unutur mu?" dedim. Sustu. Nemlendi gözleri. "Haklısın." dedi. "Unutmaz. Devam et kızım anlatmaya. Sana ait her şeyi bilmek istiyorum." dedi. İstese de duramazdım artık. Anlatmaya devam ettim...

***

Babamla, pek çok kez tatile gitmiştik. Ancak hiçbir zaman annem bizimle gelmemişti. O Polonya'da kalıp, alışveriş yapmayı tercih ediyordu. Daha doğrusu biz öyle sanıyorduk. Bir keresinde Mısır'da büyük bir marinanın önünde babamla soğuk bir şeyler içiyorduk. Cesaretimi toplayarak hissettiklerimi ilk kez söyledim babama. "Sence annem bizimle neden gelmiyor?" diye sordum. Vereceği cevabı çok merak ediyordum. "Annen, alışverişi ve evinde dinlenmeyi daha çok seviyor kızım." dedi. Bir yandan limonatasını yudumlarken, diğer yandan marinanın keyifli manzarasını seyretmeye devam ediyordu.

"Burada daha iyi alışveriş yapamaz mıydı? Hem daha çok

dinlenmez miydi buraya gelseydi?" dedim. "Ne demek istiyorsun Julia?" dedi bakışını üzerime çevirerek. "Annem seni sevmiyor anlamıyor musun? Nasıl bu kadar umursamaz olabilirsin? Nasıl annemin alışveriş yapmak için Polonya'da kalıp bu lüks otelde tatil yapmak istemediğine inandırabilirsin kendini?" dedim.

Babamın gözleri fal taşı gibi açıldı söylediklerimi duyunca. İki omzumu tutarak "Bir şey mi gördün? Bir şey mi biliyorsun?" dedi. "Bunu bilmek için bir şey görmeme gerek yok! Annem seni aldatıyor." dedim. Güldü babam. "Aldatamaz." dedi. "Nasıl bu kadar emin olabiliyorsun?" diye sordum. "Aldatsa haberim olur. Evin her yerine kameralar yerleştirdim. Ayrıca her hareketini takip edecek bir adam tuttum." dedi. Gülüyordu babam. Ağlanacak hâline gülüyordu. Çaresizce gülüyordu. Ne diyeceğimi bilememiştim. Ne hissettiğimi de bilmiyordum. Artık yaşadıklarım midemi bulandırmaya başlamıştı ve ben bu muhabbetlerin içinde daha fazla olmak istemiyordum. Masadan kalktım ve otel odamıza geri döndüm.

Babam ve ben farklı odalarda kalıyorduk. Sabaha kadar uyumamış ve gökyüzünü izlemiştim. Sabah olduğunda kahvaltıya uyandırmak için babamın odasının kapısını tıklatacağım esnada kapının aralık olduğunu gördüm. Kapıyı aralayıp içeri girdiğimde, odanın balkonunda korkuluklara yaslanmış bir vaziyette uzaklara bakıyordu. "Günaydın." dedim. Cevap vermedi. Yüzüne baktığımda ağlıyordu. İçimde çok kötü bir his vardı. "Neden ağlıyorsun baba?" dedim. Çaresizce kafasını salladı. Konuşmak istemiyor gibiydi ancak derdini benden başka da açabileceği birisi yoktu çevresinde. "Haklıydın kızım." dedi. "Sen haklıydın. Senin on iki yaşında gördüğünü, ben bu yaşımda görememişim. Annenin beni sevmediğini görememişim." dedi. "Nasıl bir gecede emin olabildin?" dedim. Odaya girerken "Boş ver." dedi. "Baba umursamaz hareketlerinden bıktım artık. Ne oldu? Söyle! Bir şey mi biliyorsun?"

dedim yeniden. "Boş ver." dedi. Yatağa oturarak. Alaycı bir ifadeyle sadece "Boş ver..." dedi.

Babam tüm tatil boyunca odasından hiç çıkmamıştı. Ben de odama kapanmıştım. Bulunduğumuz otel Sharm El Shek'in en lüks oteli olmasına rağmen kendimi otel odasına kapatmıştım. Günün tamamını bilgisayar oyunları oynayarak geçiriyordum. Yemeğimi odama sipariş ediyor, odamda birkaç lokma atıştırarak geçiştiriyordum.

Bir hafta içinde çok az konuştuk babamla. "Nasılsın?" diye mesaj atıyordum. "İyiyim." yazarak geçiştiriyordu. Polonya'ya döndüğümüzde artık bizimle kalmıyordu. Evimizin yakınında bir apartman dairesi kiralamıştı. Yurt dışı seyahatlerini arttırmış, kendini çalışmanın yoğun temposuna kaptırmıştı. Annem sürekli evimize, daha önce hiç tanımadığım adamlarla geliyordu. Yapmacık gülümsemesiyle beni selamladıktan sonra yanındaki arkadaşıyla tanıştırıp odama çıkmamı söylüyordu ve böylece inziva hayatım başlamıştı.

İki hafta yalnız bir hayat yaşadıktan sonra. Nihayet babam eve geldi. Annem "Hoş geldin. Karnın aç mı?" dedi hiçbir şey olmamış gibi. Babam annemin yüzüne bile bakmadı. Donuk bir ifadeyle "Julia birkaç dakikan var mı?" dedi. Birlikte evimizin terasına çıktık. "Julia. Annenin ve benim yollarımızı ayırma vaktimiz geldi kızım. Senin annen çok kötü bir kadın. Bunu sana söylediğim için çok üzgünüm ama annen çok tehlikeli ve kötü niyetli bir kadın." dedi. "Baba." dedim. "O benim annem. Neden bana sürekli annemi kötülüyorsun? Neden annem sürekli bana, seni kötülüyor? Neden bana bunu yapıyorsunuz?" dedim ve ağlamaya başladım. Ağladığımı duyan annem tereddüt etmeden yanımıza koştu.

"Ne yapıyorsun sen? Kızımı ağlatmaya hakkın yok. Hemen bu evi terk et!" dedi ve yeniden kavgaya tutuştular. Aralarından usulca geçip, odama girdim. Umurlarında bile değildim. Umurlarında olsaydım kavgalarına ara verip peşimden gelirlerdi. Ancak onlar birbirlerine karşı verdikleri kavganın dozunu daha da arttırmakla meşguldüler. Birkaç hafta sonra boşandılar. Annem evi terk etti. Babam yeniden eve döndü. Ancak darmadağınık bir hâldeydi. Yatak odasından hiç çıkmıyor. Gününün tamamını içki kadehlerine bağımlı geçiriyor, gece olunca sızıp kalıyordu. Baş ucundan ayrılmadım hiç. Ona teselli vermek, yeniden motive etmek istedim. Yeniden hayata tutunsun istedim. Babamdı o benim. Gözümün önünde eriyordu. Ancak elimden hiçbir şey gelmiyordu.

***

Usulca yağan yağmur şiddetini artırmış, pencerenin çatlak camlarının buharlanmasına neden olmuştu. Naime anne gözlerini ayırmadan pencerenin buğulu çatlak camına bakıyordu. Gözleri, pencerenin buğulu camı kadar nemliydi. Birden gök gürledi ve odanın karanlık atmosferi aydınlandı. Bu korkunç ses karşısında oturduğum yerde irkildim. Ben gök gürlemesinden hep korkardım. Ne zaman gök gürlese yorganın altına girer "Bir kümeste tavuklar varmış." Şarkısını söylerdim. "Korkma kızım." dedi. "Gök gürlemesi rahmetin müjdecisidir." Gerçekten de öyleydi. Ne zaman yağmur yağsa. Ağaçlar çiçek açar, toprağın enfes kokusu burnumun direğini sızlatırdı. İşte bu müjdeli haberi bize gökyüzü verirdi.

"Kızım hikâyenin tamamını dinlemedim henüz. Anladığım kadarıyla, senin de hayatın, şu semada beliren gök gürültüsünden farksız değilmiş. Görülen o ki, imtihan şimşekleri çakmış, hidayet pınarları gönlünde çağlamış. Kurak kalbinde rahmet çiçekleri açmış." dedi. "Ne güzel söylediniz anne." dedim. Söyledikleri çok hoşuma gitmişti. Doğruydu da. İslam'ı bulamasaydı belki Julia çoktan toprak olmuştu.

"Ben hakikati dillendiriyorum kızım." dedi. "Kıyamam sana. Sen doğru olanı yapmışsın kızım. İyi bir evlat ailesinin yanında olmalı. Kötülük de görse, hiç iyiliklerini görmese de evlatlık vazifesini yerine getirmeli." dedi ve "Anneni o günden sonra hiç görmedin mi?" diye sordu.

"Gördüm. Son görüşmemizde hiçbir şey olmamış gibi yemeğe götürmüştü beni. 'Julia ben artık Polonya'da kalamam.' demişti. Nedenini sorduğumda 'Bunu sana şu an anlatamam. İşimden istifa etmek zorunda kaldım ama her şey yoluna girecek kızım.' demişti."

"Nereye gideceğini söyledi mi?" diye sordu Naime anne.

"Almanya'da bir iş bulduğunu ve orada yaşayacağını söyledi. Çok üzülmemiştim çünkü kalacağı yer, Polonya'dan araçla yarım saatlik mesafedeydi."

"Sonra ne oldu?" diye sordu meraklı bir ifade takınarak.

"'Kendine iyi bak.' dedi ve gitti." dedim. Naime anne gözlerime bakarken zihninden geçenleri ilk kez okuyabiliyordum. "Nasıl bir annelikti bu?" diye düşünüyordu. Hangi anne on üç yaşındaki evladını ardında bırakıp kendine bir yol çizebilirdi ki?

"Seni hiç aramadı mı? Sormadı mı?"

Bu soruya nasıl cevap verilirdi bilmiyordum. Aramış mıydı beni hiç? Hiç merak etmiş miydi? "Kızım ne yapıyordur acaba?" diye geçirmiş miydi içinden? Gök gürlediğinde "O gök gürlemesinden çok korkar." diye geçirmiş miydi içinden? Endişelenmiş miydi benim için?" Bilmiyorum. Emin olamıyorum. Hiç emin olamıyorum.

Neredeyim ben? Bilmediğim bir ülkenin, bilmediğim bir evinde, tanımadığım bir kadına neden anlatıyorum tüm bunları. En ulaşılmaz kalelerin karanlık zindanına hapsettiğim sırlarım, bu ihtiyar kadının sorularına neden dayanamıyor? Yıkılan surlarımı onarıyor. Kazılan hendeklerimi dolduruyor. Körelmiş duygularım viran bir imparatorluğun şahlanışından farksız. Bir sır gizli bu kadının sorularında. Neden tüm yaşadıklarımı her detayıyla öğrenmek istiyor? Bilmiyorum. Belki zihnime hücum eden soruların cevabı anlatacaklarımda gizliydi. Belki de bu bilge kadının vereceği tavsiyelerle, saracaktım yaralarımı. Naime anne kanayan yaralarıma merhem olabilir miydi? Bilmiyordum. Anlatmazsam bilemezdim de...

***

Annemle son görüşmemizin üzerinden iki ay geçmişti. Almanya'ya gider gitmez, beni arayacağını söylemişti, ancak ne aramış ne sormuştu. Çok merak ediyordum annemi. Neden Almanya'ya gitmek zorunda kaldığını bilmiyordum ve üzülüyordum. Bir pazar sabahı evimizin bahçesinde köpeğimiz Doda'nın kulübesini temizliyordum. Birden evin önünde babam belirdi ve "Annenden haberin var mı?" diye sordu. Çıkış kapısıyla bahçenin arasındaki basamaklara oturmuş, purosunu yakıyordu. "Almanya'ya gitmek zorunda olduğunu söyledi. Daha sonra haber alamadım." dedim.

"İngiltere'de." dedi.

Elimde tuttuğum çelik tabak yere düştü ve su yere döküldü.

"Anlamadım! Nasıl İngiltere'de?" diye sordum.

"Peşine adam taktım. Ne halt yediyse, Polonya'dan kaçmak zorunda kalmış. Yalan söylemiş sana. Leeds'de bir apartman dairesinde kalıyor şu anda." dedi. Duyduklarıma inanamamıştım.

"Neden böyle bir şey yaptı baba? Neden kaldığı yeri benden gizledi?" diye sordum. İhanete uğramış hissediyordum.

"Hukuksal olarak senin annende kalman gerekiyor, o bunu çok iyi biliyor. Bu yüzden senden gizlemiştir." dedi gülerek. Komik değildi. Hem de hiç komik değildi. Nasıl bir anne bu kadar kötü olabilirdi. Ben ona ne yapmıştım?

Odama çıktım ve akşama kadar düşündüm. Ben onun kızıydım. Evet çok büyük hatalar yapmıştı ama annemdi o benim. Onu bırakamazdım. Yokmuş gibi davranamazdım. Yanında olmalıydım ve neler döndüğünü öğrenmeliydim. Neden bana yalan söylediğini, neden İngiltere'ye gittiğini. Neden beni hiç aramadığını öğrenmeliydim. Odamdan çıkıp oturma odasına indim. Babam her zamanki gibi bir yandan purosunu içerken, diğer yandan boşalan bardağını doldurmakla meşguldü. Oturduğu koltuğun karşısına oturarak "Annemin oturduğu dairenin adresi var mı sende?" diye sordum. "Var." dedi. "Ben İngiltere'ye gideceğim baba." dedim. "Annemle konuşmam gerek." Babam bir süre düşündükten sonra. "Tamam git. Annen sonuçta. Her ne kadar kötü bir kadın da olsa senin annen. Ama çok bir beklenti içinde olma. Sonra hayal kırıklığına uğrama." dedi. "Daha fazla hayal kırıklığına uğrayamam baba." dedim ve her şeyi öğrenmek için on dört yaşımda, İngiltere'ye gittim.

Annemin apartmanının önüne geldiğimde binayı bir süre inceledim. Binanın cephesini, kırmızı kiremitten yapılmış tuğlalar oluşturuyordu. Gövdesinin üzerinde, taş baca borusuyla birlikte yüksek bir çatısı vardı. Kare pencereleri oldukça büyüktü. Binanın genelinde asimetrik bir görüntü hâkimdi. Apartman dairesinin içine girdiğimde zemine, kalın bej rengi halı döşenmişti. İkinci kata çıktığımda 5 numaralı apartman dairenin önünde durdum. Bu numara adreste yazılı dairenin numarasıydı. Kapının önünde annemin konuşma seslerini duyabiliyordum. İngilizce konuşuyordu ve bir adamla tartışıyordu. Bir süre bekledim kapının önünde. Cesaretimi toplamalıydım. Nasıl davranacağımı kestiremiyordum. Gülmeli miydim? Merhaba anne mi demeliydim? Bilmiyordum. Cesaretimi toplayarak zile bastım. Ancak kimse kapıyı açmadı. Annem konuşmuyordu artık. Derin bir sessizlik hâkimdi apartman dairesinde.

"Acaba kapının dürbününden bana mı bakıyor?" diye düşünerek bir daha bastım zile. Ancak o zaman kapı aralandı. Kapıyı açan annemdi ve ağlıyordu. Artık ağlaması beni etkilemiyordu. "Canım kızım... Hoş geldin! Geleceğini biliyordum."

dedi ve sarıldı bana. İçeri girdiğimiz anda gözyaşlarını silerek gülmeye başladı ve "Burası benim yeni evim. Nasıl beğendin mi?" dedi. Klasik İngiliz halılarıyla döşeli 3 odalı bir apartman dairesiydi. Siyah İngiliz kanepeleriyle döşenmiş oturma odasının ortasında sehpanın üzerinde diz üstü bilgisayar duruyordu. Her yerde kablolar vardı. Şarj kabloları salonun her yerine saçılmış vaziyetteydi. Oturma odasının yanında yatak odası ve karşısında ufak bir mutfak vardı.

Annem evde yalnız değildi. Yanında bir adam vardı. "Bu adam kim anne?" diye sordum. "Erkek arkadaşım, hayatımı paylaştığım kişi." dedi. Çok şaşkındım. O an ne diyeceğimi bilemedim. Babamla olan günler, o güzel günler gelip geçti hatıramdan. Neden sonra tekrar bu gördüğüm gerçekle karşı karşıya kaldım. "Gel." dedi "Şöyle otur, konuşacak çok şey var."

İçeri girdiğim ilk anda hayal kırıklığına uğramıştım bile. Babam haklıydı burada olmamalıydım. Yine de şansımı denemeye kararlıydım. Tekli koltuğa ben oturdum. Üçlü koltuğa da annem ve erkek arkadaşı oturdu. "Bize müsaade eder misiniz?" dedim erkek arkadaşına. "O yabancı değil kızım." dedi annem. "Yabancı!" dedim. "Lütfen bize müsaade eder misiniz?"

"Tamam, sorun değil." dedi ve montunu giyinerek evden çıktı. Annem ve ben yalnız kalmıştık dairenin ufak odasında. "Neden beni aramadın?" diye sordum ilk önce. "Arayacaktım." dedi. "Çok yakında arayacaktım." Ayağa kalktım ve "Ne zaman? Kaç yıl sonra arayacaktın beni anne? Nasıl böyle umursamaz davranabildin? Nasıl unutabildin beni? Nasıl terk ettin? Söyle! Nasıl terk ettin?" dedim bağırarak. Ağlamaya başladı yeniden. "Babanla boşandıktan sonra yaşama sevincimi kaybettim kızım. Ben ona ihanet etmedim. Asla onu üzecek bir şey yapmadım." dedi. Sonra ağlamaklı ses tonu birden değişti ve öfkeli bir ses tonuyla "Ama o ne yaptı? Her şeyimi elimden aldı! Artık ne evim var ne arabam ne param! Neyim varsa aldı benden. İngiltere'de kiralık bir dairede yaşamak zorunda kaldım. O kötü bir adam. Çok kötü bir adam. Ondan uzak dur yalvarırım kızım." dedi ve yeniden ağlamaya başladı. Tam o esnada telefonu çaldı. "Bir saniye bekle." dedi ve telefonu kulağına götürerek kısık bir ses tonuyla konuşmaya başladı "Alo... Bayan Catrin... Ben çok fenalaştım. Şu an yoldayım hastaneye gidiyorum... Teşekkür ederim anlayışınız için. Telafi edeceğimden emin olabilirsiniz... Anlıyorum efendim. Çok teşekkürler." dedi ve telefonu kapattı.

"Anne sana inanmıyorum! Sen nasıl bir insan olmuşsun! Babam hakkında böyle konuşuyorsun ama beni buraya babam gönderdi!" dedim.

"Ne? Benimle barışmak mı istiyor yoksa?" diye sordu. Annem de ayağa kalktı. Güldüm ve alaycı bir ses tonuyla "Barışır mıydın?" diye sordum. "Barışırdım tabii. O benim hayatımın ilk aşkı neden barışmayayım? Benim de babanı sevdiğimi çok iyi biliyorsun Julia." dedi.

"Biliyor musun anne." dedim. "Ben İngiltere'ye umudumu kalbimde büyüterek gelmiştim. Babam senden umudunu kesmişti ama ben kesmemiştim. Bana 'Kendini kaptırma. Hayal kırıklığına uğrarsın.' demişti. Dinlememiştim. Görüyorum ki haklıymış. Senin için söylediklerinde haklıymış." Bu sözleri duyunca annem, "Ben geçmişte kötü bir insandım kızım. Kabul ediyorum." dedi. Yeniden ağlamaya başlamıştı.

"İşte yine ağlıyorsun. Önce yüzüne yapmacık bir ifade takınıp gülümsüyorsun. Sonra bir anda ağlıyorsun. Bir anda öfkeleniyorsun, üzülüyorsun. Duygularının hangisi gerçek anne? Çocukluğumda melekler gibi etrafımda dolaştığın günleri hatırlıyorum. Rol mü yapıyordun? Söylediklerinle geçmişte kötü bir insan olduğunu itiraf ettin bana. Bak! Sen de kabul ettin. Peki neden beni babama karşı doldurdun? Neden kötü olan tarafın babam olduğunu söyleyerek babama karşı beslediğim sevginin önüne geçmeye çalıştın?" dedim.

Sorudan çok daha fazlasıydı benim için. Artık her şeyin farkında olduğumu düşünüyordum. İngiltere'ye anneme destek vermek için gelmiştim. O benim annemdi ve onu kaderine terk edemezdim. Kızıydım ben onun ve o benim annem. İki ay içinde annemi çok özlemiştim. Ona sarılmak ve kulağına sevgi sözcükleri fısıldamak istemiştim. Neden beni terk ettiğini kendisinden duymak istemiştim. Ancak nafile. Annem hiç değişmemişti. İki ay içinde bir insan değişebilir miydi onu da bilmiyordum. Küçüktüm henüz. Yaşım çok ufaktı ve sağlıklı düşünemiyordum. Hasret rüzgârları burun diriklerimi sızlatırken anne sevgisinden uzakta yaşamaya dayanabilir miydim bilmiyordum. Nasıl hayatım boyunca ayrı kalabilirdim annemden? Bilmiyordum. Bildiğim bir şey varsa, bu evde artık kalamazdım. Birkaç gün için dahi olsa kalamazdım bu evde. Tanımadığım bir erkekle aynı evi paylaşıyordu. Üstelik annemle konuşmak iyi gelir sanmıştım ama iyi gelmemişti. "Burada daha fazla duramam. Depresyonda olduğunu sanmıştım. Kendini bir daireye kapayıp sabah, akşam ağladığını ve..." dedim. Sonra sustum. Devamını getiremedim. Konuşmaya devam etseydim ağlardım. Bu kadının karşısında ağlamak, zaaf göstermekle aynı şeydi. Annem böyle bir duygu zayıflığını affetmezdi. Beni ne yapar eder, bir şekilde kandırırdı. "Beni özlediğini sanmıştım... Merak eder zannetmiştim... Yanılmışım..." diye geçirdim içimden. Yine de gözlerimden akan yaşlara hâkim olamadım.

"Kızım!" dedi.

Bunu söylerken elimi tutmak istedi. O kadar ihtiyacım vardı ki elimden tutmasına. Sıkıca sarılsın istiyordum bana. Başımı omzuna gömüp saatlerce ağlayabilirdim. Hayatımı tepe taklak etmişti. Çocukluğumu çalmıştı benden. Duygusuz, psikolojisi bozuk bir kızdım artık ben. Yine de özlemiştim bu kadını. Onsuz geçen iki ay, bana bir ömür gibi gelmişti.

"Dokunma bana!" dedim. "Sakın dokunmaya kalkma! Sen

hiçbir şeyi hak etmiyorsun. Sana hayatında başarılar dilerim."
On dört yaşında bir çocuk için büyüktü hayallerim. Geçmişi affetmeyi kabullenmiştim. Ailemin yeniden bir araya gelebileceği ihtimaline inandırmıştım kendimi. Ancak annem ailemizin beraberliğini koruyabilecek konumda değildi. Babamsa çoktan tanımadığım bir insanla kendine yeni bir hayat kurmaya hazırlanıyordu. Polonya'ya dönecek ve terk edildiğim yalnızlıkla yüzleşecektim.

***

Naime anneye, tüm bu olanları utana sıkıla anlatmıştım. Boynumu eğmiş ve bakışlarımı deniz mavisi gözlerinden kaçırarak, diz kapaklarıma kenetlemiştim. Gözlerime hücum eden yaşlar, gecenin ışıltısız atmosferiyle birleşmiş ve görüşümü bulanıklaştırmıştı ancak umursamıyordum. Bir yere bakmak başımı kaldırmak demekti. Ben başımı kaldırmak istemiyordum. Anlatmak istiyordum yaşadığım ne varsa. Beni İstanbul'a getiren ne varsa anlatmak istiyordum.

Naime annenin sesiyle kendime gelince, yaşlı gözümü silip bakışlarımı merakla Naime anneye yönelttim. Gözlerini kapamış bir vaziyette "İmtihan... İmtihan..." diyordu. Bunu söylerken inliyor gibiydi.

"Sanma ki Rabbin senden habersizdi..." dedi içli ve içten bir sesle. Habersiz değildi elbet. Bunu biliyordum. O benim her anımı gören ve bilendi. "İstese tüm bu olanlara müdahale edemez miydi anne?" dedim. Gözlerini açtı ve yeniden pencerenin buğulu camlarını seyre daldı. Bir süre sonra "Kâinatta hiçbir zerre yoktur ki onun iradesi dışında hareket edebilsin. Buna kalp de dâhildir kızım." dedi. Çok manalı konuşmuştu ama sorumun cevabı bu muydu? Emin değildim. "O zaman neden müsaade etti anne?" dedim. "Neden müsaade etti yuvamızın dağılmasına?"

Önce ellerimi sıkıca tuttu Naime anne. Sonra minik bir

öpücük kondurdu. "Anlatacağım güzel kızım. Anlatacağım... Hikâyen tamamlandığında her şeyi anlatacağım." dedi. Çok manalı konuşuyordu. Kısa cümlelerinde bir roman gizliydi sanki. Her şeyi mi anlatacaktı gerçekten? Hikâyemi tamamlamak neden bu kadar önemliydi bu kadın için? O kadar emindi ki kendinden, inanıverdim söylediklerine.

Annem için insanların ne dedikleri önemli olmuştu hep. Eğer, insanlar onun için şık ve modern derlerse dünyanın en mutlu kadını olurdu. Bulunduğu ortamda bir yolunu bulur fark ettirirdi kendini. Onun insanlara yaranmak ve takdirlerini toplamak gibi bir yaşama amacı vardı. Ancak biz hiçbir zaman bu amacın içinde olmamıştık. Bize karşı son zamanlarda her zaman sert ve kırıcı olmuştu.

İnsanlar yanıma gelip annemin ne kadar altın kalpli bir kadın olduğunu söylerlerdi. "Şaka mı yapıyorsunuz?" derdim. "O dünyanın en kötü kalpli kadınıdır." Yaşadıklarımı anlatmak isterdim her zaman. Dinlemezlerdi beni. "Sen delirmişsin." derlerdi. O kadar çok duymuştum ki bu lafı, artık deli olduğuma inanmaya başlamıştım. Psikolojimi bozan en büyük etkenlerden biri de bu olmuştu. Şimdi bu kadın kendinden emin bir şekilde, bana her şeyin sebebini anlatacağını söylüyor. Neden inanıyorum? Neden her şeyi anlatıyorum bu kadına? Peki ya yaşadıklarım? Rüyalarıma giren, Sultanahmet Meydanı'nda görmedim mi bu kadını? Esrarengiz bir şekilde yanıma gelip, beni kimin gönderdiğini soran da bu kadın değil miydi? İlk andan itibaren bu kadına yakın hissetmem, "Anne" demem çok mu normaldi sanki?

Oturduğu koltuktan kalktı ve soğuktan buharlaşmış cama büyükçe bir kalp çizdi. Kalbin ortasından ok geçirerek bir tarafına "N" diğer tarafına "S" harflerini yazdı. "S harfi kim Naime anne?" diye sordum.

"Sensin ya Sena'm."

"Anlamadım! Ben Julia Naime anne." dedim.

Aniden büyük bir şimşek daha çaktı gökyüzünde. Neden bana Sena dediğine hiç anlam veremedim. Duvarda asılı bronz saate baktığımda saat sabahın 05.00'ini gösteriyordu. Babam aklıma geldi. "Babama nerede olduğumu haber vermeli miyim acaba?" diye düşündüm. Naime anne benim her şeyim olmuştu artık. Sırdaşım, yoldaşım, annem olmuştu ve pencerenin hemen önünde hazır bulunan bir bezle, kırık camdan süzülüp pencerenin pervazında birikerek halıyı ıslatan yağmur damlalarını siliyordu. Bir süre sildikten sonra ıslanmış bezi öylece bıraktı pencerenin pervazına. Sonra yönünü bana çevirip meraklı bakışlarını üzerime yöneltti.

"Ne düşünüyorsun yavrum?" dedi. "Hiçbir şey." dedim. Oysa her şeyi düşündüğümü söylesem doğruyu söylemiş olurdum. Babama bir şekilde ulaşıp haber vermeli miydim? Hiç istemiyordum. Gecenin bir vakti, Müslüman olduğumu öğrendiği için beni sokağa atan, kaderime terk eden bir baba, nerede olduğumu merak eder miydi hiç? Etmezdi elbet. Nasıl bir İslam düşmanlığıydı bu? Nasıl bu insanların terörist olduğuna inandırabilmişlerdi kendilerini? Anlamak mümkün değildi.

"Ah bugün yaşadıklarımı görseydin baba!" diye geçirdim içimden. Bu insanların naifliğini, misafirperverliğini, mütevazı yaşantılarını görseydi fikirleri değişir miydi acaba? Burada olsaydı yakasından tutup iyice silkeledikten sonra "Şu ihtiyar kadına iyi bak. On sekiz yıldır annemden göremediğim şefkati bir günde verdi bana. Sen evinden kovarken, bu kadın evine aldı beni. Bu ihtiyara iyi bak ve İslam'ı gör." derdim.

Bu yaşlı kadının dili, sevgi ve merhamet diliydi. Bu dil karşısında tüm kalpler yumuşardı. Peki ya annem, babam, akrabalarım? Hepsinin mutlu oldukları tek an sabahlara kadar sarhoş olmaktı. Kahkahaları sokağa taşarsa mutlu olduklarını sanırlardı. Sabah olduğunda kimisi yerde, kimisi lavabonun klozetinde açarlardı gözlerini. Bu muydu insanlık? Bu muydu

medeniyet? Bizim en medeni insanımız dahi bu insanların en
canavar insanından daha caniydi. İşte hakikat buydu.

Telefonum geldi aklıma. Hattım yurt dışı aramalarına açık-
tı. "Belki de mesaj atmış, bir şekilde ulaşmıştır." diye düşün-
düm. "Naime anne telefonumu alıp gelebilir miyim?" diye
sordum. Onaylar gibi başını salladı. Dairenin uzun korido-
rundan hızlı adımlarla geçip montların asılı olduğu bölüme
geldim. Telefonum montumun cebindeydi ancak koridor
o kadar karanlıktı ki kendi montumu ayırt etmekte zorlanı-
yordum. Askılığın bir bölümünde Naime annenin iki kalın
mantosu asılıydı. Diğer bölümündeyse benim bavuluma sığ-
dıramadığım üç montum duruyordu. Kim bilir, yol boyunca
kaç kişi gülmüştü bu komik hâlime. Üç mont üst üste giyilir
miydi hiç? Giyinmek zorunda kalmıştım işte. Kan ter içinde,
tüm yol boyunca taşımıştım üstümde. Montlarımın üzerin-
de, Naime annenin Sultanahmet Meydanı'nda giyindiği kalın
fıstık yeşili paltosunun asılı olduğunu gördüm. Üst üste asılı
üç montumun üzerinde ha düştü, ha düşecek bir vaziyette
duruyordu. Öyle de oldu. Telefonumun olduğu montuma
uzanırken düşüverdi Naime annenin paltosu. Önce önemse-
medim. Kirli bir yere düşmemişti ne de olsa.

Montumun cebinden telefonumu aldım fakat şarjı bitmiş
telefon kapanmıştı. Şarja takmam gerekiyordu. Naime anne-
nin düşen paltosunu kaldırdığım esnada cebinden ufak ebatta
bir fotoğraf düştü. Naime annenin paltosunu astıktan sonra,
fotoğrafı elime alıp incelemeye başladım. Yirmili yaşların-
da beyaz tenli, mavi gözlü, sarı kıvırcık saçları oldukça uzun
bir kıza aitti. "Kızı sanırım." diye düşündüm çünkü fotoğraf
oldukça eski görünüyordu. Genç kızın omzunda bir el vardı.
Ancak resimde genç kız dışında kimse yoktu. Sonra fotoğra-
fın ortadan ikiye ayrıldığını anladım. Bu fotoğrafa baktığımda
hissettiklerim, eve girdiğimde hissettiklerim de aynıydı.

Bir şeyler eksik görünüyordu. Fotoğrafın arkasını çevirerek bir ipucu aradım. Bir kelime karalanmıştı ancak karanlıktan okunmuyordu. Montların asılı olduğu bölüm salonun hemen yanında olduğu için salona doğru ilerledim. Fotoğrafı ışığa tutacak ve arkasında ne yazdığına bakacaktım. O esnada Naime annenin sesini duydum. "El aman..." dedi. Bu heybetli ses karşısında içimi bir korku kapladı. Fotoğrafı daha fazla incelemeye cesaret edemedim ve fıstık yeşili paltonun cebine yerleştirdim.

Apartman dairesinin uzun koridorunda yürümeye başladım önce. Mutfağın yanından geçerken odanın ne kadar ufak olduğu dikkatimi çekti. Tezgâhın üzerinde, iki tabak yan yana zor durabilirdi. Şaşırdım doğrusu. "Akşam yemeğinden kalan tabakları hangi ara yıkadı?" diye düşündüm. Ortada ne tabak vardı ne çanak. Ocağın üzerinde, soğuması için olduğunu düşündüğüm yemek tenceresi dışında bir şey yoktu görünürde.

Odaya girdiğimde Naime anne ellerini açmış dua ediyordu. Sessizce yanına oturdum. Anlamadığım dilde bir şeyler söylüyordu. Sanırım Türkçe konuşuyordu. Dualarının arasında sıkça tekrarladığı bir cümle dikkatimi çekti "El aman... El aman... Ecirna minennar" diyordu. Bir yandan ağlıyor, bir yandan dua etmeye devam ediyordu. Öyle samimi, öyle içten bir yakarıştı ki bu, kullandığı sözcüklerin hüznüne kapıldım ve ben de açtım ellerimi. Anlamıyordum söylediklerini ama bu dualara ben de ortak olmak istemiştim. Biliyordum ki gözyaşına karışarak semaya yükselen dualar geri dönmezdi.

"Âmin..." diyordum her sözünü bitirdiğinde. "Âmin..." diyor ve ağlıyordum. Ne söylediğini bilmeden "Âmin..." diyordum. Bir süre sonra ellerini yüzüne sürdü. Ben de aynısını yaptım. İkimizde sarsılarak ağlıyorduk. Naime anne iki büklüm kalmış bir vaziyette yaşlı gözlerle bana baktı. "Allah'ımız var kızım." dedi. "Kimsemiz yok şu garip dünyada." Oturduğum koltuktan kalktım. Naime annenin oturduğu koltuğun önüne diz çöktüm. Bu sefer ben sıkıca tuttum ihtiyar ellerini.

"Kızın nerede Naime anne?" dedim. "Neden gelmedi?" Hıçkırıklara boğulmuştu Naime anne. "Gelmedi..." dedi. "Ben onu bekledim. Hep bekledim. Ama gelmedi." dedi. Sesi hıçkırıklara karışmıştı. Her zaman olduğu gibi yine üstü kapalı konuşuyordu. Bir tek şey anladıysam o da kızını beklediğiydi. Yıllar süren bir bekleyişi çağrıştırıyordu bu sözleri bana. Bana anlatmasa da Naime annenin de hüzünlü bir hikâyesi vardı. Biliyordum. "Ne kadar garip!" diye geçirdim içimden. Naime anne kızını beklerken, ben de yıllarca annemin yolunu gözlemiştim. Ne bir mektup ne bir haber alabilmiştim. Bir başıma yalnızlığıma ve kaderime terk edilmiştim. Naime annenin gözlerine baktığımda, kendi hayatımın yansımasını görüyordum. O kızına ağlıyordu, ben anneme. Ancak ikimiz de sarmaşık misali ağacın dalına dolanmıştık. Sarılmıştık tevekkül ağacının dalına. Sıkıca sarılmıştık.

Bir süre sonra durdu Naime annenin gözünden akan yaşlar. "Eşiniz hayatta mı?" diye sordum. "Hayatta." dedi. "Peki neden yanınızda değil?" diye sordum. "Yanımda!" dedi. "Anlamadım?" dedim. "Nasıl yanınızda?" Bakışları yeniden pencerenin buğulu camında kenetlendi. "Onlar diridirler." dedi. "Kimler?" dedim. "Şehitler." dedi. Tüylerim diken diken olmuştu bu cevabın karşısında. Eşi şehit olmuştu. Şehitleri hep çok sever. Hayat hikâyelerini dinlerdim.

Hz. Hamza'nın şehit oluşunu "Çağrı" filminde gözyaşlarıyla izlemiştim. Onlar dev yürekli kahramanlardı benim gözümde. İslam'ın sancağı onların cesaretleri sayesinde burçlarda dalgalanıyordu.

"Rabbim eşinizin şehadetini kabul etsin. Ben şehitlere karşı çok muhabbet beslerim. Bana anlatır mısınız? Eşiniz nasıl şehit oldu?" diye sordum.

"Anlatırım kızım. Eşim kendini Kur'an'a adamış bir dava adamıydı. Vaktinin neredeyse tamamını cami cami gezerek, civar semtlerde gençlere, Kur'an öğreterek geçirirdi. Bir gece sinirli bir hâlde eve geldi. Ne olduğunu sordum. Söylemedi. Sabaha kadar uyku girmedi gözüne. Huzursuz olmuştum. Ben de uyumamış yatakta dönüp durmuştum. Sabahleyin 'Gel hanım. Seninle konuşalım.' dedi. Merakla oturduk masaya.

'Hanım!' dedi. 'Duydum ki Karabağ'da Azeri din kardeşlerimize türlü işkenceler yapılır, canlarına kast edilir olmuş. Biz nasıl Müslümanız? Din kardeşlerimize türlü zulümler yapılırken biz burada hissiz, duygusuz, tepkisiz nasıl duralım?' dedi. Uzunca bir süre ağladık karşılıklı. Verecek bir cevabım yoktu bu sorulara. 'Elimizden ne gelir bey?' dedim. Öfkeyle masaya vurdu ve 'Canımız gelir hanım.' dedi. 'Kanımız gelir.' O an anladım ne demek istediğini. Çok korkmuştum. Kızımız yeni doğmuştu ve yaşımız henüz çok gençti. 'Kızımız var, etme bey.' diyemedim. Karabağ'da bebekler ölürken dilim varmadı söylemeye. 'Ben de geleceğim o hâlde.' dedim. 'Bu yolda senden geri kalmam! Yemeğinizi yaparım. Kıyafetlerinizi yıkarım. Yaralılarınızla ilgilenirim. Ne olur ben de geleyim!' dedim. 'Ben bunu bir düşüneyim.' dedi ve çıktı evden. Sonraki iki gün eve gelmedi. Üçüncü gün eve geldiğinde kararı kesindi. Karabağa yalnız gidecek ve Ermeni zulmüne karşılık, Azerbaycanlı kardeşlerimizin ordusuna katılıp Allah için cihat edecekti.

Benim gelmemi istemiyordu. 'Sen burada kalacaksın hanım. İslam'ın yeniden şahlanışı bu topraklarda olacak. Biz göremeyeceğiz o günleri. Biz güz de geldik hanım. Kızımız baharları yaşayacak inşallah. Kızımızın nesli İslam'ı şahlandıracak nesil olacak hanım. Sen kızımızı koruyarak ve eğiterek cihat edeceksin.' dedi. Her ne kadar yapma, etme dediysem de dinlemedi beni. Gitti... Dört ay sonra şehadet haberi geldi. Bir cuma vakti devriye gezerken, Ermenilerden pusu yemişler. Dokuz arkadaşıyla birlikte şehit olmuşlar. Vasiyeti varmış. 'Benim mezarımı Karabağ'a kazın.' demiş. Karabağ işgal hâlinde olduğu için Nahçıvan'a kazmışlar erimin mezarını. Cesedini dahi göremedim kızım. Kavuşmamız öte âleme kaldı...'

Duyduklarıma inanamamıştım. Daha önce dinlediğim şehit hikâyeleri de çok etkilemişti beni ama bu hepsinden farklıydı. Hanımını, bebeğini ardında bırakıp, bilmediği topraklarda şehit düşmüş bir kahramandı bu adam. Sorularımla çok üzmüştüm bu nur yüzlü kadını. Belki de sormamalıydım hiçbir şey. Belli ki benimkinden daha hüzünlü bir hikâyesi vardı. Artık bulmuştuk birbirimizi. Zamanla öğrenirdim her şeyi belki de. "Biliyor musun anne, benim kalbim seni çok sevdi." dedim. Gözyaşlarını sildim ve pembe yanağından öptüm. "Seni çok sevdim." dedim. Tebessüm etti ihtiyar kadın. "Güzel yavrum... Benim de kalbim seni çok sevdi. Sen şu yalnız hayatımda bana dost oldun. Arkadaş oldun." dedi.

Benim için bir şerefti. Böyle mübarek bir kadınla tanışabilmek bile her şeye değerdi. "Hadi geç bakalım yerine." dedi. Yeniden oturdum koltuğa. Yağmur durulmuştu artık. "Nerede kalmıştık?" dedim. Tebessüm etti yeniden. "Hikâyeni anlatıyordun." dedi. Geri kalan ne varsa anlatmak istiyorum artık bu mübarek kadına. Hakkımda her şeyi bilsin istiyordum. İnanıyorum yaralarıma merhem olacak bu kadına. Çünkü annemdi o benim. Anneler çocuklarının yaralarını sararlardı her zaman. Başladım hikâyemi anlatmaya.

***

Büyük hayal kırıklıkları içinde eve döndüğümde, tanımadığım bir kadının mutfağımızda yemek hazırladığını gördüm. Kısa boylu, zayıf, düz sarı saçlı bu kadın evimizde ne arıyordu? Kırk beş yaşlarında, yeşil gözlü, oldukça bakımlı bir kadına benziyordu.

"Siz kimsiniz?" diye sordum. Beni görünce yanıma geldi ve "Sen Julia olmalısın." dedi.

"Evet, ama siz kimsiniz?" dedim.

"Ben babanın arkadaşıyım. Adım Beti." dedi ve elini uzattı bana. Tokalaşırken "Ben de Julia. Memnun oldum." dedim.

"Ben de canım. Baban birazdan gelir. Hadi ellerini yıka ve sofraya otur." dedi.

"Ben yolda yedim. Size afiyet olsun." dedim ve merdivenlere doğru yürümeye başladım.

"Lütfen!" diye sesini yükseltti. "Lütfen. Ellerini yıkayıp masaya oturur musun?" dedi.

"Tokum diyorum, anlamıyor musun?" dedim.

"Bir şeyler yemek zorunda değilsin. Babanın seninle konuşacakları var." dedi.

Zorla da olsa ellerimi yıkadım. Üzerimi değiştirdikten sonra, masaya oturup babamın gelmesini bekledim. Babam içeri girince Beti yapmacık bir gülümsemeyle. "Hoş geldin canım. Nasıl geçti günün?" diye sordu ve sarıldı babama. Neler olduğunu az çok anlamıştım. "Süper." dedi babam. "Hoş geldin Julia. Anlaştınız mı annenle?" diye sordu alaycı bir ifadeyle. "Çok iyi anlaştık baba!" dedim. "Annem seni çok özlemiş." Beti'nin yüzü asıldı ve karşıma oturdu. Somurtuk bir ifadeyle gözlerime bakmaya başladı. Babam da üzerini değiştirdikten sonra oturdu yemek masasına. Beti yemekleri servis etmeye başladı. Özenerek hazırladığı Kremalı Pirogi'sini tabağıma servis edeceği esnada "Sana tokum dedim Beti!" diyerek gözlerine diktim gözlerimi. Bir süre gözlerime baktıktan sonra "Affedersin canım unutmuşum." dedi ve yerine oturdu. "Bakıyorum tanışmışsınız." dedi babam. "Julia, Beti bundan sonra bizimle yaşayacak. Birbirinizle iyi geçinin." dedi.

Sinirden deliye dönmüştüm. "Ne demek bizimle yaşayacak? Bu ne saçmalık baba! Benim fikrimi sordun mu? Ben de bu evde yaşıyorum hatırlatırım!" dedim.

"Julia, uzatma istersen. Beti benim kız arkadaşım ve aynı zamanda ortağım. Onunla iyi geçinmeye bak." dedi. "Size afiyet olsun." dedim ve odama koştum. Kapımı kilitledim ve odamın terasına çıktım. Evimizin terası benim odamı ve yatak odasını çevreleyen uzun ve dönemeçli bir terastı. Balkonuma oturdum ve her zamanki gibi bacaklarımı aşağı sarkıttım. Nefes almak istemiştim. Nefes almak ve ciğerlerimi temiz havayla doldurmak istiyordum ama nafile. Kalbime saplanan ihanet hançerlerinin acısıyla kıvranmakla meşguldüm. Gözlerimi sıkıca yumdum. Rüzgârın serinliğini tenimde hissettim bir süre. "Neden?" dedim. "Neden geliyor tüm bunlar başıma?" Bir cevabı olmalıydı tüm bunların. "Benim yaşımdaki herkes eğlenirken, ben yıkılan yuvamızın enkazı altında can çekişiyorum. Neden?" diye sordum kendime. Hava kararmak üzereydi. Kulaklığımı taktım ve müziği son ses açtım. Müzik dinlemek her şeyden kaçmanın bir yoluydu benim için. Toz pembe hayallere daldım ve gökyüzünü izleyerek geçirdim tüm geceyi.

Sabah olduğunda kulaklığımı çıkardım. Hiç uyumamıştım. Bütün gece gökyüzünü seyrederken hayal treninde birbiri ardına geçen istasyonları seyretmiştim. Bir istasyonda annemi sade giyimli, sevecen, eşine sadık bir kadın olarak resmetmiştim zihnime. Başka bir istasyona geldiğimde babamı yumuşak dilli, ailesini birinci planda tutan, alkol komalarından uzakta bir adam olarak görmüştüm. Bitmemişti hayal istasyonlarının durakları. Gariptir ki hayalimde dahi ailemi bir arada görememiştim. Kulaklığımı çıkardığımda bir önceki geceden daha mutsuz olduğumu fark ettim. Bir uyuşturucuydu müzik. Beni gerçeklerden soyutlamış, hayal âleminin dalgalı dünyasına hapsedivermişti. Hayaldi hepsi ve gerçekten çok uzaktaydı. Müziğin bana faydası olamazdı. Bir şeyler yapmalıydım. Bir yolu olmalıydı bu bataklıktan kurtulmanın.

Öğretmenlerimle konuşmaya çalıştım. Artık günlerim yalnız ve gözyaşlarıyla geçiyordu. Odamdan mecbur kalmadıkça çıkmıyordum. Okula gitmiyor, derslere girmiyordum.

Bir gün babam odama girdi. Her yer olabildiğine dağınık ve düzensiz bir hâlde yalnız başıma balkonda otururken gördü beni. "Julia beni korkutuyorsun artık!" dedi. "Korkma baba." dedim. "Sen eğlenmene bak!" Terasa geldi ve yanıma oturdu.

"Senin hiç arkadaşın yok mu?" diye sordu. Ben de "Hayır." dedim. "Peki neden? Sen artık genç bir kızsın. Arkadaşların olmalı." dedi. "Anlaşamıyoruz. Benim kafa yapımda değil hiçbiri." dedim.

Uzunca bir süre sustu babam. Gözleri doldu. "Özür dilerim kızım." dedi. "Sana iyi bir baba olamadım. Özür dilerim. Tüm problemlerimize seni ortak ettiğim için. Henüz çok küçük yaşında asla olmaman gereken olaylara şahit olduğun için özür dilerim kızım." dedi. Sustum ve güldüm.

"Artık çok geç baba." dedim. "Artık mutlu bir hayatım yok." dedim.

Bunu söylerken gözlerimin ne kadar donuk olduğunu hissediyordum. Babama bakarken gülen gözlerimden eser kalmamıştı. "Belki de seni psikoloğa götürmenin zamanı geldi kızım." dedi. Güldüm. "Çok komiksin baba. Önce psikolojimi bozuyorsun, sonra beni psikoloğa gönderiyorsun." dedim. Komikti gerçekten. Acı ama komik. Beni bu hâle getirenler aşındırmalıydı psikologların kapısını. Annem gitmiyordu psikoloğa. Bir anda birden fazla karaktere bürünüyordu. Gülerken ağlıyordu. Ağlarken gülüyordu. Öfkeliyken, ağlıyordu ama gitmiyordu. Babam saplantılı yaşantısını bir an olsun elden bırakmıyordu. Holdinginin her odası kameralarla doluydu. Çalışanlarının ne konuştuklarına kadar dinliyordu. Evimizin her yeri kameralarla doluydu. Bir şeyden şüphelense hazırda bekleyen dedektifler ordusu vardı. Didik didik eder, bir şeyler bulur getirirlerdi babama. Yine de psikoloğa gitmeye layık olan bendim öyle mi? Direnmedim. "Tamam." dedim. "Gidelim!"

İstikrarla sürdürdüğüm başarılı öğrencilik kariyerimden eser kalmamıştı artık. Ders notlarım dibe vurmuş durumdaydı. Sınıfın en arka sırasında, pencere köşesinde oturur tüm gün dışarıyı seyrederdim. Ne ders dinler ne de sorulan sorulara cevap verirdim. Teneffüslerde dahi kalkmazdım sıramdan. Arkadaşlarım şakalaşarak eğlenirken, ben hayatımı sorgulamakla meşguldüm. Üzülürlerdi öğretmenlerim bu durumuma. Başarılı bir öğrencilik kariyerinden nasıl dibe vurduğumu anlamaya çalışırlardı hep. Veli toplantıları olduğunda, okula koşarak giden babam, okuldan gelen şikâyet telefonlarını cevaplamıyordu artık.

Haftanın dört günü psikoloğa gidiyor dert anlatıyordum. İyi geliyor muydu? Hayır! Hem de hiç iyi gelmemişti. Psikolojimin daha çok bozulmasından başkaca bir işe yaramamıştı. Paran varsa seni dinleyen ve vakti dolduran insanlardı benim gözümde. Önce kendilerine güvenmem için yanıma oturup sevgi sözcükleri fısıldıyorlardı kulağıma. Sonra yaşadığım sorunları anlatmamı istiyordu. Her şeyi anlatmıştım bir keresinde zavallı kadının gözleri dolmuştu.

Sonra "Sence tüm bu problemlerle başa çıkabilmek için ne yapmalısın?" diye soru sordu. Kan beynime sıçradı o an. "Bunun için buradayım." dedim. "Ne yapacağımı bilseydim buraya gelmezdim." Bu soruları gerçekten iyi olmam için mi sormuştu? Hiç sanmam. Sormuyor muydum bu soruları kendime? Öyle mi sanıyordu? Bir günüm dahi bu sorunun cevabını aramadan geçmiyordu. Ama bulamıyordum çıkış kapısını. Beni bu kuyudan kurtaracak bir ip bulsam sarılacaktım. Ancak her şey karanlıktı. Zifiri karanlık. En komiği de hasta olduğumu söylemesiydi. Antidepresan ilacı verdi bana. Her gün içersem iyileşeceğimi söylemişti. Zavallı babam da inanmıştı kadının söylediklerine.

Babamın gözünde akıllı ve zeki kızı olduğuma emin değildim artık. Faydası yoktu. Psikolog da gösterememişti bana çıkış yolunu. Son görüşmemizde "Sana bir teklifim var." dedim kadına. Heyecanla gözleri açıldı. "Sen psikologsun. Hasta, danışan ilişkimizin gizli kalacağına yemin etmiştin. Ben her geldiğimde seansın sonuna kadar şu koltukta oturacağım. Sen de işlerini halledersin, telefon görüşmelerini yaparsın. Seans bitince çıkar giderim. Sen de paranı alırsın. İyi de kazanırsın.

Babam zengindir iyi para verir sana." dedim. Şaşırmıştı kadın. Gözlerinden görebiliyordum. Ümidini kaybetmişti. Çaresizce vazgeçmişti bu sözlerimden sonra her şeyden. Ben de bunu istiyordum zaten.

Bir çıkış yolu bulmak zorundaydım. Aksi takdirde bu hayatın yaşanılacak bir yanı kalmamıştı. Bir yandan Anneannem "İsteseydin önüne geçebilirdin!" diyerek tüm yaşananlardan beni suçlu tutuyordu. Ne kadar kötüydü insanlar. On üç yaşında bir kız olarak ne gelirdi elimden? Yuvamız başıma yıkılırken hangi güçle durabilirdim bu şedit zelzelenin karşısında. Heyhat!

Çocuktum işte. Anneannemin söylediklerine uzunca bir süre inanmıştım. Kendimi suçlardım bazen. Bazen annemi, bazen babamı. Her şeyden habersiz eğlenen arkadaşlarımı dahi suçlardım. Dünyada yaşayan kim varsa suçluydu benim gözümde. On beş yaşında bir kız çocuğuna tüm bunları yaşatan kim varsa suçluydu. Artık yalnız bir hayatın tam ortasında, atıldığım ümitsizlik kuyusundan kurtulmayı bekleyen bir kurbandım ben. Faili meçhul bir olaya karışmıştı adım. On üçümde çıkan yangının alevlerinin on beşime geldiğimde hayatımda bıraktığı izi kimse görmüyordu. Ağlayışlarımı, yakarışlarımı kimse duymuyordu...

***

Ezan-ı Muhammedi'nin sesiyle kendime geldim. Okunan sabah ezanıydı. "Pencereyi açabilir miyim?" dedim heyecanla. Tebessüm etti. "Aç tabii kızım." dedi.

Oturduğum koltuktan kalkıp pencereye yöneldim. Sırtım uyuşmuş, geçmişin hüzün dolu yıllarına dönmek başıma ağrılar girmesine sebep olmuştu. Şakaklarıma hançer saplanıyordu sanki. Yine de gönlüm, bu mukaddes sesin yumuşak makamına kaptırmıştı kendini. Makamın naifliği, evladını uykudan uyandırmaya kıyamayarak kulağına yumuşak bir ses tonuyla fısıldayan annenin şefkatini andırıyordu. Sokaklar boş ve sessizdi. Oysa gökyüzü bu sesin vecdiyle aşka geliyordu. Sokağa çıkmak istedim. Sesin geldiği yöne koşup "Buradayım Allah'ım! Uyandım Allah'ım!" diye haykırmak istemiştim. Pencereyi açtığımda derince doldurdum ciğerlerimi temiz havayı. Sonra "Allah..." diyerek bıraktım.

"Uyanın ey gözler! Uyanın gafletten. Ezan dinlesin kalbiniz İstanbul semalarında! Şu kısa dünya hayatının sakinleri! Rabbimiz kendini bize hatırlatıyor. Uyanın! Uyanın ki, Rabbinizin huzurunda, şerefle koyun alnınızı secdeye. Sizi yaratan Rabbinizle buluşma vakti geldi ey dünya sakinleri. Uyanın!"

Beni hiçken yaratanın huzuruna çıkmıyor muydu bu yolun sonu? Sonsuz cennet yurduna çıkmıyor muydu? Orada ne üzüntü vardı ne keder! Rabbimiz vardı. Peygamberimiz vardı. En iyiler, en güzeller, en samimi olanların yurduydu orası. Madem öyle neden ağlıyordum hâlime? Neden yakıyordum gönlümü ayrılığın acısıyla? Şu kısa dünya hayatında kavuşsam da ayrılık yok muydu yolun sonunda? Birden derin bir endişe sardı kalbimi. Bu yolun sonunda Rabbimizin cennetine ancak iman edenler girecekti. Oysa tüm ailem dinsizdi.

"Naime anne!" dedim. "Korkuyorum. Ailemden sonsuza kadar ayrılmaktan korkuyorum. Rabbimizin sonsuz kudretiyle yarattığı cenneti görememelerinden çok korkuyorum Naime anne!" dedim. "Bu dünyada ayrı kalmaya dayanabilirim ama sonsuz bir ahiret yurdunda dayanamam buna!"

Boynunu büktü Naime anne. "Ben de korkuyorum kızım." dedi. "Ben de seninle aynı korkuları taşıyorum." Eşi şehit olmuş, sonsuz ahiret yurdunda kavuşmayı beklerken neden korkuyordu ki şimdi? Kızı geldi aklıma. Belki de kızıydı ayrılıktan korktuğu. "Rabbimize sığınmalıyız kızım." dedi. "Ona yalvarmalı, ondan istemeliyiz. Ayrılığın azabından ona sığınmalıyız." dedi. Pencereyi kapatıp Naime annenin dizinin dibinde yerimi aldım. "Hadi Rabbimizle buluşalım o hâlde." dedim tebessüm ederek. "Buluşalım ya kızım... Buluşalım..." dedi. Önce ben kalktım. Sonra Naime anneyi koluna girerek kaldırdım. Birlikte uzunca koridorun ortasında bulunan lavaboya girdik.

"Senam bana yardımcı olur musun abdest alırken?" dedi. Bana yine Sena demişti. "Naime anne ben Julia." dedim. "Sen benim Sena'msın!" dedi. "Sanırım bana yeni bir isim taktı." diye düşündüm. "Peki Naime anne." dedim. Abdest almak için yardım isteyecekti sanırım. "Ne yapayım?" diye sordum. Önce lavabonun hemen altındaki çekmeceden temizce bir havlu aldı. Sonra iskemleye oturarak paçasını ve kollarını sıvadı. Duş kabininin bitişiğinde duran mavi maşrapayı işaret ederek "Şunu alır mısın yavrum?" dedi. Aldım mavi maşrapayı ve beklemeye başladım. Tebessüm etti Naime anne. "E hadi doldur bakalım." dedi. Lavabonun musluğunu açtım ve maşrapayı suyla doldurdum. Dök bakalım elime ama azca dök israf olmasın." dedi. Eline bir miktar dökünce iyice yıkadı ellerini. Sonra bir şeyler mırıldanmaya başladı. Daha önce hiç duymadığım dualar ediyordu. Abdestini tamamlamaya yakın ellerinin titrediğini gördüm. Parmağımla suya dokununca fark ettim. Su buz gibiydi. Heyecandan suyun sıcaklığını kontrol etmeyi unutmuştum. Çok utandım. Oysa biraz beklesem sıcak su akardı.

Hiçbir şey dememişti Naime anne. Daha çok utanmıştım. Ne kadar naif bir kadındı ki suyun soğuk olduğunu dahi söylememişti bana. Abdestini tamamladığında maşrapadaki suyun henüz yarısı anca bitmişti. Çok şaşırdım. Her uzvu nizami bir şekilde ıslanmasına rağmen nasıl bu kadar az su kullanabilmişti. "Hadi bakalım. Sıra sende." dedi ve oturduğu iskemleden kalkmadan abdest alışımı dikkatle kontrol etti. Çok utanmıştım. Musluğu ne kadar az açsam da Naime anneninkinden daha fazla su tüketiyordum. Yüzümü yıkarken nereme kadar yıkamam gerektiğini söylüyor, dirseklerimi yıkarken dirsekten yukarısını da ıslatmamın faydalı olduğunu anlatıyor, kısaca öğretmenlik yapıyordu bana. Nihayet tamamladım abdestimi.

Birlikte oturma odasına geçtik. Naime anne, yeşil yamalı, üzerinde farklı renklerde kare işlemeler olan bir seccade serdi kıble yönüne. Sonra bir süre düşündü. "Bekle kızım ben hemen geliyorum." dedi. Naime annenin serdiği seccadenin üzerine diz çöküp beklemeye başladım. Sanki yıllardır bu evde yaşıyor gibi hissediyordum. Evin her bölümüne hâkim olmuş, benimsemiştim. Bir tek kızının odasını görememiştim. Çok merak ediyordum doğrusu. Nasıl bir odaydı acaba? Odayı görebilseydim kızını az çok betimleyebilirdim ama istemiyordu Naime anne. Sakladığı bir şeyler vardı sanki. Bir süre sonra Naime anne gelince namazımızı kıldık.

Namazdan sonra anlamadığım bir şeyler okudu. Aralarda durarak "Şimdi 33 defa Subhanallah diyeceksin. Şimdi 33 defa Elhamdulillah diyeceksin..." gibi yönlendirmelerde bulunuyordu. Çok hoşuma gitmişti yaptığımız. Senkronize bir şekilde hareket ediyorduk. En son ellerini kaldırdı. Konuşmuyordu. Sanırım kendimiz dua etmeliydik. Ben de kaldırdım ellerimi ve dua etmeye başladım.

"Ey doğum ve ölüm yolculuğu arasında beni bir an olsun yalnız bırakmayan Rabbim. İslam'a düşmanlık eden bir şehirde düşürdün kalbime iman nurunu. Kendini bana kâinat kitabının sayfalarını okutarak tanıttın. Senin rahmetin ne büyük ya Rabbim. İstesen beni yokluk ve hiçlik kuyusunda bırakır, ümitsiz ve kederle geçen bir hayat yaşamaya mahkûm ederdin. Ancak senin mağfiretinin büyüklüğüne, sonsuz bağışlama ve affetmene bu yakışırdı Allah'ım. Julia kulun sana karşı ne kadar vefasızdı Allah'ım. Yıllarca evinin balkonunda yarattıklarını seyretti de 'Ne güzeldir.' dedi. Bir kez olsun 'Ne güzel yapılmış.' diye içinden geçirmedi. Sanatı gören gözleri, sanatkârı görmeye gelince kör oldu. Oysa sen ay ve yıldızlarla gökyüzünü süsleyen sanatkârımızsın. Güneşi doğudan doğdurup, batıdan batıran sensin. Sanadır bütün övgüler ve şükürler. Allah'ım... Kâinatın her zerresine hükmettiğin gibi biz kullarının kalplerine de hükmeden sensin. Hidayeti dilediğine veren, dilediğini bu nurun yokluğuna mahkûm eden ancak sensin. Ben bu dünyada ayrılığa katlanabilirim ama sonsuz ahiret yurdunda ailemden ayrı kalmaya dayanamam ya Rabbim! Sana tüm acizliğim ve zayıflığımla yalvarıyorum. Benim kalbime düşürdüğün hidayet pınarından ailemi de nasiplendir Allah'ım. Okyanustan bir bardak su alsan ne okyanusta su biter ne kimse bunu fark eder. Okyanusa bir bardak su döksen ne kimse bunu fark eder ne de denizin suyu taşar. İşte ben de senin bitmek tükenmek bilmez mağfiret ummanından Hâdî ismine sığınarak huzurunda yalvarıyorum. Kapına geldim Allah'ım! Gücüm yok! Aileme hidayet ver... Hidayet Allah'ım... Hidayet..."

Ellerimi yüzüme sürdükten sonra, gözyaşlarımla ıslanan yüzümü sildim. Naime anne duasını bitirmiş, bir yandan ağlarken, diğer yandan da beni seyrediyordu. "Allah kabul etsin kızım." dedi. "O kadar içten dua ediyordun ki seni bölmek istemedim. Allah böyle masumca edilen duaları mutlaka kabul eder kızım." dedi.

Bu sözleriyle dünyaları bana vermişti. "Babamın alnının secdeye gittiğini, ellerini Rabbime açıp dua ettiğini görebilmek için dünyaları verirdim." dedim. "Sana hidayet nasip eden Rabbim, ailene de nasip etsin inşallah kızım." dedi. "Âmin." dedim. Dünyam cennet bahçelerinden bir bahçe olurdu o zaman. "Annen için de dua et kızım." dedi. "Anladığım kadarıyla en çok annenin duaya ihtiyacı var." Öyleydi de, Naime anneye annem hakkındaki her şeyi anlatmamıştım. Dilim varmamıştı anlatmaya. Üstü kapalı ve mümkün olduğunca filtrelemiştim cümlelerimi. Yine de ne kadar üzülmüş, ağlamıştı.

"On dört yaşında İngiltere'ye gittikten sonra hiç görmedin mi anneni?" diye sordu. Dizlerimin üzerinde oturmaktan bacaklarım uyuşmuştu. "Hiç görmedim." dedim. Ayaklarımı oynatmak isteyince sancıya benzer bir acı hissettim. Ancak bu kadının karşısında edeple oturmak istemiştim. Naime anne namazını oturarak kılmıştı. İskemlesini aldı ve bir kenara koydu. Sonra seccadesini koltuğun hemen dibine sererek seccadenin üzerine oturdu ve bacaklarını uzattı. Ben de hafifçe doğrularak bağdaş kurdum. Dizlerimin üzerinde oturmaya dayanacak gücüm kalmamıştı.

"Polonya ve İngiltere arası uzak diye biliyorum." dedi. "Polonya'dan gitmedim. Berlin üzerinden gittim." dedim. "Bir de Berlin'e gittin öylemi?" diye sordu. "Evet ama bizim evimiz Berlin'e çok yakındı. Polonya'nın Almanya'ya sınırında yaşıyorduk. Berlin'den uçakla iki saat sürmüştü İngiltere'ye varmam." dedim.

Yeniden koyu bir sohbetin başında olduğumuzu anladım. "Yaa... Demek öyle. Bizim burada on dört yaşında kız çocuğunu markete göndermezler be yavrum. Sen nasıl gittin oralara?" dedi. Naime anne hayretle yüzüme bakıyordu. Sanırım anlattıklarım Naime anneyi şaşırtmıştı. Komikti doğrusu. Naime anne yaşımın çok küçük olduğunu ve İngiltere'ye gitmemin tehlikeli olacağını anlatmaya çalışıyordu bana. Ancak ben İngiltere'ye gittikten dört yıl sonra ailesiz, evsiz, işsiz bir vaziyette cebimde beş yüz lira parayla karşısında oturuyordum. Henüz on sekiz yaşındaydım ve henüz geleceğe dair en ufak bir hedef koymaya vaktim olmamıştı.

Okulumu tamamlayabilir miydim, bilmiyordum. Çünkü lise sonuncu sınıftayken, babam Müslüman olduğumu öğrendi. Müslüman olduğum öğrenilince evden kovulmuş ve okulumu tamamlayamamıştım.

Belki Türkiye'de okur, bir iş bulur, Müslümanca bir hayatı burada yaşayabilirdim. Hedefim buydu, fakat Allah'ın takdir ettiği kaderi yaşayıp öğrenecektim...

Cevap vermedim Naime anneye. Sadece tebessüm ettim. Ancak Naime anne gülmüyordu. Ciddi ve kaşlarını çatmış hayretle bana bakıyordu. Neden hikâyemi anlatırken sormamıştı bu soruları? Neden şimdi soruyordu? Merak etmiştim doğrusu. Ciddi yüz ifadesini bozmadan "Kaç yaşındasın sen?" diye sordu. "On sekiz yaşındayım." dedim. İyice şaşırınca "Neden daha mı büyük gösteriyorum?" dedim gülerek. "Burada kimin kimsen yok mu senin?" diye sordu. "Sen varsın ya anne." dedim. "Bırak beni. Benim dışımda?" diye sordu bu sefer.

"Unuttun mu Naime anne." dedim. "Beni kimin gönderdiğini sorduğunda sana bunun cevabını vermiştim. Allah ve Resulüm var yetmez mi?" dedim.

"Kızım anladığım kadarıyla Türkiye'de tanıdığın kimse yok. O zaman hangi amaçla geldin buraya? Bir tek onu anlamadım." dedi.

"Yaşamak için geldim." dedim. "Müslüman gibi yaşamak için."

Anlamsız ifadelerle yüzüme bakıyordu. Söylediklerimden hiçbir şey anlamadığını tahmin edebiliyordum. "Ee nasılmış anlaşılmamak!" diye geçirdim içimden.

Naime annenin kurduğu cümlelerden pek azını anlamıştım şu ana kadar. Kasıtlı olarak sırlı konuşmuş ve ne tepki vereceğini merak etmiştim. Şimdi yer değiştirmiştik. "Kızım babanın Polonya'da çok varlıklı bir adam olduğunu anlattın. Her imkânın varmış. Orada iyi imkânlar içinde yaşamak varken Türkiye'ye neden geldiğine anlam veremedim ben." dedi.

"Hikâyemize kaldığımız yerden devam edelim mi?" diye sordum gülerek. Naime anne de dayanamayıp uzun bir aradan sonra bozdu ciddiyetini. "Eh hadi anlat bakalım merak ettim." dedi.

Bundan sonrası gazelin sonu, kurtuluşun müjdesiydi benim için. Eyvahlar ve pişmanlıklar olsa da tekbirlerin, şükürlere karıştığı bir hikâye. Önce, oturdum yeniden dizlerimin üstüne. Derin bir nefes aldım ve "Nereden başlasam?" diye düşündüm. Başladım hikâyemi kaldığı yerden anlatmaya.

Allah nurunu tamamlayacaktır
Szczecin-Berlin-İstanbul

"Başını kaldır! Kendini sana tanıttırmak ve sevdirmek
isteyen kudret sahibi Zatın şu harika eserlerine bak!"

ÇOCUKLUĞUM, BERABER vakit geçirmek zorunda kaldığım Zuzia'yı saymazsam, hiç arkadaşım olmadan, yapayalnız geçmiş ve bitmişti. Kimseyle arkadaş olmak istemiyordum. Çünkü benim konuşmak istediğim tek konu, dertlerime ve mutsuzluğuma çözüm bulmaktı. Hiçbir çocuk bunları dinlemek istemezdi. Onlar için hayat oyundan ve eğlenceden ibaretti. Neşelerini bozacak bir şey olsa bir daha seninle konuşmak istemezlerdi. Haklıydılar da aslında. Hangi çocuk oyun oynamak varken, oturup dert dinlerdi ki? Farklı olan bendim ve yalnızlığı hak etmiştim. Okul eğitim kurumundan çok, arkadaşlarıyla görüştükleri, keyifli vakit geçirdikleri bir mekândı tüm çocuklar için. Benim içinse lezzeti gitmiş, elemi kalmış bir eziyetten farksızdı.

Artık on altı yaşından gün almış lise yıllarının başında, genç bir kızdım. Birbiri ardına geçen yıllar bu hayatın yaşanabilir bir yer olmadığına dair tezimi doğruluyordu. Çaresiz ve yalnızlık içinde geçen hayatım düzelmemiş, aksine daha çok yalnızlaşmıştım. Artık babam işlerini daha çok büyütmüş ve Beti'yle birlikte aylar süren yurt dışı seyahatlerine çıkmaya başlamıştı. Kimsem kalmamıştı şu koca dünyada. Yemeğimi kendim yapıyor, çamaşırlarımı kendim yıkıyor, evi kendim temizliyordum. Alışverişleri kendim yapıyor, kısaca yalnız yaşıyordum. Büyük bir sorun gibi gözükmese de tüm bunlarla başa çıkmak on altı yaşında bir çocuk için eziyet municipaerciydi. Bulaşıklar haftalarca tezgâhta birikirdi. Mecbur kalmadıkça yıkamaz, evi neredeyse hiç temizlemezdim. Kendimi iyi hissetmiyordum. Hem de hiç.

Kendimi dahi önemsemezken, evin işleriyle ilgilenmek gibi bir amacım olamazdı. Babam ne zaman eve dönse, her yeri dağınık görür bağırır çağırırdı. "Sen de annen gibi hiçbir şey başaramayacaksın. Senden utanıyorum." derdi. Babamın gözünde hedef tahtasından farksızdım. Anneme söyleyemediği her şeyi bana söylüyor, öfkesini benden çıkarıyordu. Bunu fark edebiliyordum.

Duyduğuma göre anneme kişilik bölünmesi teşhisi konmuş. Annem iki ya da daha fazla kimliğe bürünerek kişilik bölünmesi yaşayan bir kadınmış ve ömür boyu tedavi olması gerekiyormuş. Çocukken de varmış bu rahatsızlık onda, İngiltere'ye gittiğimde de. Defalarca kez yeniden İngiltere'ye gitmek istedim ama cesaret edemedim. Korkunç ve tehlikeli bir hastalık olduğundan babamda izin vermedi gitmeme. İşte babam anemin bu hastalığına "Delilik." diyordu ve beni de ileride annem gibi olmakla korkutuyordu. Defalarca kez konuşmuştuk babamla. Annem gibi hasta olmakla suçlamamasını söylemiştim ona. Her defasında söz verip "Bir daha yapmayacağım." demişti ama hiçbir zaman tutamamıştı sözünü.

Ne zaman sinirlense "Sen de annen gibi hastasın. Bu hayatta hiçbir şey başaramayacaksın." demekten geri kalmamıştı. Diğer yandan, ailenin diğer üyeleri de benden nefret ediyordu. Annem hepsini arayıp "Biz Julia yüzünden ayrıldık. Babasıyla konuştuğumuzda boşanmamı onun istediğini söyledi." gibi gerçek olmayan olaylar anlatarak anneannemi ve babaannemi bana karşı doldurmuştu.

Uzunca bir süre antidepresan ilaçları kullandım. Başıma tarif edilmez bir basınç veriyor ve vaktimi uyuyarak geçirmemi sağlıyordu. Odamın kapısı her zaman kilitliydi. Tüm eşyalarım, kıyafetlerim yerlerde darmadağınık bir vaziyette, günlerce odamdan çıkmadığım zamanlarım olurdu. Kısacası depresyona girmiştim.

Gündüzleri antidepresan haplarının etkisiyle uyuyor, gece olduğunda evimin balkonunda sabahlara kadar gökyüzünü seyrediyordum. Gökyüzünün karanlık atmosferini ışıklandıran yıldızları seyretmek, sığındığım tek liman olmuştu şu koca hayatta. Konuşmak ister gibiydiler benimle sanki. En azından ben öyle hissediyordum. Onlar benimle konuşmasalar bile ben her gece kâinatla konuşuyor, dertlerimi anlatıyordum. Zaman zaman "Acaba ben de mi deliriyorum?" diye düşünür, gülerdim bu hâlime. Gökyüzünde adını koyamadığım bir sır gizliydi ve ben o sırrı ararken bile, gönlüme tarif edilmez bir huzur veriyordu. Yıllarca bana arkadaşlık eden, derdimi dinleyen tek dostum olmuşlardı benim.

Uzunca bir süre arkadaş edinmeye çalıştım. Sonuç olarak gençtik artık. Çocuk değildik. Benim gibiler de olmalıydı. Yalnız olamazdım şu koca dünyada. Belki o zaman bir çıkış yolu bulabilirdim. Birbirimize dertlerimizi anlatabileceğimiz, tavsiyeler verebileceğimiz bir arkadaş bulsam yeterdi bana. Ama nafile. Pahalı markaların kahvelerini içerken, gün boyu dedikodu yapmak garip bir şekilde önemliydi onlar için. Dekolteli kıyafetler giyinerek, erkeklerin dikkatini çekseler, havalı olduklarını düşünürlerdi. Yaşadığım çevrede, okuduğum okulda, kim varsa hepsi ailesinin mal varlığını anlatır birbirlerine hava atarlardı. Henüz on sekizine girmemiş bu gençlerin en büyük eğlenceleri, sabahlara kadar alkol ve uyuşturucu almaktı. Eğlence diyorlardı bunun adına. "Evimiz boş olsun da parti versek." diye pusuda beklerlerdi. Oysa benim evim hep boştu ama gece olduğunda bir başıma kâinatı seyredip, tefekkür ederken bulurdum kendimi. Babama güç bela ufakça boylu bir teleskop aldırmıştım. En büyük eğlencem ayı yakından seyretmekti. Hiçbir zaman erkeklerle konuşmak olmamıştı fıtratımda. Çocukken de anlaşamazdım, şimdi de anlaşamıyordum. Kısa ve dekolteli kıyafetler giyinerek vücudumu göstermekten utanmıştım hep.

Arkadaşlarım bu duruma çok gülerlerdi. "Virüslü Rahibe." Lakabını takmışlardı bana. Bir lakabım da "Sierota" idi. "Sierota" ezik anlamına gelen bir lakaptı. Bir anlamı da "Yetim"di. Bu lakabı duymamak için dahi okula gitmemeye değerdi. Hasbelkader yanımda birini görseler "Sen de mi yetimsin?" der alay ederlerdi. Bu yüzden herkes virüslüymüşüm gibi kaçıyordu benden. Bir kez daha roller değişmemişti. Ben yine dışlanmış ve yalnız kalmıştım.

Bir gece yine odamın balkonunda oturmuş, gökyüzünü seyrediyordum. Aylardan hazirandı. Bu gece daha önceki tüm gecelerden farklıydı. Daha önce görmediğim kadar yıldız vardı gökyüzünde. Ayın nurlu cismi gölgede kalmıştı neredeyse. Gökyüzünün güzelliği karşısında büyülenen ben, hayranlıkla seyrediyordum yıldızları. Yaşadığım sorunlara kimse çare olamamıştı. Doğrusunu söylemek gerekirse umurlarında bile değildim. Yalnızlığa terk edilmiş ve çaresizlik içinde yaşıyordum öylesine. "Neden bu dünyaya geldim?" diye sordum kendime. "Keşke hiç yaşamasaydım." Ama yaşıyordum.

Sahi öylesine bir tesadüf sonucu mu gelmiştim bu dünyaya? Yoksa bu dünyaya beni yollayan bir Zat mı vardı? Birçok insan yıldızlara, güneşe aya tapıyorlardı ama bu çok saçmaydı. Güneş gece olduğunda söner, ay parıldardı. Ay sabah olduğunda söner, güneş belirirdi gökyüzünde. Bunların hepsi bir Zatın iradesiyle hareket eden memurlar olmalıydı. Vazifelerini yapıyorlardı sadece. "Şunu bile düşünemiyorlar mı?" dedim. Bir süre güldükten sonra bir soru belirdi zihnimde.

"Julia, hayranlıkla seyrettiğin bu kâinat tesadüf eseri oluşmuş olabilir mi?" diye düşündüm. Olamazdı. Mantığım bu kâinatın tesadüf eseri olabileceğini kabul edemezdi. "Peki ya evrilerek geliştiyse?" diye düşündüm. Canlılar için olabilirdi bu. Peki ya güneş? Yıldızlar? Gökyüzü? "Hayır!" dedim. Bunu da mantığım kabul etmedi.

Fizik dersinde işlediğimiz sıfır hacim, sonsuz yoğunluk konusu geldi aklıma. Bir maddenin ilk kez form gösterebilmesi için sıfır hacimden oluşması lazımdı. Yani "Hiç" iken "Var" olabilmesi gerekirdi. Bunun için maddeyi oluşturan kişide mutlaka olması gereken özellikler vardı. Maddeyi oluşturacak kişinin ilmi olması gerekirdi mesela. Bilgisiz bir ressam, portre çizemezdi. Peki ya rastgele bir tesadüfle çizme ihtimali yok muydu? Vardı elbet. Ama kâinata baktığımda tek bir sanat yoktu ki tesadüf sonucu meydana geldiğine inanayım. Kâinat bir kitaptı ve her sanatı kusursuz bir hâlde yazılmıştı. Demek ki ilmi olması gerekirdi. Peki ya sadece ilim mi? Hayatı olması gerekmez miydi?

Leonardo da Vinci mezarında yatarken Mona Lisa portresini resmetmemişti sonuçta. Peki kâinatı meydana getirip ölmüş olamaz mıydı? Hayır. Bu da mantıklı değildi. Kâinatı incelediğimizde mütemadiyen devam eden bir faaliyet vardı. Bu Zat kimse, her an diri olması gerekirdi. Ayrıca bir maddenin hareket etmesi için, o maddeye kendisinden daha kuvvetli bir direnç uygulanmalıydı. Kâinatta hiçbir şey yerinde durmuyor, büyük bir disiplinle hareket ediyordu. Demek ki bu Zatın kuvveti ve kudreti de olmalıydı. Üstüne üstük, kâinattaki her maddeden kuvvetli olmalıydı bu Zat. Demek ki kör tabiat kendiliğinden yapamazdı bunları. Çünkü maddenin yapı taşı atomdu. Atomda bu saydığım özelliklerin hiçbiri yoktu. Tüm bu faaliyetleri yöneten bir Zat olmalıydı. Üstelik bu Zatın gücüne kimse ortak olmamalıydı.

Polonya'da birden fazla devlet başkanı olduğuna hiç şahit olmamıştım. Okulumuzda birden fazla müdür yoktu. Sınıfımızda bir öğretmenimiz matematik dersini anlatırken, diğer öğretmenimiz tarih anlatsa sınıfta kargaşa çıkardı. Kimi dinleyeceğimizi, kime yöneleceğimizi şaşırırdık. Hayır! Hayır! Bu Zat bir ve tek olmalıydı. Peki öyleyse kimdi bu Zat?

Beni bu dünyaya gönderip unutamazdı. Bana bir şekilde kendini daha yakından tanıtmalıydı. Beni bu kuyudan çıkarmalıydı. Sıkıntılarımı çözmeliydi. Elimden tutmalıydı. Kâinatı emrime vererek kendini bana sevdirmek isteyen bu Zat, beni yokluğa ve hiçliğe terk edemezdi. Bir adaleti olmalıydı bu yaratıcının. Ama nasıl adaletti bu? Hayatım boyunca aşağılanmış, dışlanmış ve hor görülmüştüm. Arkadaşlarımın bana ettikleri zulüm yanlarına kâr kalıyordu. Onlar cezalarını çekmeden yaşayacak ve öleceklerdi belki de. Sonra ben de ölüp bu insanlarla aynı toprağın altına girecektik. Peki nihayetinde eşit mi olacaktık? Adalet bunun neresindeydi? Hayır! Bunun da olması mümkün değildi. Beni yoktan var edip bu dünyaya gönderen ve yarattıklarıyla kendini bana tanıttıran bir yaratıcı vardı. "Evet! Bir yaratıcısı var bu kâinatın." dedim ve avazım çıktığı kadar haykırdım gökyüzüne hakikati:

"Sizi yaratan beni sizden daha üstün yaratmış. Sizi benim hizmetime vererek, beni bu âlemde yemeksiz, ışıksız, havasız bırakmamış. Duyun ey yıldızlar ve rüzgâr! Ben sizi ve beni yaratana inanıyorum artık. Beni bu dünyaya getiren kimse, hiçliğe terk etmeyecek. Sevgimi nefrete, sevincimi kedere çevirmeyecek. Bu dünyayı yaratmaya gücü yeten, öldükten sonra beni başkaca bir âlemde diriltecek. Şanına yaraşır bir mahkeme kurarak, iyileri sonsuz saltanatıyla ödüllendirecek. Kötüler için de sonsuz kudretine yakışır bir ceza âlemi yaratacak. Bana istemeyi veren, vermeyi de ister. Duyun ey yıldızlar ve ay!"

Kararım kesindi. Bu yaratıcıyı bulmalı ve bu dünyadaki vazifemi öğrenmeliydim. "Beni bu dünyaya gönderen Zat, beraberinde kendini tanıtacak bir rehber de göndermeli!" diye düşündüm. Dinler de bunun için vardı zaten. Araştırmalıydım. Öyle de yaptım. Hızla fırladım yerimden. Çok heyecanlanmıştım. İlk önce odamı topladım. Eşyalarımı alelacele bir şekilde katlayarak dolabıma yerleştirdim. Dağınık olan yatağımın nevresimini örttüm. Bilgisayar masasının üzerine rastgele fırlattığım çikolata ve cips ambalajlarını çöpe attım. Masamı sildim ve bilgisayarımı açınca düşünmeye başladım.

Uzunca bir süre düşündüm ama aklıma hiçbir şey gelmiyordu. Yeniden terasa çıktım ve dirseklerimi balkonun korkuluklarına dayayarak düşünmeye başladım "Arama motoruna ne yazmalıyım? Yer yüzünde binlerce din var. Bu kadar dinin içinde yaratıcımı nasıl bulacağım? Tabii ya! Tek yaratıcıyı kabul eden dinleri aramalıyım!" diye geçirdim içimden.

Yeniden bilgisayarımın başına oturdum ve arama motoruna "Tek yaratıcıyı kabul eden dinler nelerdir?" yazdım. Karşıma "Bahailik, Müslümanlık, Hristiyanlık, Musevilik, Kaodaizm, Zerdüştlük, Dürzîlik, Ekankar, Sihizm, Rastafaryanizm, Çendoizm, Ravideşa ve Vaşnivizm gibi Hindu mezhepleri, Sekanova, Tenrikyo ve Sâbiîlik, Tengricilik, Burhancılık ve Deizm" dinleri çıktı. İçlerinden pek çoğunu ilk kez duyuyordum. İlk olarak elediğim din Hristiyanlık olmuştu. Tanımadığım insanlara para karşılığı günahlarımı anlatıp affedilmek, kelimenin tam anlamıyla skandal olmalıydı. Böyle bir olayı nasıl kabul edebilirdim. "Baba tanrı, oğul tanrı, kutsal ruh tanrı..." diye mırıldandım sessizce. "Bu nasıl tek tanrı inancı." dedim.

Okulumuzda Hristiyanlık dersimiz vardı. Bundan dolayı Hristiyanlık hakkında bilgiye sahiptim. Bir keresinde öğretmenimiz her çocuğun günahkâr olarak doğduğunu, İsa'nın bu yüzden çarmıha gerilerek öldürüldüğünü anlatmıştı. "Anne bile diyemeyen bebek nasıl günahkâr olur öğretmenim?" demiştim. Öğretmen hiçbir cevap vermemiş "Kızınızı iyi eğitin." diyerek babamı aramıştı. Babam, "Ne yaptın?" dediğinde, "Soru sordum." demiştim. Sorduğum soruya babam bile gülmüştü. Hristiyanlık daha birçok mantık hatasıyla doluydu. Daha sonra Yahudilik geldi aklıma. Arama motorunda yazmıyordu ancak araştırmaya değerdi. Araştırdığımda, Yahudilerin üstün ırk olduğunu ve diğer tüm insanların, onlara hizmet etmek için dünyaya geldiklerini okudum. Üstelik bunu yazan da bir Yahudiydi. Gülerek Yahudiliği de eledim.

Taoizm dinden çok nesnelerin gerçekte var olmadıklarını anlatan bir felsefeden ibaretti. Daha sonra pek çok dini araştırdım. Kaodaizm, Vaşnivizim, Musevilik ve daha pek çok din. Saatlerce araştırmama rağmen mantığımı ikna edecek bir din bulamamıştım. Büyük bir kırıklığı içinde yine başladığım yerdeydim. Sinirle bilgisayarın başından kalktım ve balkonuma çıktım.

"Pes etme Julia!" diye geçirdim içimden. "Bir din olmalı. İyice düşünmelisin. Her şeyin ayrıntılarıyla anlatıldığı bir din olmalı. Bu din sadece yaratıcını tanıtmakla kalmayıp yıldızları, güneşi, dağları, denizleri bile tanıtmalı sana! Kâinatı anlatmalı. Her şeyden önce seni, sana anlatmalı. Bir kitap göndermiş olamaz mı? Bugün Hristiyanlık dini bile birçok baskıda farklı yazılarak kendini koruyamazken, yazıya dökülmemiş bir din kendini koruyabilir mi? Gerçi yaratıcı istese korur elbet ama biz her konuyu detaylarıyla nasıl öğrenebiliriz?" diye düşündüm. Ne zaman bilgisayarın başına otursam tıkanıp kalıyordum. Ancak terasa çıkınca yeni fikirler geliyordu aklıma. Saati merak ettim. Bilgisayarımın ekranına baktığımda saat gecenin dördüydü. Benim için normaldi artık bu durum. Baykuş gibi yaşıyordum. Geceleri uyanık, gündüzleri uykuda geçiyordu günlerim.

Yeniden oturdum bilgisayarımın başına. Bu sefer arama çemberini daha çok daraltmıştım. "Tek Tanrı tarafından gönderilen kitaplar." yazarak arattım Vikipedia'da. Karşıma "Tevrat, İncil, Zebur ve Kur'an." çıktı. Tevrat'ı ve Zebur'u biliyordum Yahudilerin kutsal kitabıydı. İncil'i zaten en baştan elemiştim. Geriye bir tek Kur'an kalmıştı. Kur'an'ın ne olduğuna dair hiçbir fikrim yoktu. Daha önce ne görmüş ne de duymuştum. Bu sefer "Kur'an'ın kelime anlamı nedir?" Yazdım arama motoruna. Karşıma "Whats mean of Kur'an-ı Kerim." Yazan bir link çıktı. Linkte "Kur'an-ı Kerim mi demek istediniz?" yazıyordu. Çok merak etmiştim kelime anlamını. Linke tıkladım ve yazılanları okumaya başladım.

"Kur'an kelime anlamı olarak 'Toplayan, Bir araya getiren' anlamına gelmektedir. Kerim'in birçok kelime anlamı olsa da sözlüklerde en çok geçen manası 'Lütufta bulunan'dır."

Ne güzel bir anlamı vardı bu kitabın. Yazılanlardan anladığım kadarıyla "Lütufta bulunan yaratıcının bir araya getirdiği eserin adıydı Kur'an. Daha sonra "Kur'an hangi dine aittir." Yazdım. Karşıma "İslam" yani "Müslümanlık" dini çıkmıştı. Hiç o kadar korktuğumu hatırlamıyorum. "Bir terörist olmadığın kaldı Julia!" dedim kendime.

Müslümanlara karşı içimde tarif edilmez bir korku vardı hep. Ne zaman sokakta sakallı bir adam görsem, hızla yolumu değiştirirdim. Bir keresinde karşıdan karşıya geçmek için ışıklarda bekliyordum. Yolun karşı tarafında da siyah çarşaflı, peçeli yuvarlak çerçeveli gözlüğü olan genç zayıfça bir kadın bekliyordu. Aklıma korkunç film senaryoları gelmişti. Siyah çarşaflı bir kadın, Arapça konuşarak bağırır ve bomba patlar. Gözümün önüne her zaman bu senaryo gelirdi. Çarşaflı kadını ışıklarda beklerken görünce, arkama bakmadan koşmuştum. Epeyce koştuktan sonra arkamı dönmüş ve caddeyi incelemiştim. Ne bomba patlamıştı ne de peşimden biri gelmişti. Cadde boş ve sessizdi.

Hep korkardım Müslümanlardan. Medyada gördüğüm haberlerde Müslümanlar dünyanın en kötü insanlarıydılar. Avrupalıları dağlara kaçırıp öldüren, mallarını gasp edip hakaretler eden insanların dini olarak anlatılmıştı hep. Daha önce Müslümanların kitapları olduklarını dahi ilk kez öğreniyordum. Nasıl bir din, insanlara Avrupalıları öldürmelerini, kadınları ve çocukları esir alıp işkence etmelerini emredebilirdi? Okumadan bilemezdim. "Ya bu kitabı okuduktan sonra ben de o insanlar gibi terörist olursam?" diye düşündüm bu sefer. Aslında bu sorunun cevabı çok netti. Mantığımın ve ahlakımın kabul etmeyeceği hiçbir şeyi kabul etmezsem sorun ortadan kalkardı. Tüm bu kötü insanlar, Kur'an'ı okumadıkları ve emirlerini yaşamadıkları için terörist olmuş olamazlar mıydı? Olabilirdi elbet. "Acaba Dünya'da ne kadar Müslüman var?" diye düşündüm. Arama motorunda "Dünya'da İslam'a inanan kaç insan var?" yazdığımda. "Dünya genelinde % 23'lük oranla 1.6 milyar insan İslam dinine inanmaktadır." cevabını aldım. Bu korkunç bir rakamdı. Bu kadar insan terörist olsa dünyada yaşayan tek bir insan kalmaz, dünyada büyük bir savaş çıkardı. "Sonuç olarak bizim ülkemiz kimlikte de olsa Hristiyanlık dinine inanıyor. İslam 1.6 Milyar Nüfusuyla Hristiyanlığa rakip olmuş bir dinse, neden güzel anlatsınlar?" diye geçirdim içimden. Propaganda yapıyor olamazlar mıydı? Bunun cevabını Kur'an'ı okumadan bulamazdım. Arama motoruna "Kur'an-ı Kerim okumak istiyorum." Yazdım ve okumaya başladım.

"Rahman ve Rahim olan Allah'ın adıyla.

Güneş, dürüldüğü zaman,

Yıldızlar, bulanıp söndüğü zaman,

Dağlar, yürütüldüğü zaman..."

Okuduğum Kur'an'ın içinden bir bölümdü. Öğrendiğime göre, bu surenin adı "Tekvîr suresi"ydi. Vücudum bu sözlerin ağırlığı karşısında alev alev yanmaya başladı. Ellerim buz kesmişti ve boncuk boncuk terliyordum "İnsan üstü bir anlatım" diye düşündüm. "Güneş dürüldüğü zaman... Yıldızlar söndüğü zaman... Dağlar yürütüldüğü zaman..." Güneşin dürüleceği, yıldızların söneceği, dağların yürütüleceği bir gün anlatılıyordu. Birkaç saat öncesine kadar düşündüğüm ne varsa, şu üç kelimenin içinde gizliydi. Bana, kendini tanıtmaya güneşin, yıldızların, dağların başına gelecekleri anlatarak başlamıştı.

"Gebe develer salıverildiği zaman.

Yaban hayatı yaşayan (irili ufaklı) tüm canlılar toplandığı zaman,

Denizler kaynatıldığı zaman,

Ruhlar (bedenlerle) eşleştirildiği zaman.

Diri diri gömülen kız çocuğunun, hangi günahtan ötürü öldürüldüğü sorulduğu zaman,

Amel defterleri açıldığı zaman,

Gökyüzü (yerinden) sıyrılıp koparıldığı zaman,

Cehennem alevlendirildiği zaman,

Cennet yaklaştırıldığı zaman..."

Bu kısma gelince gözlerim doldu. "O kız benim! O kız benim..." diye haykırdım. Hıçkırık sesim odamın balkonundan sokağa yayılıyordu. Bu kısımda anlatılan kız çocuğu benden başkası olamazdı. Ailem, arkadaşlarım hepsi yaşayan bir ölüye çevirmişlerdi beni. Ne ölü denilebilirdi hâlime ne de diri. Ne günahım vardı ki bunlar başıma gelmişti? Ümitsizlik kuyusunun en dibine gömmüşlerdi beni. Belki nefes alabiliyor, uyuyabiliyor, konuşabiliyordum ama ışıksızdım. Nereye bakacak olsam karanlıktı. Zifiri karanlık. Her geçen gün artan ızdırabıma hiçbir merhem bulamamış, ölmeyi bekliyordum öylece. Şimdi bu zat sözleriyle "Korkma Julia! Seni düştüğün ümitsizlik kuyusundan kurtarmaya geldik. Seni ölüme terk edenlerden hesap sormaya geldik! Onlar için cehennemi alevlendirip, sana cenneti yaklaştıracağız." der gibiydi.

"Herkes önceden hazırlayıp getirdiği şeyleri bilecektir.

Andolsun, bir görünüp bir sinenlere, akıp gidip kaybolan-lara,

Andolsun, yöneldiği zaman geceye,

Andolsun, aydınlandığı zaman sabaha ki,

O (Kur'an), şüphesiz değerli, güçlü ve Arş'ın sahibi katın-da itibarlı, orada (meleklerce) itaat edilen, güvenilir bir elçinin (Cebrail'in) getirdiği sözdür."

Heyhat! Vücudum bu mukaddes sözlerin ağır manaları karşısında, saygıyla karışık bir korku içinde titriyordu. Tüm duyguları aynı anda yaşıyordum. Kalbim sert ve hızla atarken, göğsümden fırlayacakmış hissi veriyordu.

"Daha çok araştırmalıyım." diye düşündüm. Farklı sureler okumalı, bu dini daha çok araştırmalıydım. Uyku ve yemek dışında hiç kalkmadım oturduğum sandalyeden. İslam kurtuluşun müjdecisi olmuştu benim için. Bu din, medyada gösterildiğinin aksine barıştan, kardeşlikten bahsediyordu. Kardeşinin arkasından konuşmayı şiddetle yasaklamıştı mesela. Kim bilir arkadaşlarım haberim olmadan ne kadar kötü konuşmuşlardı hakkımda. Demek Müslüman olsalardı konuşamazlardı. Kimse üzülmez, kimse kırılmazdı.

İnsan öldürmek en büyük günahların başında geliyordu. Öyle önemliydi ki bu mesele, bir insanı nahak yere öldüren kişi, bütün insanlığı öldürmüş gibi kabul ediliyordu. Yumuşak huylu ve ahlaklı olmayı tavsiye ediyordu bu din mesela. Komşularımıza yardım etmeyi, annesiz ve babasız olanlara sahip çıkmayı, alkol içmemeyi, hırsızlık yapmamayı emrediyordu.

Zekât adında muhteşem bir sistemi vardı bu dinin. Kazancının kırkta birini düşkün ve kimsesiz insanlarla paylaşmamızı emrediyordu. Dünya geneline baktığımızda her yıl 1.6 milyar Müslüman bu emri uygulasa Dünya'da yoksulluk bitmez miydi? Demek ki herkes yaşamıyordu İslam'ı. Bir insan İslam'ı yaşamasa, iyi bir Müslüman olmasa, bu Kur'an'ın suçu muydu? Demek ki bize gösterilen tüm bu kötü insanlar, Kur'an'da anlatılanları yaşamayan insanlardı. Hristiyan olduğunu söyleyen teröristler yok muydu? Yahudi olduğunu söyleyip Filistin'de bebekleri katleden insanlar yok muydu? Neden onlardan bahsetmiyordu? Neden tüm korkunç olayların içinde barış dini olan İslam'ın adı geçiyordu?

Kur'an'ı okudukça her an küçük dilimi yutacak gibi oluyordum. Botanik, astronomi, fizik, kısacası her şeyi anlatıyordu Kur'an. O kadar detaylıydı ki her şey, bir bebeğin doğum evrelerinin anlatıldığı bölüm bile okumuştum. Bilimin yeterli olmadığı bir devirde, bin dört yüz yıl önce, bir insan çıkarak bu belagatle her konuyu kusursuzca ele alamazdı. Mutlaka bir açık bulunur, bu kadar sene içinde yalanlanırdı, alay konusu yapılırdı. Hem bu kitap gücünü bir insandan alsa, kendini bunca yıl nasıl koruyabilirdi? Hristiyanlığın bile birçok farklı baskısı varken. Önüne gelen İncil basarken, Kur'an'ın sözleri her kaynakta aynıydı. Diş temizliğimizi nasıl yapacağımızdan, tırnaklarımızı nasıl kesmemiz gerektiğine kadar, hayatı nasıl yaşamamız gerektiğini detaylıca anlatıyordu bu din. Bir insan tüm bu tavsiyeleri uygulasa hayatı çok kolaylaşırdı.

Merak ettikçe araştırdım, araştırdıkça buldum, buldukça âşık oldum. Günler birbirini kovaladı. Üç koca gün, nasıl geçtiğini anlamadan akıp gitti. Bir gece vakti, omuzlarımda tatlı bir yorgunlukla, odamın terasında başımı duvara yaslamış, gökyüzünü seyrederken "Daha ne kadar delil istiyorum? Neden hâlâ bekliyorum? Bir adım atmanın, bir karar vermenin vakti gelmedi mi? Her şeyi araştırdım. Her şey ortada. Artık hayatımı değiştirme vakti gelmedi mi? Ailenin hayatına bak! Arkadaşlarının ortamlarına, hayatlarına bak! Onlar görmüyorlar ama sen artık görüyorsun. Sen bu hayata ait değilsin. Onlar gibi yaşayamazsın. Onlar gibi yaşadıkça mutsuz olacaksın. Sen başka bir hayata ait olmalısın! Müslüman olmalısın!" dedim kendime. "Müslüman olacağım!" dedim ve yeniden oturdum bilgisayarımın başına.

Gitmem gereken yolun İslam olduğuna emindim artık "Ama ben nasıl bu yola gireceğim? Ne yapmalıyım? Müslüman nasıl olunur?" diye düşündüm bu sefer. Hemen odama koştum ve bilgisayarımı açtım. Nasıl Müslüman olabileceğimi araştırdım. Çok şaşırmıştım doğrusu, Müslüman olmak için Kelime-i Şahadeti söylemek yeterliydi. "Ne kadar kolay bir din." diye geçirdim içimden. "Çok şükür." dedim. Artık bir yaratıcım vardı ve ona tüm kalbimle şükretmek istiyordum.

Kelime-i Şahadeti, kendi dilimde büyükçe yazdım defterime. Yatağıma oturdum ve ezberlemeye başladım. Kelimeleri birbiri ardına telaffuz etmek çok zordu doğrusu. Yarım saat kadar uğraştıktan sonra rahatlıkla ezberlemiştim. Bu sözleri söylemeden önce ne anlama geldiğine bakmak istedim. "Şehadet ederim ki Allah'tan başka ilah yoktur. Ve yine şahitlik ederim ki Muhammed (a.s.m.) onun kulu ve resulüdür." yazıyordu. Ne kadar duru, sade ve mütevazı bir din. Yaratıcının birliğine ve biricik Peygamberine şahitlik etmek yeterliydi. Hristiyanlığın aksine, son peygamberin adının önünde "Kul" yazıyordu. "Ne kadar hoş bir ifade?" diye geçirdim.

Her şey hazırdı artık. Geriye bir tek sihirli sözcükleri söylemek kalmıştı. Şahitliğime yıldızları, ayı, gökyüzünü de ortak etmek istiyordum. Tüm hayatım boyunca, gecelerimi geçirdiğim odamın terasına çıktım. İki elimi dua eder gibi gökyüzüne kaldırdım. Gözlerimi kapadım. Derin bir nefes aldım ve gecenin sessizliğini delen şu sözleri gökyüzüne haykırdım.

"Eşhedü en la ilahe illallah ve eşhedü enne Muhammeden abdühü ve resulühü!"

***

Artık kalbimi ve gönlümü tarif edilmeyen bir ferahlık kaplamıştı. Artık tek bir arkadaşım olmayan şu garip dünyada iki kıymetli dostum vardı. "Allah ve Resulü!" Onları görmeden sevmenin masumluğuyla bir gülüyor, bir ağlıyordum. Günlerim İslam'ı daha çok araştırarak geçiyordu. Az uyuyor, az konuşuyordum. Geceleri gökyüzünü seyrediyor, uzun uzun Rabbimizi tefekkür ediyordum.

Bir gün araştırmalarıma devam ederken, Rabbimizin namaz emrini öğrendim. Namaz, Rabbimiz'e karşı kulluk sözleşmemizi yerine getirmek için günün beş vakti huzuruna çıktığımız bir ibadetti. Araştırmalarımda "Namaz; Kulun, Rabbine en yakın olduğu andır." yazıyordu. Yetmiş bin nurdan perdenin kalkmasını emredermiş Rabbimiz namaz anında. "Subhanallah! Bir kul için daha şerefli bir an olabilir mi?" diye düşündüm. Üstelik namazın vaktini geçirmemiz bile, Rabbimizin hoşuna gitmiyordu. Demek Rabbimiz de bizimle buluşmak istiyordu. Saate baktığımda saat sabahın altısını gösteriyordu.

Önce vakitleri ezberledim. "Sabah, Öğlen, İkindi, Akşam ve Yatsı." Günün beş vakti Rabbimle sözleşmem vardı ve ben bu anları asla kaçırmayacaktım. "Sonra namaz nasıl kılınır?" diye aratınca ellili yaşlarında, seyrek ve kır saçlı. Kare çerçeveli gözlüğü olan, esmer bir adamın eğitici videosu çıktı karşıma. İzlemeye başladım. Namaz kılabilmek için öncelikle abdest almak gerekliydi. Bilgisayarımı kapattım. Aynı videoyu, bu sefer telefonumdan açarak lavaboya gittim. Telefonumu duvara yaslayarak, adamın anlattığı tarife göre abdestimi aldım. Daha sonra uzunca bir süre namazın nasıl kılınacağına dair anlattıklarını dikkatle dinledim. Tekbir, Rükû, Secde gibi hareketleri sırasıyla ezberledim. Namazda okunması gereken dualar vardı. Hepsini buldum fakat güneş doğmak üzereydi. Ezberlemeye vaktim yoktu. Bu yüzden "Önce kâğıda not alırım. Daha sonra kâğıdı yanıma koyar, bir yandan göz ucuyla bakarım." diye düşündüm.

Telefonuma sabah ezanı yazdım ve karşıma çıkan ilk videoyu açtım. Aman Ya Rabbi! Telefonumun başına oturarak, gözyaşları içinde sabah ezanını dinledim. Çok pişmandım. Rabbimden habersiz geçen her günüm için büyük bir pişmanlık içindeydim. "Keşke namaz yirmi vakit olsa ve ben hep Rabbimle buluşsam." diye düşündüm.

Beş vaktin dışında namaz kılabilir miydim? Bilmiyordum. Henüz namaz anında kapanmam gerektiğini öğrenmemiştim. "Rabbimin huzuruna en güzel kıyafetlerimle çıkmalıyım. Bu benim ilk namazım." dedim kendime. Dolabımı açıp en sevdiğim siyah kotumun üzerine mavi kısa kollu tişörtümü giyindim. Lavaboya giderek en sevdiğim böğürtlenli parfümümü sıktım. Dişlerimi fırçaladım ve saçlarımı topladım. Her şey hazırdı artık. Temizce bir havlu serdim kıble yönüne. Videoda izlediğim adamı taklit ederek ellerimi kulaklarıma götürdüm ve "Allah-u Ekber!" dedim. Rabbimle ilk buluşmam böylece başlamış oldu. Vücudum kaskatı kesilmiş, bakışlarım havlunun merkez noktasında kilitlenmişti. Stresten ne yapacağımı bilememiştim. Bildiğim ne varsa unutmuştum. "Allah'ım ben Julia kulunum. Ben Müslüman oldum. Özür dilerim seni tanımadığım için. Özür dilerim seni reddettiğim için. Beni bağışla Allah'ım!" dedim ve dizlerimin üzerine çökerek ağlamaya başladım. Sığınacak limanımı bulmuştum. Dünya ve içindekiler her türlü eza ve cefasıyla karşıma dikilecek olsa "Ehad!" diyecektim. "Birdir! Birdir!" Bu yolda başımı verecek olsam, hakikati haykırmaktan korkmayacaktım artık.

İlk işim antidepresan haplarını atmak olmuştu. Babam bu durumu hissetmiş olacak ki "İlaçlarını kullanıyor musun?" diye sordu. "Ben artık çok mutlu ve sağlıklıyım Baba. Sana söz veriyorum yeniden derslerime odaklanıp başarılı bir öğrenci olacağım." dedim.

Dünyanın en mutlu insanıydım artık. "Nasıl Rabbime kendimi sevdirebilirim?" sorusuna bulduğum her cevapta biraz daha mutlu oluyordum. Bir yandan, yeniden başarılı olmak istiyordum. Babamdan Müslüman olduğumu gizlemek zorundaydım çünkü Müslümanlara karşı kalbinde nefret besleyen bir adamdı.

Yaşım henüz çok küçüktü ve beni evden kovabilirdi. Her ihtimali düşünmek zorundaydım. Ne kadar başarılı bir öğrenci olursam, o kadar zor şüphelenirdi benden. Bu benim kendimce geliştirdiğim bir stratejiydi. Babam evde olduğunda salona iner, ders çalışırdım. Bunu görmesi için babamın önünde yapardım. İyice inandığına emin olduktan sonra odamın kapısını kilitleyerek önce kulaklığımı takar hangi vakit girdiyse o vaktin ezanını dinlerdim. Daha sonra namaz kılar, uzunca dua ederdim. Geceleri en rahat olduğum zamandı. Odamın terasının, yatak odasından dolaşarak varılabilecek bir bölmesi olduğundan perdemi çeker kıble yönüne serdiğim havlumun üzerinde bağdaş kurardım. Telefonumdan İngilizce olarak Kur'an Meali dinleyerek en güzelin huzurunda, en güzelin yüceliğini tefekkür ederdim.

Psikologla da aram iyice açılmış, düzeldiğime inanan babam, ısrar etmeye gerek duymamıştı. Bir gün "Baba beni psikoloğa götürür müsün?" diye sordum. Şaşırmıştı babam. "Eskiden gitmek istemiyordun. Neden şimdi böyle bir şey istiyorsun?" Sorusuyla karşılık verdi soruma. "Hâlâ istemiyorum baba. Ben artık çok iyiyim. Son bir kez gitmek istiyorum. Merak ettiğim bir şey var." dedim. "Ben sana yardımcı olamaz mıyım?" diye sordu babam. "Hayır baba." dedim gülerek. Beti de benimle aynı fikirde olacaktı ki o da güldü. Yüzünde utanmış bir ifadeyle önce Beti'ye sonra bana baktı. "Peki. Hadi çıkalım." dedi.

Kliniğe vardığımızda Elena Hanım karşıladı bizi. Elena Hanım yıllarca benim kahrımı çeken psikoloğumdan başkası değildi. Kırklı yaşlarının ortalarında, sarışın, dalga dalga saçları her zaman bakımlıydı. Bu kadını üzerinde beyaz önlük olmadan görmemiştim daha önce. Beyaz önlüğüyle kendini bilim kadını gibi görünse de tek işi dert dinlemek ve sorular sormaktı bu kadının.

Önce bana, sonra babama "Hoş geldin." dedikten sonra

beni odasına davet etti. Babamın da bizimle birlikte odaya girdiğini görünce "Baba sen dışarıda bekler misin? Özel olarak konuşmak istiyorum." dedim. "Tabii kızım." dedi babam. Yüz ifadesine bakılırsa, isteğim babamı çok şaşırtmıştı. Elena Hanım da şaşırmış olacak ki "Emin misin?" diye sordu bana. Son görüşmemiz biraz sert geçmişti Elena Hanımla. Kendisine bağırmış, hakaret etmiş kapıyı vurup terk etmiştim odasını. "Evet eminim." dedim. "Ayrıca son görüşmemizde size çok kaba davrandım. Bunun için özür dilerim." dedim. Şaşkınlığı daha çok artmıştı. Bir şey demeden eliyle içeriye buyur etti ve kapıyı kapattı.

Odanın bir yarısı Elena Hanım'ın büyükçe kahverengi çalışma masasının olduğu kısımdı. Masa o kadar büyüktü ki on kişi aynı anda masaya oturup yemek yiyebilirlerdi. Çalışma masasının pencere tarafında olan bölümünde tek gözlü kan kırmızısı bir vitrin vardı. Bu vitrinde kendisine verilen ödülleri ve plaketleri sergiliyordu. Odanın diğer tarafıysa danışanlarına aitti. Bordo renkte kol kısımlarında düğmeleri olan üçlü deri koltuk vardı. Eskiden bu koltuğa uzanır, kulaklığımı takarak müzik dinlerdim. Zavallı kadın çaresiz seansın bitmesini bekler, süre bitince de beni yolcu ederdi. Yıllarca kime yöneltmem gerektiğini bilmediğim öfkeyi ve nefreti bu suçsuz kadına yöneltmiştim. Susması için para mı teklif etmemiştim. Bilgisayarını kırmakla mı tehdit etmemiştim. "Allah'ım bu kadına çektirdiklerim için beni bağışla." diye geçirdim içimden ve çalışma masasının hemen karşısında ki bordo koltuğa oturdum.

"Hoş geldin Julia. Uzun zaman oldu görüşmeyeli." dedi Elena Hanım.

"Hoş buldum." dedim.

"Artık iyiyim. Kendimi hiç olmadığım kadar sağlıklı ve mutlu hissediyorum." dedim.

"Senin adına çok sevindim ve gerçekten de seni çok iyi

gördüm." dedi. "Teşekkür ederim. Söze nasıl başlayacağımı bilmiyorum. Sizin de bildiğiniz üzere zor bir dönemden geçiyordum. Yine de size karşı kaba davranmam gerekmezdi. Öncelikle bunun için tekrar sizden özür diliyorum." dedim.

"Hiç önemli değil Julia. Konuşmalarımızın işe yaradığını görüyorum. Aylar içinde çok değişmiş ve nazikleşmişsin. Seni tebrik ederim." dedi.

"Sizin de bana çok desteğiniz oldu tabii ama değişmemi sağlayan ana etken sizinle yaptığımız sohbetler olmadı." dedim.

Bir kez daha şaşırmıştı sözlerim karşısında. Beni kendisinin mi tedavi ettiğini düşünüyordu gerçekten? Çok komikti doğrusu. Meraklı bir ses tonuyla "Bu süreçte seni nelerin değiştirdiğini anlatmak ister misin?" diye sordu. Cesaretimi topladım ve "Zaten bunun için geldim. Size danışmak istediğim bir mesele var. Hayati bir tehlike olmadığı sürece, hasta danışan gizliliğine sadık kalacağınıza dair yemininizi hatırlatırım. Konuşacaklarımızın bu odadan dışarı çıkmayacağına tekrar söz verir misiniz?" diye sordum ve ayağa kalktım. Anlatacaklarımı ne kadar merak ettiğini gözlerinden anlayabiliyordum. İçinden "Bir çocuk aylar öncesinde, depresyon komalarında kıvranırken, bana hakaretler saydırırken, şimdi nasıl bu kadar sakin ve nazik konuşabilir?" diye geçirdiğine emindim. "Bana güvenebileceğini biliyorsun Julia. Şu ana kadar yaşadığımız hiçbir şeyi babana anlatmadım ben. Şimdiden sonra da anlatmayacağım. Söz." dedi. Pencereye yöneldim önce. Dışarıyı kısa bir süre izledim. Sokağın bitimindeki parkı kısa bir süre inceledim. Tüm ağaçların altı, gölgesinde oturmuş, sohbet eden insanlarla doluydu. Dışarısı oldukça güneşli ve bulutluydu. Gökyüzüne bakınca dudaklarımda beliren minik tebessüme hâkim olamadım ve bakışlarımı Elena Hanım'a çevirerek "Ben Müslüman oldum." dedim.

Elena oturduğu masadan kalktı. Biraz önce oturduğum

koltuğa oturduktan sonra, "Julia henüz yaşın çok genç. Müslüman olmakla radikal bir karar vermişsin ama bu fikrin ileride değişebilir. Sana şu an için inancına körü körüne bağlanmamanı öneririm." dedi. Ben de Elena Hanım'ın bulunduğu koltuğa oturduktan sonra "Ben tüm kalbimle İslam'a inanıyorum. Bu fikrimin değişeceğini sanmıyorum. Buraya gelmemdeki neden sizinle inancımı tartışmak değil. Benim size sormak istediğim bir soru var." dedim. Söylediğim her kelime Elena'yı şaşırtıyor göz bebekleri iyiden iyiye büyüyordu. Kısa bir süre yüzüme baktı. Sözlerimde çok nettim ve bu durum onu daha çok şaşırtmıştı.

"Beni yanlış anlama. Ben senin inancını eleştirmiyorum. Buna kimsenin hakkı yok. Dilediğine inanabilirsin ve doğru olan da bu. Kimsenin inandığın değerlere müdahale etmesine izin verme." dedi. "Zihnini kurcalayan soru nedir? Benimle paylaşmak ister misin?" deyince "Sizce Müslüman olduğumu babama söylemeli miyim?" diye sordum zihnimi kurcalayan soruyu. "Babanın İslam'a karşı nasıl bir tutumu olduğunu biliyor musun peki?" diye sordu bu sefer. "Babam İslam'dan nefret eder." dedim. "Çocukluğumdan itibaren Müslümanlarla ilgili gerçek olmayan olaylar anlatırdı bana. Onların suçsuz insanları öldürdüklerini, eve geç gelirsem beni kaçırabileceklerini söylerdi." Söylediklerim Elena Hanım'ın komiğine gitmiş olacak ki gülmeye başladı. Oysa ben çok ciddiydim.

Sırf bu yüzden uçak seyahatlerinden nefret ederdim. Ne zaman uçağa sakallı bir adam binse ağlamaya başlar, kendini infilak etmesinden ve uçağı düşürmesinden korkardım. "Peki ya babanın söyledikleri gerçekse?" diye sordu yeniden. "Bunun için mi gülüyorsunuz? Çok mu komik geldi size söylediklerim?" dedim. Çok sinirlenmiştim doğrusu. Ben nezaketimi korumaya çalıştıkça bu kadın asla kabul etmeyeceğim tepkiler vererek beni çileden çıkarmaya başlamıştı bile. Sert çıkışınca güldüğüne pişman oldu. Sonra yüzüne ciddi bir ifade takınarak "Julia bunun kararını vermesi gereken sensin. Babanı en iyi sen tanıdığın için vereceği tepkiyi de en iyi sen bilirsin." dedi.

Çok basit bir soru sormuştum ama yine bana yardımcı olamamıştı bu kadın. Gerçekten artık sıkacak dişim kalmamıştı. "Peki. Teşekkürler." dedim ve çıktım odadan. "Gidebiliriz baba." dedim. Eve dönmek üzere arabaya bindik. Yolun yarısına geldiğimizde babamın tepkisini öğrenmek adına, aklıma zekice bir soru geldi. "Baba ben bir gün Yahudi olmak isteseydim ne düşünürdüm?" diye sordum. "Yahudi olamazsın çünkü Yahudi bir ailenin çocuğu olarak doğmadın ama onlara hizmet edebilirsin." dedi. "Peki Hristiyan olsaydım?" dedim. Sakin bir yüz ifadesiyle aracı sürmeye devam ediyordu. "Nereden çıktı şimdi bu sorular?" diye sordu. "Bilmem. Aklıma geldi." dedim. "Bir şey demezdim. Senin tercihin." dedi yeniden. "Peki ya Müslüman olsaydım?" Sert bir fren yaptı ve aracı birden durdurdu. Kaşlarını çatarak sinirli bir ifadeyle bana baktı. "O zaman nerede hata yaptığımı düşünürdüm." dedi. Çok korkmuştum verdiği cevaptan. Bu cevap sorumun cevabını bulmam için yeterliydi. On sekiz yaşıma gelene kadar, ne yapıp edip babamdan inancımı gizlemenin bir yolunu bulmalıydım.

İslam'a göre Allah'ın adıyla kesilmemiş hayvanların etini yemek haramdı. Bu durum benim için zor olmamıştı. Nadiren tavuk yesem de babamı vejetaryen olduğuma inandırmayı başarmıştım. İki yıl babamın hiçbir şeyden şüphelenmemesi için orucumu yarım gün tutabilmiştim. Hiçbir akşam yemeğini kaçırmaz, tok olsam dahi mutlaka masada otururdum. Masadan kalktıktan sonra tepsiye bir tabak yemek, birkaç dilim ekmek ve su alır, odama çıkardım. Babam neden odamda yediğimi soracak olursa "Film izlerken yemek istiyorum." der geçiştirirdim. Bunu her zaman yapmazdım. Bazen masada iyice karnımı doyurduktan sonra, sadece su alır öyle odama çıkardım. Bazen de hiçbir şey almazdım yanıma. Gece sessizce mutfağa iner, bir şeyler atıştırırdım. Ramazan ayında tarifi mümkün olmayan bir huzur kaplamıştı içimi. Gündüzleri en büyük hobim, Kâbe canlı yayınını izleyerek tavaf eden hacıları seyretmek olmuştu. Geceleri uzun uzun "Taleal Bedru Aleyna" ilahisini dinlerdim.

***

Birbiri ardına geçen iki yılın ardından artık on sekiz yaşına girmiştim. Beti tüm bu süreç içinde bana annelik yapma rolünü üstlenmişti kendine. Hiçbir zaman Beti'yi annem olarak kabullenmemiştim. Benim için bir yabancıydı Beti ve onunla anlaşamıyordum. Bu yüzden hep tartışırdık. Zaman zaman babam da bu tartışmaya dâhil olur, bağırıp çağırırdı. On sekiz yaşıma geldiğimde çalışmak zorunda kaldım. Babam bana para vermiyor, çalışmamı ve para kazanmamı istiyordu. Buzdolabında benim için ayrılmış bir bölüm dahi vardı. Kazandığım paramla aldığım yiyecekleri, o bölüme yerleştirip sadece kendi bölümümü kullanabiliyordum.

Bir akşam salonda oturmuş telefonumdan tesettür kıyafetlerini inceliyordum. Bir süre sonra babam geldi. Televizyonu açtı ve haberleri dinlemeye başladı. Haberden çok açık oturumdu dinlediği, İslam'a karşı hiçbir Müslüman'ın kabul etmeyeceği tarzdan bir propaganda yapılıyordu. Babam da küfür ve hakaretler ederek yapılan propagandaya destek veriyordu. Oturduğum yerden kalkmanın ve odama çıkmanın en akıllıca fikir olduğunu düşündüm. Aksi takdirde dayanamayacak ve İslam'ı savunmaya başlayacaktım. Oturduğum koltuktan kalktım. Odama yöneldiğim esnada "Ciapci" dedi babam. Bu kelimeyi duyunca başımdan aşağı kaynar sular döküldü. Olduğum yerde dona kaldım. "Ciapci" Polonya'da Müslümanlara takılan en ağır lakaptı. "İğrenç, zenci köleler" anlamına geliyordu.

Arkamı döndüm ve yumruğumu sıkarak babamın üzerine yürüdüm. "Onlara bunu söylüyorsan bana da söylüyorsun!" dedim. Babam öfkeyle bakışlarını gözlerimde kilitledi. Oturduğu koltuktan kalktı ve elinde ki kumandayı üzerime fırlattı. "Ne! Sakın bana Müslüman olduğunu söyleme Julia!" dedi. O kadar bağırmıştı ki, korkudan dizlerim titriyordu. Korktuğumu belli etmemeye çalıştım "Evet! Müslüman oldum! Bir sorunun mu var?" dedim. Yumruğunu havaya kaldırınca korkarak elimle yüzümü siper ettim. Vazgeçti vurmaktan. Sırtını bana dönerek cam kenarına ilerleyip, pencereden sokağı izlemeye başladı.

Bunu yaparken bir yandan eliyle şakaklarını ovuyordu. Uzun bir süre sessiz kaldı. Ben de cesaretimi biraz daha artırıp kanepeye oturdum ve "Acaba kabullenecek mi?" diye düşünmeye başladım. Uzun bir süre sessiz kalmıştı babam. Konuşmuyor, yüzünü bana dönmüyor, öylece sokağın sessiz kaldırımlarında gezdiriyordu gözünü. "Ne düşünüyor acaba?" diye geçirdim içimden. Tam o esnada sessizliğini bozdu babam.

Yüzünü bana dönerek kendinden emin bir ses tonuyla, "Sabaha kadar vaktin var. Ya dininden dönersin ya da bu evi terk edersin. Mirasımı da rüyanda görürsün." dedi. Hızla oturduğum kanepeden ayağa fırladım. "Zavallı!" diye geçirdim içimden. Babam hiçbir zaman bu kadar aciz görünmemişti gözüme. Kimsem olmadığını biliyordu. Sanmıştı ki "Julia'yı sokağa atmakla tehdit edersem korkar ve dininden döner." Vallahi sokakta yaşamam gerekse bile dilim "Ehad!" diyecekti. "Sen beni sahipsiz mi sandın? Allah bana yeter!" dedim ve hızla odama çıktım.

Bu evde bir dakika daha duramaz, İslam'ın izzetine edeceği hakaretlere şahit olamazdım. Hızla odama girdim ve eşyalarımı hazırlamaya başladım. Gözyaşları içinde, elime geçen ilk bavulu yatağımın üzerine fırlattım ve fermuarını açtım. İçine sığdırabildiğim kadarıyla doldurduktan sonra kapattım bavulu. Kalan eşyalarımı kargo kolilerine yerleştirip sıkıca bantladım.

Odadan çıkacağım esnada "Yıllarını geçirdiğin odana veda etmeyecek misin Julia?" dedim kendime. "Elveda dostlarım. Uykusuz geçen gecelerime yarenlik eden sırdaşlarım. Tefekkür pencerem, hakikatleri araştırdığım bilgisayar masam. "Buldum seni!" derken, Rabbime haykırışlarıma şahitlik eden terasım! Yatağım, yorganım, döşeğim! Hepinize elveda! Dolabımın alt bölmesine gizlediğim kumbaram geldi aklıma. Hızlıca kapağını açıp, Tüm bozuklukları ceplerime doldurdum. Kapağı kapatacağım esnada montlarıma takıldı gözüm. "Eyvah!" dedim. "Montlarımı almayı unuttum!" Yanımda birkaç ay idare edebileceğim kadar para dahi yokken, montlarımı almadan çıkamazdım. Çünkü montlarım çok kaliteliydi. Zorda kalırsam satar, parasıyla bir süre daha idare edebilirdim.

Dolabımda dört montum vardı. Bavulumun kapağını zorlanarak kapatmıştım. Bir mont dahi yerleştirecek alan kalmamıştı. Hepsini üzerime giyinmekten başka çarem yoktu. Montlarımı teker teker üzerime giyinmek istedim ancak dördüncü montum çok kalın olduğundan daha fazla giyinemedim. Odamdan çıktıktan sonra, alt kata indim. Babam yemek masasının başında oturmuş, boşalan viski bardağını doldurmakla meşguldü. Geldiğimi görünce başını kaldırıp, hâlimi incelemeye başladı. Bir elimde ipleri yere sarkan botum, diğer elimde bir ayağı kırık bavulum, üzerime giyindiğim üç kalın montumla karşısında duruyordum.

Gülmesini beklerdim aslında ama gülmüyordu. Bir süre bana baktıktan sonra gözleri doldu ve gözlerinden yaşlar süzülmeye başladı. Eliyle gözünden akan yaşları sildikten sonra kaşlarını çattı. Bakışlarını yeniden viski bardağına çevirerek "Defol." dedi. "Yanıma alamadığım tüm eşyalarımı koliledim. Gittiğim yere kargolarsın." dedim ve botlarımı giyinip evimizin bahçesine attım kendimi. Köpeğim Doda merdivenlerin önünde durmuş, bir yandan kuyruğunu sallarken diğer yandan ön patilerini kaldırıp bana sarılmaya çalışıyordu. Ben de uzun uzun sarıldım Doda'ya. "Elveda bu evdeki tek arkadaşım. Özür dilerim seni terk ettiğim için. Özür dilerim... Özür dilerim Doda." dedim ve bahçe kapısını da aşarak sokağa attım adımımı.

Yalnız ve kimsesizdim artık. Gecenin karanlığında kaderime terk edilmiş, yüzümü esir alan donuk ifadeyle sokakları birbiri ardına yürüyordum. Birkaç dakika önce verdiğim kavga çıkmıyordu aklımdan. Ardıma bakmadan yürüyordum nereye gittiğimi bilmeden. Yer yer aydınlanıyordu sokaklar ve ben sokak lambalarını takip ediyordum. Takip ettiğim kaderim değil miydi? Elbette ki kaderimdi. Bunu biliyordum.

Hangi yolu yürümemi emretmişse tevekkül ediyor, oraya yürüyordum. Bir süre yürüdükten sonra, büyükçe parkın tam ortasında buldum kendimi. Yol beni çocukken annemle bisiklet sürdüğümüz parka getirmişti. Annemle su savaşı yaptığımız yeşillik alana yöneldim ve çimenlerin üzerine oturup, düşünmeye başladım. "Bu ülkede kimsem kalmadı artık. Bu gece yapabileceğim en akıllıca hareket, tenha ve tehlikeli olmayan bir yerde sabahlamak. Sabah olduğunda ilk iş olarak, Aliya'ya ulaşmalı ve Berlin'e gitmeliyim. Türkiye'ye tek yön, uçak bileti alıp hicret etmeliyim. Ben de, Peygamberimin (a.s.m.) yaptığı gibi hicret etmeliyim!" dedim kendime.

Bakışlarımı gökyüzüne kaldırdım. Ellerimi Rabbime açtım ve, "Ey Rabbim. Dinin uğruna sokakta tek kalsam da başımın kesileceğini bilsem de gözümü kırpmayacağım. Seni bırakmayacağım Allah'ım!" dedim.

Artık kararım kesindi. Tevekkül edecek ve kalbimi saran korkularımı "Allah bana yeter!" limanına sığınarak dağıtacaktım. Müslüman bir ülkeye hicret edecek ve bundan sonraki hayatımda onun takdir ettiğine razı olacaktım. Onun için yaşayacak, onun için hizmet edecek, onun için ölecektim.

***

Ben anlattım, Naime anne dinledi. Dinledikçe yüzü renkten renge giriyor. Bazen hüzünlenip bazen neşeleniyordu. Ama hiç bölmüyordu. Öyle bir dinliyordu ki içimde sakladığım hikâyemi sanki söküp alıyordu. Öyle bir sükûtla dinliyordu ki ben dile geliyordum...

İstanbul Av Köşkü
6 Eylül 2020

Kimsesizlerin kimsesi olan bir, Rabbimiz var bizim...

BURUK BİR MUTLULUK VAR İÇİMDE BUGÜN. Oysa çevremdeki herkesin kalbinde kelebekler uçuşuyor. Arkadaşlarım ve sevdiklerim bugüne hazırlanmam için ellerinden gelen her şeyi yapıyorlar. Ben de mutluyum, çok mutluyum ama içimde garip bir burukluk var.

Saatlerdir aynanın karşısında, kendimi seyrediyorum. Geçmişim, film şeridi gibi geçiyor gözümün önünden ve ben zamanı durdurmak istiyorum. Çocukluğuma ve gençliğime seslenebilme şansım olsaydı, gülüşlerimi söylerdim. Beni terk eden anneme, Müslüman olduğum için sokağa atan babama teşekkür ederdim. Geçmişime kızgın değilim artık. Bana sıkıntı veren herkese hakkımı helal ediyorum. Çünkü biliyorum ki hepsi kaderin birer memuruydular. Yaşadığım her şey Allah'ı bulmama birer vesileydi, biliyorum.

Aynanın karşısındayım ve seyrediyorum hâlimi. İnsanın canını en mutlu gününde ne yakabilir ki? Benim içimi yakan bir şeyin varlığı değil yokluğuydu.

"Naime annem yanımda olsaydı kim bilir ne kadar gururlanırdı." diye geçiyor içimden. Üç gün misafiri olup nihayet ayrılma vakti geldiğinde bırakmak istememişti beni. "Kal yavrum." demişti. "Sen benim can yongam oldun. Gitme!" Anne sözü dinlenmez mi? Dinlememiştim işte. Hikâyemle ziyadesiyle üzdüğüm bu kadına, bir de varlığımla yük olmak istememiştim. İhtiyar ellerini bırakmış ve hayatta kalabilme ümidiyle dünya çarkına girmiştim. Kopamamıştım dünya çarkından. Daha sonra onlarca defa kapısını aşındırsam da açan olmamıştı kapıyı. Görememiştim bir daha Naime anneyi.

...

Öylece kendimi seyrediyorum ve aklımda onlarca düşünce var. Şu aynanın karşısında duvağıyla duran ben miyim? Ne garip geliyor bana. Hikmet-i ilahiyenin takdirine boyun eğsem de "Olsaydın be Naime anne!" dedim. Kırgındım Naime anneye. "İnsan taşınır da haber vermez mi?" diye geçiriyordum içimden. "Belki de kızıyla barışmışlardır. Götürmüştür onu buralardan." diye düşünüyordum. Kapı aralanınca yüzümü karşı koyulmaz bir tebessüm kapladı. Müstakbel eşim girmişti içeri, "Subhanallah! Cennetten mi getirdiler seni? Bu ne güzellik" dedi. Eşimin iltifatı karşısında çevremdeki tüm arkadaşlarım "Ooo" diye tezahürat yaptılar. "Enişte Bey romantik çıktı." dedi arkadaşım Zeynep. "Eee bakmayın Erzurumlu olduğuma. Biz de romantiğizdir." deyince herkes kahkahalarla gülmeye başladı.

İki katlı bir köşkün bekleme odasındaydık. Saatler öncesinden son hazırlıklarımızı tamamlamış, törenin başlamasını bekliyorduk artık. Son hazırlıklarımı yaptığım aynalı komodinin üzerindekine takıldı gözlerim. Bu bana

Aliya'nın emaneti olan Filistin atkısıydı. Bu atkı ne çok acıya, kedere, hüzne şahit olmuştu. Şimdi ise benim düğün günüme şahitlik ediyordu. Bu atkının gördüğü belki de en mutlu gündü...

Düşüncelerimi Alparslan'ın sözleri böldü, "Birazdan dünya evine gireceğiz. Hazır mısın?"

Alparslan, yirmi dört yaşında, esmer, uzun boylu oldukça yapılı bir sporcuydu. Defalarca kırılmış burnu için "Allah için verdiğim cihadımın nişanesi." derdi. Ela gözlerinin içi hep gülerdi. Genelde esprili olsa da nerede ağır başlı olması gerektiğini bilen birisiydi. Allah ve Resulünün davasına hizmet etmeye adamıştı kendini. İslam'ın bu topraklarda şahlanarak yeniden tüm dünyaya yayılacağını söylerdi her zaman. Aynı zamanda bir millî sporcuydu. Dünya şampiyonluğunun yanı sıra, bir sporcunun kazanabileceği tüm başarıları kazanmış, tüm madalyaları almış, başarılı bir sporculuk kariyeri vardı. Gençlere çok önem verir, onlarla çok ilgilenirdi. Başarılarını, kendisini örnek alan gençlere Allah'ı anlatmak için kullanırdı. Ama benim için bir sığınak, bir dayanaktı.

"Hazırım." dedim ama değildim. Naime annem olsaydı hazır olurdum ama yoktu. Gelmemişti. Bir süre Kur'an tilavetini dinledik bekleme odasında. Arkadaşlarım masalarındaki yerlerini almak üzere salondan ayrıldılar. Fotoğrafçılar da resimlerimizi çekip, salona geçince eşimle yalnız kalmıştık.

"Görüyor musun dışarıdaki kalabalığı?" dedim. Alparslan pencereyi örten perdeyi hafifçe aralayarak bahçede bekleyen kalabalığa baktı. "Elhamdülillah. Tüm sevdiklerimiz gelmiş." dedi. "Kapat! Kapat! Görecekler seni." dedim heyecanla. Perdeyi hafifçe kapattıktan sonra tebessüm etti. "Ne oldu?" diye sordu. "Nikâhtan önce görmesinler bizi." dedim. Bir yandan kıkır kıkır gülüyordum. Bunu söylerken salonun ortasına yerleştirilmiş uzunca cilalı kahverengi masanın önünde duruyordum. Yanıma geldi ve bir elini masaya koydu. "Biliyor musun seninle gurur duyuyorum." dedi. Utanarak başımı eğdim ve "Nereden çıktı şimdi?" diye sordum.

"Aylar içinde Türkçe öğrenmek zor bir iştir Julia. Şu anda yıllardır Türkiye'de yaşayan pek çok yabancıdan daha iyi Türkçe konuşuyorsun." dedi.

"Teşekkür ederim. Hayatta kalabilmek için Türkçe öğrenmekten başka çarem yoktu." dedim. Gerçekten de öyleydi. Naime annede misafirliğim bittiğinde ne kadar ısrar etsem de bana kalacak bir daire bulmuş ve kiramın bir kısmını ödemem için bana yardım etmişti. Günlerce kapı kapı dolaşıp iş başvurunda bulundum. Rabbime hamdolsun ki dokuz gün içinde, iyi bir firmadan iş teklifi aldım ama yine de kirama yetmeyince düşük bütçeli bir yurda yerleştim. Bu yurtta mini daireler vardı ve her daireyi üçer kişi kullanıyorduk. Benim odam dışında hiçbir odada lavabo yoktu. Diğer iki daire arkadaşlarım, sürekli küfürlü konuşan tiplerdi. Türkçe bilmediğim için bana küfreder, hakaret eder, aşağılarlardı. Vakit namazlarımı dahi odamda zor kılardım. Uyumak için olmadığı sürece bu dairede vakit geçirmez, vaktimi işimde ya da camilerde geçirirdim. Bu ortamda dokuz ay boyunca yaşamak zorunda kaldım. Maruz kaldığım hakaret ve aşağılanmalarla başa çıkmak için Türkçe öğrenmek zorunda kalmıştım. Bununla birlikte iş ve diğer ihtiyaçlarımı karşılayabilmek için de Türkçe öğrenmekten başka çarem yoktu. Bu yüzden mecbur kalmıştım.

"Bir şey söyleyeceğim." dedi Alparslan. "Bir kez daha bakabilir miyim pencereden?" dedi tebessüm ederek. "Bak ama kimse görmesin!" dedim. Tüm bunları konuşurken, bir yandan Yusuf hocanın yanık sesli Kur'an tilavetini dinliyor, diğer yandan heyecanımı yenmeye çalışıyordum. "Yusuf hocanın sesi ne kadar güzelmiş." dedim. "Allah ondan razı olsun. Yalnız bırakmadı bizi." dedi.

Bir süre sonra salonun dev kapıları aralandı. Alparslan'ın

kız kardeşi; artık benim de kardeşim tebessüm ederek içeri girdi ve "Hadi bakalım. Vakit geldi." dedi.

Beraberce yürüdük. O an heyecandan dizlerimin titrediğini hissettim. "Ben dışarı çıkamayacağım." dedim. Sanki kalbim ağzımda atıyordu. Hayatı boyunca içine kapanık yaşayan ben, yüzlerce insanın karşısına nasıl çıkacaktım? "Gözlerime bak." dedi Alparslan. "Bugün senin en mutlu olman gereken gün. Tüm bu insanlar bizim mutluluğumuzu paylaşmak için buraya geldiler. Eğer kapının önüne çıktığında gülerek on beş saniye insanlara bakarsan, söz veriyorum heyecanın gidecek. Bana inanıyor musun?" dedi. Alparslan hitabeti ve ikna gücü yüksek bir insandı. Böyle bir şey söylüyorsa mutlaka bir bildiği vardı. "On beş saniye dayanırsam geçer mi?" diye sordum. "Evet." dedi.

"Burada beklersen heyecanın daha çok artar ama benimle birlikte yürüyüp on beş saniye dayanırsan geçer."

"Tamam." dedim.

"Hadi çıkalım."

Dışarı çıktık, kırmızı halının üzerinde salona doğru yürümeye başladık. Bir süre sonra davetlilerin yüzlerini görünce gülmeye ve yüzlerine bakmaya başladım ama geçmiyordu. Kalbim yerinden çıkacaktı sanki. "Alparslan geçmiyor. Kalbim duracak!" dedim kaygıyla "Demek ki işe yaramıyormuş gülümsemeye devam et." dedi. Her zamanki gibi yine espri yapmaktan geri duramamıştı. Kalp çarpıntım dinmemiş, aksine daha çok artmıştı. Misafirlerimiz nikâh masasına oturana kadar alkışladılar bizi. Ben de nikâh masasına varana dek bakışlarımı yerden kaldırmaya cesaret edememiştim. Nihayet nikâh masasına oturunca alkış durdu ve derin bir sessizlik kapladı ortamı.

Masaya oturunca sol yanıma baktım. Alparslan'ın ailesi; yani artık benim ailem, annem, babam, görümcem, eniştem, yeğenlerim. Hepsinin gözlerinin içi gülüyordu. Annem, gö-

rümcem ve eniştem ağlıyorlardı. Onların duygusal hâli beni
de duygulandırdı ve nikâh masasında gözlerim doldu. Çok
iyi insanlardı hepsi. Kısacık sürede beni evlatları gibi sahip-
lenmiş, değer vermişlerdi. Bu süreçte her şeyimle yakından
ilgilenmişlerdi. Özellikle kayınvalidem, ailemin yurt dışın-
da olduğunu bildiği için özenle üzerime titriyor her gün ara-
yıp soruyordu. Bir melekti kayınvalidem. Vaktinin tamamını
ibadetle geçiren, bulunduğu masada dedikodu yapılacak olsa
kızmakla kalmayıp masayı da terk eden bir kadındı. Dünya-
lık konuşmaktan nefret ederdi. Kayınpederim kısa zaman içe-
risinde öz babam gibi kıymetli olmuştu benim için. Sert bir
mizacı olsa da çevresindeki herkesin çekindiği bir adam olsa
da bana karşı pamuk gibiydi. Dünyanın en iyi kalpli adamıydı
benim için. Hepsi öyleydi. Bana yeni bir aile vermişti Allah.
Gerçek ve gerçekten bir aile.

Sonra bakışlarım sağ yanımda donuklaştı, öylece kala-
kaldım ve ağlamaya başladım. Kimse anlamamıştı galiba ne-
den ağladığımı. Eşim ve ailesi dışında kimse anlamadı bu
gözyaşlarının nedenini. Neredeyse iki senedir görmediğim
ailem bir aradaydı. Parçalanmış olsalar da farklı insanlarla
yeni hayatlar da kursalar bir masada toplanmışlardı. Benim
için...

Annem ve babam, gözyaşlarına boğulmuş bir vaziyette ağ-
lıyorlardı. İstanbul'a geldikten iki gün sonra babam "Türkiye'ye
mi geldin?" yazan bir mesaj göndermişti telefonuma. Sonra-
dan öğrendim ki Berlin'e kadar arabasıyla beni takip etmiş.
Nereye gittiğimi öğrenmesi için de bir adam tutmuş.

Bir buçuk yıl boyunca çok nadir konuşmuştuk babamla.
Bu durum beni içten içe hüzünlendirmişti hep. Uzunca yaz-
dığım mesajları "Tamam. İyi." gibi mesajlarla cevaplandırmış-
tı. Aslında cevaptan çok kaçıştı bu. Tesettüre girdiğimi öğren-
dikten sonra iyice uzaklaşmış ve irtibatı kesmiştik. Uzun bir
zaman bu şekilde devam ettikten sonra Alparslan ile tanış-

mıştım. Babamla aramda geçenleri anlatınca, birkaç gün bu durumu nasıl düzeltebileceğimizi düşünmüştü. Bir gün bana "Julia. Biz Müslümanız. Ne yaşanmış olursa olsun onlar senin ailen. Bize yakışan İslam'ın ahlakıyla davranmak ve evlatlık görevimizi yapmaktır." demiş ve uzunca bir mesaj yazarak yeni bir sayfa açmak istediğimi söylememi tavsiye etmişti. Ben de onun dediğini yaptım:

"Canım babam. Gönlüme İslam ahlakının güzelliği düştüğü için bana kızgın olduğunu biliyorum ama ben senin küçük kızınım. Çocukluktan beri hep senin sevgini hissetmek istedim ama olmadı babam. Sen de haklıydın kendince. Bizim iyiliğimiz için yıllarca emek verdin. Çalıştın. Bu yüzden istemesen de beni ihmal etmek zorunda kaldın. Annemle boşandıktan sonra da kendine yeni bir hayat kurma telaşı içindeydin ve ben yine senin sevginden mahrum kaldım. Ama hayat çok hızlı geçiyor be babam. Ben artık çocuk değilim. Büyüdüm. Koca kız oldum. Çocuk değilim artık, geçmişte yaşadıklarımı daha olgun analiz edebiliyorum ama hâlâ senin küçük Julia'nım. İslam senin zannettiğin gibi bir din değil babam. Ben yakında evleneceğim. Evleneceğim insanı tanımanı ne çok isterdim. Biliyor musun kendisi dünya şampiyonu. Sayısız madalyaları ve başarıları olan eğitimli birisi ama o da Müslüman babam. Müslümanlar cahil ve kötü insanlar değil. Biliyor musun eşimin ailesi şimdiden evlatları gibi sahiplendiler beni. Sen ve annemden uzakta olduğum için bebek gibi üzerime titriyorlar 'Aman annesini ve babasını özleyip üzülmesin.' diye benim yanımda eşimi sevmiyorlar bile. İşte Müslümanlar bu kadar ince düşünceli insanlar. Eğer benimle yeni bir sayfa açmayı düşünürsen, beni ilk gün ki küçük kızın olarak bulacaksın. Seni çok seven minik kızın Julia."

Bu mesajı yazdıktan sonra gönderdim babama. Canım babam mesajımı okuduktan on beş dakika sonra gözyaşlarıyla aramıştı ve barışmıştık. Ertesi gün ilk uçakla İstanbul'a gelip, Alparslan ve yeni ailemle tanışmıştı. Ziyareti bitip Polonya'ya döneceği esnada "Julia anladım ki sen buraya aitsin. Ben Müslümanları çok yanlış tanımışım. Haklıymışsın kızım." demiş ve öyle dönmüştü geriye.

Annem, ben İstanbul'a geldikten birkaç gün sonra babamdan haberimi almıştı. "Kızımız Türkiye'de." demiş babam. Bunun üzerine korkmuş ve bana ulaşmıştı. Belki annelik duygusuyla başıma bir şey gelmesinden korkmuştu. Belki suçluluk duygusuna kapılmıştı. Her neden olursa olsun her gün konuşmuştuk annemle. Hastalığı hâlâ devam ediyor ama tedavi oluyor ve iyi bir anne olmaya çalışıyordu. İstanbul'a geldikten sonra yaşadığım o zorlu günlerden sonra benden haber alınca beni hiç yalnız bırakmamıştı. Sürekli mesajlaşarak konuşmuştuk annemle. Zavallı anneme Türkiye'yi nasıl bir ülke olarak anlatmışlarsa, iki günde bir mesaj atmamı ve "Anne hayattayım." dememi istemişti benden.

Sağ yanımda ilk ailem, sol yanımda ikinci ailemi seyrederken ve bütün bunları bir rüya gibi zihnimden geçirirken nikâh memurun sesiyle kendime geldim.

"Sayın Julia Oliwia, Alparslan Yamanoğlu'nu hiç kimsenin etkisi ve baskısı altında kalmadan kocalığa kabul ediyor musun?"

Alparslan'ın yüzüne bakıyorum o an ve kim bilir nerede ne zaman duyduğum bir cümle dolaşıyor zihnimde. "Sen Allah'tan bir Yusuf isteme, sen Allah'tan aşkı iste, Allah sana elbet bir Yusuf gönderir."

Ve bir dua her yanımı sarıyor sanki; "Sen tüm dertlerime yetermişsin Rabbim. Beni ümitsizlik kuyusundan kurtarıp ellerimi tutan senmişsin Rabbim. Gözyaşlarımı dindirip gönlüme hidayeti düşüren senmişsin Rabbim. Hicret yollarında koruyan ve kollayan senmişsin Rabbim. Anladım ki kimsesizlerin kimsesi, senmişsin Rabbim!"

Benim adım Sena

Zaman yaraları kapatır mı?

ZAMAN SU GİBİ AKIP GEÇTİ. Mevsimler birbirini kovalarken, peşimden gelen hüzün hiç bırakmadı yakamı. Kalbim buruk, gönlüm darda, gözlerim pencerenin pervazında. Oysa bir koca sene geçti aradan. Sıcacık bir ailem var artık. Polonya'daki ailemle her şey yoluna girdi. Beni ziyaret etmeye devam ediyorlar. Uzun uzun dertleşiyor, eski günleri telafi ediyoruz.

Yeni ailemi, Müslüman olmamı, tesettürümü, her şeyimi kabullendiler artık. Mutlu bir hayatım var. Mutluluğun aydınlığında hüzün gölgelenebilir mi? Benim mutluluğumda oluyor işte. Başımı yastığa koyduğumda gözlerimden akan yaşlar dinmiyor. Naime annemi özlüyorum... Çıkmıyor aklımdan. Kırgın ve kızgınım ona. Çok uzaklara gitti belli ki buralardan. Bir mektup dahi bırakmadan... Ardında kırık bir kalp bıraktığından haberi yok muydu yoksa? İçimde büyüyen muhabbetten, vefadan haberi yok muydu? Defalarca kapısının eşiğinden döndüğümden... Yıllardır onu aradığımdan haberi yok muydu? "Nerede olduğumu bilirse, ardımdan gelir." diye düşünmüştü sanki. Sessizce terk etmişti evini. Sessizce terk etmişti beni. Kime sorsam bir şey söylememişti bu ihtiyar kadının akıbeti hakkında. *"Zaman yaraları kapatır"* derdi hep eşim. Kapanan tüm yaralarıma rağmen, yüreğimin orta yerinde kanayan neydi o zaman?

Bu düşüncelere dalmışken, Alparslan'ın sesiyle kendime geldim. "Yine mi Naime anneyi düşünüyorsun?" diye sordu bana. "Düşünmemek elimde değil." dedim. Derin bir iç çekti. "Allah ondan razı olsun. En zor gününde Hızır gibi çıkarmış Rabbim karşına. Yoksa dil bilmeden, yer bilmeden ne yapardın koca şehirde?" Öyleydi elbet. Hızır gibi çıkagelmişti karşıma.

Sonra ellerimi tuttu Naime annenin yaptığı gibi. Gözlerime baktı. "Bakarsın bu sefer buluruz nereye gittiğini." dedi. Yüzünde manalı bir tebessüm belirmişti. "Bulamayız..." dedim. "Aramadım mı sanıyorsun? Her yerde aradım, defalarca kapısını aşındırdım. Karşılaştığımız yere baktım. En ufak bir ipucu bulsam pes etmezdim ama pes ettim artık." dedim. "Muhtarlığa baktın mı?" diye sordu. "Muhtarlık ne?" dedim merakla. Ellerimi bıraktı ve pencereye yöneltti adımlarını. Bir süre konuşmadan dışarıyı seyretti. Heyecanla ayağa kalktım ve yanına gittim. "Ne olur söyle. Muhtarlık dediğin yerde öğrenebilir miyiz nerede olduğunu?" diye sordum. Cevap vermiyordu. Gülüyor ve manalı gözlerle bana bakıyordu. Bana bakarken gözlerinin içi parlıyordu. "Allah öğrenmemizi isterse öğreniriz. Hadi hazırlan." dedi.

***

Uzunca bir yolun ardından muhtarlığın önündeydik. Heyecanla içeri girdim. İçeri girdiğimde ellili yaşlarında, beyaz tenli, hafif göbekli, seyrek saçlı bir adam masada oturmuş bir şeyler okuyordu. Masasının hemen önünde iki adam, karşılıklı bir şekilde oturmuş sohbet ediyorlardı. Biz telaşla içeri girince, bakışlarını merakla üzerimize yönelttiler. "Selamünaleyküm. Annemin nerede olduğunu biliyor musunuz?" diye sordum. Sorumu duyunca herkes gülmeye başladı. Alparslan da bir yandan gülüyordu. Çok utanmıştım. Ona yaklaşıp "Neden gülüyorsunuz?" diye sordum bu sefer. "Bu şekilde konuşulmaz. İstersen ben konuşayım." dedi.

Giriş kapısının hemen sağında sıralanmış sandalyelerden birine oturunca ben de yanına oturdum. "Selamünaleyküm ağabey. Biz yetmişli yaşlarında, mavi gözlü, tesettürlü bir kadın arıyoruz. İki sene öncesine kadar bu mahallede bir sokakta yaşamış." dedi. Birden adamın yüzünü acı bir ifade kapladı ve bakışlarını bana yöneltti "Siz Naime annenin kızı mısınız?" diye sordu. Heyecanla yerimden fırladım. "Evet! Evet! Kızı benim." dedim. "Nerede olduğunu biliyor musunuz? Ne olur bana söyleyin... Ne olur..." dedim. "Çok üzgünüm ama Naime anne sizlere ömür." dedi başını eğerek.

Söylediklerinden hiçbir şey anlamamıştım. "Sizlere ömür" de demekti? Alparslan'a baktım. Gözleri dolmuş, ağlamak üzereydi. Yerinden kalktı ve sarıldı bana. "Ne oluyor Alparslan? Neden gözlerin doldu? Sizlere ömür ne demek?" diye sordum. Gözlerini kaçırıyordu benden. "Allah aşkına biri bana söylesin. Naime anneye bir şey mi oldu?"

Muhtar aksanımdan yabancı olduğumu anladı. Oturduğu sandalyeden kalkarak yanıma geldi ve daha açık bir Türkçeyle; "Anneniz iki sene önce Sultanahmet Meydanı'nda vefat etti kızım. Vefat etmeden önce insanları durdurup 'Seni kim gönderdi?' diye sorarak birini arıyormuş. 'Kızımı gördünüz mü?' diye soruyormuş insanlara. Birkaç kez ben alıp getirdim onu oradan evine. Ama ne yapsak da her gün gidiyordu. İşte orada can vermiş kadıncağız." dedi ve yeniden masasının başına geçti. Çekmeceden kırmızı bir defter çıkardı ve "Vefat ettiğinde yanında bu defter vardı. Eş, dost, akraba birilerini buluruz diye baktık ama kimsesi yokmuş ki gelen de giden de olmadı. Cenazesini morga kaldırıp, bir gece bekledik fakat gelip kimse almadı. Ertesi gün ben ve iki arkadaşım cenaze namazını kılıp kimsesizler mezarlığına defnettik. Defterine kızının bir gün geleceğini yazmıştı bu yüzden defteri hep sakladım. Buyurun." dedi. Defteri bana uzattığı o an karardı her şey. Ayaklarımın altından yer kayıp gitti sanki. İçime bir acı çöktü ve kapandı gözlerim. Bayılmışım.

Gözlerimi açtığımda yerde uzanmış bir hâlde yatıyordum. "Tamam gözlerini açtı." dedi Alparslan ve elinde tuttuğu kolonyayı muhtara uzattı. Kalkmak isteyince engel oldu bana. "Uzan biraz, yeni kendine geldin başın döner." dedi. "Ne olur kaldır beni. Naime annemin mezarına götür." dedim. "Tamam söz veriyorum gideceğiz ama birkaç dakika uzanman gerekiyor." dedi. "Anlamıyor musun Naime annem vefat etti! Beni Naime anneme götür. Yalvarırım götür!" deyince koluma girip arabamıza bindirdi.

Yolda giderken, gözyaşlarına boğulmuş bir vaziyette elimde sıkıca tuttuğum kırmızı defterin ilk sayfasını araladım. İlk sayfasında siyah mürekkepli kalemle yazıldığını anladığım büyük harflerle "NAİME ŞENBULUN" yazıyordu. "Soyadı Şenbulun'muş demek" diye geçirdim içimden. İsminin altına adres bilgileri yazıyordu. Sayfayı merakla değiştirdim. Büyük harfle bir başlık atmıştı sayfanın ortasına. Başlıkta "En çok ihtiyacın olan bu sözü devamlı zikret Naime." yazıyordu. "Arabayı durdur!" dedim aniden. Eşim merak içerisinde aracı yolun kenarına yanaştırdı. "Ne oldu?" diye sordu. "Başlığın altında ne yazıyor?" diye sordum. Yazı Arapçaydı ve henüz ben Arapça okumayı öğrenmemiştim. Alparslan defteri eline alıp, başlığın altında yazan Arapça yazıyı okudu. Yazıyı okuduktan sonra "Julia. İstanbul'a gelirken uçakta bir söz işitmiştin, o söz neydi?" diye sordu.

Neden bana böyle bir soru sormuştu? Bunun defterde ya-zanlarla ne alakası olabilirdi ki? ,

"La tahzen innallahe meana..." dedim. Yeniden gözleri dol-du Alparslan'ın.

"İşte bu sayfada yazan ayet, senin uçakta duyduğun ayet Julia!" dedi ve manalı bir sessizlikle defteri bana uzatarak ara-cı yeniden hareket ettirdi. Beni Sultanahmet Meydanı'na geti-ren bu ayet, Naime annemin mezarına giderken yine kendini bana hatırlatıyordu. Sayfanın kalanında yazanları bir solukta okumak istiyordum. Merakla karşı sayfada yazanları okuma-ya başladım.

Bu sayfada "İlacını unutma! Kapını kilitlemeyi unutma!" gibi sözler yazıyordu. Yazanları pek önemsememiştim başta. Sonra bir satıra ilişti gözüm. "Kızını unutma!" yazıyordu. Bir insan kızını unutur muydu hiç? Neden böyle bir söz yazma gereği duymuştu? Belki de unutabilirdi. Birlikte yemek yedi-ğimiz ilk akşam, saatlerce sofrada endişeyle kızını bekledikten sonra, sanki hiç kızı yokmuş gibi sakinleşerek benimle sohbet etmemiş miydi? Belki de unutuyordu Naime anne. Her şeyi, herkesi unutuyordu. Defterin ilk sayfasına adını yazma gereği duyacak kadar unutuyordu belli ki. Bir an hatırlayarak endişe-lenip, sonra unutup sakinleşmesinin nedeni buydu demek ki. Merakım daha da çok artmıştı. Bir sonraki sayfaya geçtiğimde "Bugün kızın gelmedi ama sen yine de sabırlı ol." yazıyordu. Karşı sayfasında da aynısı yazıyordu. Sayfaları birbiri ardına değiştirsem de tüm sayfalarda tek bir cümle yazıyordu "Bugün de kızın gelmedi ama sen yine de sabırlı ol." Yazıyordu.

Ah canım annem... Belli ki yıllarca kızını aramış, onu bul-ma ümidiyle Sultanahmet Meydanı'nı mesken edinmişti ken-dine. "Ne çileli bir hayat..." diye geçirdim içimden. Birkaç say-fa sonra yine bir not çıktı karşıma bu sefer:

"Bugün Polonya'dan kızım geldi. Gözleri aynı şehit eşimin gözlerine benziyor. Polonya'da Julia adında bir kızcağızın evinde misafir olarak kalmış uzun bir süre. Julia'nın ailesi Müslümanlardan hoşlanmayan kimselermiş. Kızımın Müslüman olduğunu öğrenince evlerinde kalmasını istememişler. Zavallı kızımı sokağa atmışlar. Kızım da 'Annemin yanına dönme vaktim geldi.' diye düşünmüş olacak ki ana ocağına dönmüş. Üç gündür rüyamda gördüğüm meydanda, Sultanahmet Meydanı'nda buluştum kızımla. Kızım, Julia adındaki arkadaşının bir Müslüman gibi yaşayabilmek için başından geçenleri, yaşadığı zorlukları anlattı bana. Benim gözümde bir kahraman o. Bu satırları oku ve Julia'yı hep hatırla Naime. Ne garip değil mi? Sen Müslüman bir ailede doğmuşsun, o İslam'a düşmanlığıyla tanınmış bir şehirde. Sen denizin içinde doğmuş bir balıktan farksızken, o kızcağız çölleri, kumsalları aşarak okyanusları bulmuş. Keşke o kızı daha yakından tanıyabilseydin Naime. Yıllarca annesinden görmediği şefkati verebilseydin ona. Bağrına basıp, sevebilseydin onu. Tanışabilseydin kızının adını verirdin ona."

Bu yazılanlar yüreğime işliyor, içli içli ağlamama sebep oluyordu. Ne yaparsam yapayım kendimi durduramıyor, gözlerimden yaşlar süzülüyordu. Sonra bir sayfa daha çevirip okumaya devam ediyorum:

"Kızını uzun yıllar sonra ilk kez izledin Naime. Huzur dolu bir uykunun derinliğine dalmışken uzun uzun seyrettin onu. 'Anne... Anne...' diye sayıklarken ellerini tuttun. Gözlerini öptün, saçlarını okşadın. Kim bilir senden uzakta ne kâbuslar görmüştür de yanında olamamışsındır Naime. Tadını çıkar bu gecenin. Kızını sıkı sıkıya kucakla sakın unutma..."

Okuduklarım karşısında gözyaşlarım sel olmuş, sarsılarak ağlamaya başlamıştım. Meğer her şey karışmış zihninde. Beni kendi kızı zannetmiş, anlattıklarımı dinlemiş anlamış ama kendince bir başka hikâye kuruvermiş. Meğer kızının yolunu gözlemiş bunca yıl. Hiç usanmamış mı? İhtiyar hâliyle yorulmamış mı aramaktan? Bu nasıl bir şeydi böyle? Şaşkınlıktan ve bütün bu olanlardan ne yapacağımı da ne söyleyeceğimi de bilemedim.

Sonra bir kızgınlık doldu içime. Peki ya gerçek kızı? O nerede? Annesini bırakıp da gitmiş yani. Gelememiş hiç. Hem de o böyle her an onu beklerken, başkalarının çocuklarını kendi kızı yerine koyacak kadar özlerken onu, o terk edip de gitmiş yani. "Ne zalim bir kızı varmış bu mübarek kadının ki ne aramış ne sormuş bunca yıl." dedim kendi kendime.

Beni Sultanahmet Meydanı'nda görünce, yıllardır aradığı kızını buldu zannetmiş. Evine davet edip, saçlarımı okşarken kızının saçlarını okşadığını sanmış. Hikâyemi anlatırken "Kızım, arkadaşının hikâyesini anlatıyor." diye dinlemiş. Hastalığı bu kadar ağırmış demek ki Naime annenin. Unutmanın da ötesindeymiş...

...

"Burası olmalı." dedi Alparslan. Araçtan inip hızlı adımlarla mezarlıktan içeri girdim. "Arayalım!" dedim. "Arayarak bulamayız Julia! Çok mezar var. Mezar taşlarında isim yazmıyor." dedi. "O beni bulmuştu ama." dedim. Gözyaşlarına boğulmuştum. Naime annem, İstanbul gibi koca bir şehirde bulmuştu beni. Ben onu ufacık mezarlıkta bulamayacak mıydım?

"Sen bekle burada! Ben geliyorum." dedi Alparslan. Hayatımda ilk kez mezarlığa girmiştim. Artık son da olmayacaktı. Naime annemin mezarıyla ben ilgilenecektim. Kimsesiz değildi annem. Onu hiç yalnız bırakmayacak, mezarını sulayacak, otlarını koparacak, rengârenk güller dikecektim. Kur'an okumayı öğrenip, başucunda saatlerce oturacak Kur'an-ı Kerimin kalbe ve ruha şifa olan ayetlerini okuyacaktım. Cenab-ı Allah bana bir gün evlatlar nasip ederse, anneanne diyeceklerdi ona...

Az sonra Alparslan yanında bir adamla geldi. "Julia! Bu ağabey mezar görevlisiymiş." dedi. "Ağabey Naime anneme götür beni." dedim ağlayarak. "Soyadı Şenbulun mu bacım?"

dedi ağabey. "Evet Şenbulun" deyince. "Takip edin beni." dedi ve mezarların arasından yürümeye başladık.

Bir süre yürüdükten sonra Naime annemin mezarıyla karşı karşıyaydım artık. "Burası." dedi mezar görevlisi. "Biliyorum..." dedim. "Biliyorum..." Naime annemin mezarının baş ucuna diz çöktüm. Gözlerimi kapattım. Sultanahmet Meydanı'nda buluştuğumuz gün geçti gözümün önünden. Ezan-ı Muhammedi İstanbul semalarına yayılırken, yakarışlarımız, dün gibi canlanıyordu gözümde.

"Annem. Ben geldim. Kızın Julia geldi. Sonunda buldum seni! Çok aradım. Her yere baktım. Herkese sordum. Kimler kefenledi, kimler yıkadı, kimler defnetti seni? Terk ettin sanmıştım beni. Kırılmıştım sana. Oysa sen kozasını kırmış bir kelebek gibi, sonsuzluğa uçmuşsun. Üzülmüyorum artık senin için. Dünya misafirhanesinde keder dolu günlerini tamamladığın için mutluyum. Annem... Sana son bir kez sarılabilseydim. Okşayabilseydim yanaklarını. Kokunu son bir kez içime çekebilseydim. Sana son kez anne demek isterdim. "Annem..." Desem "Kızım..." der misin yine? Cevap verir misin sözlerime? Sen de benimle konuşuyorsun belki de. Evet! Sen, burada söylediğim her şeyi duyabiliyorsun. Bunu, kalbimin derinlerinde bir yerlerde hissediyorum. Yedi kat semada gezinen melekler işitiyor, şu garipler mezarlığının sakinleri işitiyor da biz diriler işitemiyoruz.

Sen olmasaydın ben kaybolurdum, yiterdim, kaybederdim. Hikâyemi anlattığımda "İmtihan... "İmtihan..." derken uzaklara dalan gözlerini, söylediklerini hiç unutmadım. Evet anne! Haklıymışsın. Hepsi imtihanmış yaşadıklarımın.

Rabbim İslam'ı seçtikten sonra beni ailemle imtihan etmiş önce. Sonra bilmediğim bir ülkeye hicret etmek zorunda bırakmış. Bu şehirde beş parasız, yapayalnız yaşamak düşmüş kaderime. Biliyor musun anne? Bazen oldu ki yaşamaktan çok toprak olmak istedim. Keder dolu günlerimin bitmesi için

Rabbime dua ettim ama olmadı işte. Tevekkül ipine tutundum çaresizce. O ipe tutununca değişti hayatım. Hepsi geride kaldı. Müslüman olmamı, tesettürümü, beni her şeyimle kabul etti ailem. Çok kez İstanbul'a geldiler. Artık Müslümanları seviyorlar anne. Nikâhım için çeyizimi bile aldı babam. Babam eşimi çok sevdi anne. Çok iyi anlaşıyorlar. Annemle de aram düzeldi artık. Evlendim, ben. Koca kız oldum ama sen göremedin anne!

Biliyor musun anne... Nikâhımda olmanı ne kadar çok isterdim. Beni gelinlikler içinde görmeni, duvağımla sana sarılmayı ne çok isterdim bir bilsen... Kim bilir ne kadar gururlanır, nasıl mutlu olurdun. Kader yollarımızı şimdilik ayırdı annem. Bana düşen yine tevekkül etmek ve sana olan hasretimi ahiret yurduna ertelemektir. Bizim kavuşmamız ahirete kaldı annem..."

İki büklüm bir vaziyette Naime annenin mezarından aldığım bir avuç toprağı sıkıyor ve ciğerlerime çekiyordum kokusunu. Naime annemin kokusu olmasa da onun üzerini örtüyordu bu toprak. "Julia..." diye seslendi Alparslan. "Beni annemle yalnız bırak lütfen." dedim.

Her şeyi anlatmak istiyordum ona. Dünyada hiç kimse beni anlamazken beni anlayan, dinleyen tek kişi oydu. Şimdi de bilmediklerini, yaşadıklarımı olduğu gibi tam şimdi, tam da burada anlatmak istiyordum.

O an omzuma bir el dokununca, Alparslan zannettim ama değildi. Merakla arkamı döndüğümde onu gördüm. "Hoş geldin." dedi. Şaşkın şaşkın baktım önce yüzüne. Gözümden akan yaşları sildim. Bu oydu... Naime annenin gerçek kızıydı. Oldukça yaşlı olsa da tesettürü tanınmasını zorlaştırsa da, tanımıştım onu. Mavi gözlerinden süzülen yaşları görünce tarif edilmez bir öfke kapladı içimi.

İçimde ona haykırmak istediğim derin bir acı vardı. Naime annenin yaşadığı acıyı, kederi onun yüzüne haykırmak istiyordum. Bu fedakâr anneyi nasıl yüz üstü ve yapayalnız bırakabildiğini sormak, hatta hesap sormak istiyordum.

"Hangi yüzle buraya geldin sen. Senin Allah'tan korkun yok mu? Bu kadına hayattayken çektirdiklerin yetmedi mi? Bari mezarında rahat bırak!" dedim.

"Yok!" dedi. "Buraya gelmeye yüzüm yok Julia! Annem mecbur bıraktı gelmeye. Ne olur söyleyeceklerimi dinle!" dedi. Verdiği cevap karşısında Alparslan da ben de donup kalmıştık. "Naime anne mi mecbur bıraktı? Nasıl?" diye sordum. Şaşkın bir vaziyette eşimle birbirimize bakıyorduk.

"Çocukluk ve gençlik yıllarımda kalbim İslam sevgisiyle çarpardı. Annem beni bu uğurda hizmet etme hayaliyle eğitmişti. Çocukluğumda sürekli evliya türbelerini gezerdik annemle. Gittiğimiz bu türbelerde, uzun uzun sohbet eder, dualar ederdik. Allah'ı dost edinen insanların hayatlarını gözyaşlarıyla anlatırdı hep. Şehit babamın kahramanlıklarını dinler, annemin anlattıklarıyla giderirdim özlemimi. Ramazan gecelerini kimi zaman Sultanahmet Camii'nde geçirir, kimi zaman evimizin mescit yaptığımız odasında dualar ve namazlarla sabahlardık. Hiç unutmam bir gün, 'Anne.' demiştim. 'Ben bundan sonra misafir odasında uyumak istiyorum. Benim odamı mescit yapalım.' demiştim. Günlerce süslemiş, halılarla döşemiş, kokular ve kandillerle aydınlatmıştık o odayı. Önceden bana ait olan bu odayı mescide çevirmiştik. Yine de kapıda asılı duran 'İçeri girme!' yazısını bir türlü sökememiştim üzerinden. Bu davranışım annemi o kadar mutlu etmişti ki, emekli maaşını biriktirip beni umreye götüreceğine söz vermişti. Hayatımda duyduğum en büyük sürprizdi bu. Çünkü Kâbe'yi görmeyi çok istiyordum.

Annem, hayatını Rabbini razı etmeye adamış olsa da, dünyevi açıdan da kendini çok iyi eğitmiş ve yetiştirmişti. Mesela dört dil bilirdi. Tarih konusunda bir kütüphane kitap yazacak bilgiye ve donanıma sahipti. Bu özelliğini kimseye açmaz, anlatmazdı. Ancak, muhabbetinden nasiplenenler anlarlardı annemin entelektüel yönünü.

Her şey çok güzeldi. Mutlu, huzurlu bir yuvamız vardı. Annemle şakalaşır, eğlenirdik. Ta ki şehir dışında üniversiteyi kazanana kadar. Çanakkale'de Tıp kazanmıştım. Bu benim hayatımın fırsatıydı. Annem de çok gururlanmış mutlu olmuştu sonuçlar açıklandığında. Annemden helallik alıp yollara düştüm. İlk yıllarda her şey çok güzeldi. Derslerimde başarı gösteriyor, annemle devamlı mektuplaşıyorduk. İkinci yıl arkadaş ortamım değişmeye başladı. Dersleri aksatıyor, vaktimizin büyük çoğunluğunu alışverişlerde ve lüks markaların mekânlarında geçirir olmuştuk. Sonra bir adamla tanıştım. Hayatım o adamla tanıştıktan sonra mahvoldu. Artık derslere girmiyor, annemin mektuplarına cevap vermek istemiyordum. Anlık zevklerin ve eğlencelerin esiri olmuş, yolumu kaybetmiştim. Aynanın karşısına geçtiğimde karşımda duran kişiyi tanıyamıyordum artık. Tesettürümün yerini, makyaj ve parfümler almıştı. İslam'a olan inancımı da kaybetmiştim. Tanıştığım adam kafamı o kadar karıştırmıştı ki dinim sorulacak olsa rahatlıkla "Ateistim." diyordum. Bir süre sonra okulu bıraktım. Tanıştığım adamla birlikte İstanbul'a geldim. Fakat canım anam, yıllarca kaldığım yurda mektup yollamaya devam etmiş. Artık güvenlik mektubun kimden geldiğini okuyup çöpe atıyormuş. Tanıştığım adamla evlendik. Bir tanede kızım oldu. Fakat evlilik çekilmez bir hâl almıştı benim için. Her gün eve sarhoş geliyor, beni ve kızımı dövüyor ve daha birçok eziyet ediyordu bize. En son kızımı ve beni bir başımıza ortada bırakıp terk etti.

Yıllarım vicdanımın sesini acı acı dinlemekle geçmişti. Anlık zevkler ve eğlenceler uğruna hem dünyamı yakmıştım, hem ahiretimi. Pişman oldum. Öyle pişman oldum ki yaptıklarıma yemeden içmeden kesilmiş, bir deri bir kemik kalmıştım. Evladımın rızkını temin etmek için günlük apartman temizliklerine gidiyor, kazandığım parayla kıt kanaat geçiniyorduk. İki sene bu şekilde yaşadım. Anneme bir saatlik mesafede yaşasam da, yıllarca karşısına çıkacak, af dileyip ayaklarını öpecek cesareti bulamadım kendimde. Sonra bir gün rüyamda annemi gördüm. 'Ağla evladım.' dedi. 'Ağla... Gözyaşları, tebessümün habercisidir. Cennet bahçelerinde, gülmek için dünyada ağlamak gerekir. Bazen olur ki, bir saniyelik gülmek için bir ömür ağlamak gerekir...'" dedi ve gözyaşlarıyla Naime annemin mezarına kapanarak ağlamaya başladı.

Hem ağlıyor hem anlatmaya devam ediyordu:

"Sen yine geldin annem. Sen geldin, nerede olduğunu söyledin kızına. 'Hayatta kavuşamadık bari mezarıma gel.' dedin. 'Kimsesizler mezarlığına gel.' dedin. Geldim annem, işte geldim..."

Gözyaşları mezarın toprağını ıslatırken derin bir pişmanlıkla konuşmaya devam ediyordu:

"Şahit ol annem! Bundan sonra bir ömür pişmanlık gözyaşları harlayacak yürek yangınımı! Evladıma senin adını koydum annem... Özür dilerim annem... Bu dünyada yüzün gülmedi annem... Beni affet annem... Affet..." dedi ve sarsılarak ağlamaya başladı.

Naime annem burada olsaydı, bu pişmanlık gözyaşlarına tepkisiz kalamazdı. Çoktan sarılmış, öpmüş, koklamıştı kızını. Hayatta olsa, kızının affını için gözyaşı akıtarak geçirirdi ömrünü ama vadesi dolmuştu çoktan. O hâlde, benim de Naime anne gibi davranmam gerekirdi. Bir Müslüman'a yakışan buydu. "Sen hayatta olmasan da, ben hayattayım anne. Bundan sonraki hayatımda kızının affedilmesi için dua edeceğim. Sana ve kızına dua edeceğim." diye geçirdim içimden.

Yanına yaklaştım ve omzuna koydum elimi.

"Sana çok kızgındım ama artık değilim abla. Hiçbirimizin akıbeti belli değil çünkü bu hayatta. Bugün hidayet üzere olup yarın dalalet üzere ölen insanlarla dolu mezarlıklar. Annen için ağladığından çok, günahların için ağla. Annene yandığından çok Rabbine yan. O dünyanın yükünden kurtuldu artık. Yeri cennet bahçeleridir inşallah. Sen kendine ağla. Biz kendimize ağlayalım. Demek kaderde, annemizin mezarının başında buluşmak varmış. Eğer beni kardeşliğe kabul edersen, ben de seni bundan sonraki hayatımda ablam olarak kabul etmekten çok memnun olurum. Senin için dua ederim abla... Senin için dua ederim."

Bu sözleri duyunca heyecanla ayağa kalktı ve "Eder misin gerçekten? Benim için dua eder misin?" diye sordu. "Sen beni kardeşliğe kabul edersen, ben de sana hep dua ederim." dedim. "Kardeşim..." dedi ve sarıldı bana. Gönlümden taşanlara hâkim olamadım ve "Ablam... Annemiz cennete gitti ablam..." dedim. Sarıldığım kızından çok Naime anneydi sanki. Hasret rüzgârının ayazında kalan gönlüm şimdi sıcacıktı.

Adı neydi? Hiç sormamıştım. Neden sonra "Senin adın ne abla?" diye sordum. "Sena..." dedi. İrkildim. "Benim adım Sena..."

Naime annemin mezarının önüne diz çöktüm.

"Beni kızın bilmişsin, öyle sevmişsin, bana onun adını vermişsin madem; bundan sonra benim adım Sena..."